HEYNE BÜCHER

D1931443

Von Barbara Cartland
erschienen außerdem als Heyne-Taschenbücher:

Duell der Herzen · Band 01/6225
Flucht vor der Liebe · Band 01/6318
Träume werden Wirklichkeit · Band 01/6353
Die Vollendung der Liebe · Band 01/6404
Das gestohlene Herz · Band 01/6441
Ein Liebeslied · Band 01/6451
Dämmerung der Liebe · Band 01/6488
Rhapsodie der Liebe · Band 01/6549
Ein widerspenstiger Engel · Band 01/6585
Im Sog der Leidenschaft · Band 01/6604
Anschlag auf die Liebe · Band 01/6714
Der böse Marquis · Band 01/6770
Prinzessin zwischen Thron und Liebe · Band 01/6869
Wende des Schicksals · Band 01/6961
Mit den Waffen der Liebe · Band 01/7657
Rache des Herzens · Band 01/7759

BARBARA CARTLAND

DAS SCHLOSS DER LIEBE

Roman

Deutsche Erstveröffentlichung

WILHELM HEYNE VERLAG
MÜNCHEN

HEYNE ALLGEMEINE REIHE
Nr. 01/6259

Titel der englischen Originalausgabe
THE SECRET FEAR
Deutsche Übersetzung von Iris Foerster

6. Auflage

Printed in Germany 1990
Umschlaggestaltung: Atelier Heinrichs & Schütz, München
Satz: IBV Lichtsatz KG, Berlin
Druck und Bindung: Elsnerdruck, Berlin

ISBN 3-453-01791-9

Erstes Kapitel

Vor der Bibliothek waren Schritte zu hören. Eine kleine Gestalt lief leise über den dicken Teppich und versteckte sich hinter den langen Samtvorhängen, die das Fenster einrahmten.

Eine Sekunde später ging die Tür der Bibliothek auf, und Arabella wußte, daß ihr Stiefvater das Zimmer betreten hatte.

Sie hörte, wie er seine Reitpeitsche auf den Schreibtisch warf, und dann fiel ihr ein, und es wurde ihr beinahe schlecht dabei, daß sie ein Buch auf dem Lehnsessel hatte liegenlassen.

Sie konnte seine harten Augen unter den dunklen, buschigen Augenbrauen im Geist fast vor sich sehen, wie sein Blick darauf fiel, und er würde die Rosenholztreppe vor dem Regal, aus dem sie das Buch entnommen hatte, bemerken.

Sie hielt den Atem an und fürchtete, er könnte jeden Augenblick Verdacht schöpfen, daß sie hier war, und nach ihr suchen.

Erleichtert hörte sie ihre Mutter die Bibliothek betreten.

»Da bist du ja, Lawrence«, sagte Lady Deane mit ihrer sanften, tiefen Stimme. »Ich habe draußen dein Pferd gehört. Hattest du einen guten Ritt?«

»Arabella ist hier gewesen«, sagte Sir Lawrence aufgebracht, und seine rauhe Stimme hallte in dem Raum wider. »Es hatte doch geheißen, sie sei zu schwach, um ihr Zimmer zu verlassen.«

»Es geht ihr auch noch keineswegs gut«, sagte Lady

Deane hastig. »Ich bin sicher, daß sie nicht heruntergekommen ist.«

»Siehst du dieses Buch dort?« fragte Sir Lawrence barsch. »Ich habe deiner Tochter schon tausendmal gesagt, daß sie meine Bücher nicht lesen darf. Viele von ihnen eignen sich nicht für ein junges Mädchen, und außerdem ist das viele Lesen für einen jungen Menschen ungesund. Aber sie hört nicht auf mich, wie schon so oft.«

»Bitte ärgere dich nicht, Lawrence«, bat Lady Deane, »ich werde mit Arabella sprechen...«

»Nein, ich werde mit Arabella sprechen«, schrie Sir Lawrence.

Einen Augenblick herrschte Schweigen. Dann sagte Lady Deane erregt:

»Ich bitte dich, sei nicht streng mit ihr. Und schlage sie nicht wieder mit der Peitsche, wie du es schon so oft getan hast. Es geht ihr dafür noch nicht gut genug. Außerdem ist sie für Schläge zu alt, Lawrence.«

»Aber für ihre Ungezogenheit ist sie offenbar nicht zu alt, was?!« erwiderte Sir Lawrence. »Wenn sie etwas anstellt, das sie unterlassen sollte, muß sie die Folgen tragen.«

»Lawrence, ich bitte dich...«, begann Lady Deane, aber ihr Gatte unterbrach sie.

»Schluß damit! Morgen früh schickst du als erstes Arabella zu mir. Jetzt ist nicht die richtige Zeit dafür, denn wir brechen um fünf Uhr zum Statthalter auf.«

Nach einer Pause zwang sich Lady Deane dazu, den Streit zu beenden, und sagte mit leiser Stimme: »Hältst du es wirklich für klug, Lawrence, daß ich heute abend das Diamantendiadem und meine anderen Juwelen trage? Die ganze Grafschaft weiß, daß eine Gesellschaft gegeben wird, und ich bin überzeugt, daß diese schrecklichen Straßenräuber uns Gästen auflauern werden.«

»Es ist für alles gesorgt, meine Liebe«, sagte Sir Lawrence bestimmt. »Du wirst dein Diadem tragen, und du brauchst dich nicht vor dieser Räuberbande zu fürchten.«

»Aber Lawrence, du weißt doch, wie es das letztemal war. Ich habe meine Rubine verloren, und die Schurken rissen mir sogar die Ringe von den Fingern. Ich habe mich noch niemals so gefürchtet und wurde noch nie so gedemütigt.«

»Ich auch nicht«, gab Sir Lawrence zu. »Aber ich konnte nichts tun. Ich war unbewaffnet, und sie waren zu sechst. Dieser elende Schurke, Gentleman Jack oder wie er heißt, hatte dazu noch die Unverschämtheit, mich zu verhöhnen. Eines Tages wird er mir dafür hängen. Das schwöre ich dir. Es wird der glücklichste Tag meines Lebens sein!«

Sir Lawrence sprach mit so harter Stimme, daß Lady Deane einen kleinen Protestschrei ausstieß.

»So darfst du nicht sprechen, Lawrence. Es ängstigt mich. Du hast recht, diese Männer sind böse, aber so verabscheuenswert ihre Verbrechen auch sein mögen, sie dürfen dich nicht dazu bringen, daß du ebenso brutal wie sie wirst.«

Es schien, als hätten ihre Worte seinen Zorn gedämpft, denn als er wieder sprach, klang seine Stimme ruhiger.

»Das ist typisch Frau, und das ist gut so. Ich kann diese reitenden, modernen jungen Frauen nicht ausstehen, die so tun, als brauchten sie keinen männlichen Schutz. Aber es ist trotzdem eine Schande, daß wir zwei Jahre nach dem Ende des Krieges gegen Bonaparte nur so wenige Soldaten hier haben, die sich mit dieser Geißel unseres Landes befassen. Sogar Seiner Ehren, dem Richter selbst, hat man neulich auf dem Heimweg aufgelauert. Sie nahmen ihm seine Uhr ab, seinen Ring und fünfzig Guineen in Gold, die sein Oberhofmarschall bei sich trug, um damit die Übernachtungen während ihrer Rundreise zu bezahlen.«

»Sogar den Richter raubten sie aus!« rief Lady Deane. »Schrecken sie denn vor gar nichts zurück?«

»Es ist die reinste Unfähigkeit, daß sie bis jetzt noch nicht verhaftet worden sind«, wütete Sir Lawrence. »Im letzten Jahrhundert terrorisierten Wegelagerer das ganze Land. Aber heute, im Jahr 1817, sollte man denken, wir hätten bessere Methoden, sie vor die Gerichte zu bringen. Wir brauchen eine Kompanie Dragoner. Ich werde es heute abend dem Statthalter vorschlagen.«

»Das heißt, wenn wir je bis zu ihm gelangen«, sagte Lady Deane besorgt. »Lawrence, bitte zwinge mich nicht, das Diadem zu tragen. Es ist zu kostbar.«

»Es wird ihm nichts geschehen«, sagte Sir Lawrence. »Und du würdest dir ohne es sehr bescheiden vorkommen. Es besteht die Möglichkeit, aber nur die Möglichkeit, wohlgemerkt, daß Seine Königliche Hoheit anwesend ist.«

»Seine Königliche Hoheit? Willst du damit sagen, daß der Regent heute abend dort ist?« rief Lady Deane.

»Nun, Lady Hertford hat eine Einladung angenommen, und wir wissen gut genug, daß dort, wo Lady Hertford hingeht, auch Prinny auftaucht«, sagte Sir Lawrence. »Also zieh deine besten Sachen an, Felicity. Ich möchte nicht, daß du von irgendeiner Dame im Carlton House ausgestochen wirst. Sie mögen alle sehr schön sein, meine Liebe, aber sie können dir nicht das Wasser reichen, was das Aussehen betrifft.«

»Lawrence, du schmeichelst mir«, sagte Lady Deane leise. »Aber du hast recht: Natürlich werde ich meine Juwelen tragen. Ich bin froh, daß ich zu diesem Anlaß ein neues Kleid in der Bond Street bestellt habe, obwohl es furchtbar teuer ist.«

»Ich werde stolz auf dich sein«, sagte Sir Lawrence. »Zum Teufel, alle, die sich gewundert haben, daß ich lieber eine Witwe geheiratet habe als ein junges Mädchen, sollen heute abend ihre Antwort bekommen. Du siehst blendend aus, meine Liebe.«

»Ich will versuchen, dir Ehre zu machen«, sagte Lady Deane. »Und jetzt ist es Zeit, daß ich mich umziehe.«

»Und fürchte nicht um deine Sicherheit und um die deines Diadems«, sagte Sir Lawrence. »Ich habe besondere Vorsichtsmaßnahmen getroffen. Wir fahren in einem Konvoi.«

»In einem Konvoi? Was heißt das?« fragte Lady Deane.

»Colonel Travers bricht als erster auf und fährt die kurze Strecke zu Lord und Lady Jeffreys, wo diese mit ihrem Kutscher und Diener warten, die beide bewaffnet sind. Sie nehmen außerdem zwei Vorreiter mit. Ihre Kutsche kommt dann zu uns, und wir schließen uns ihnen an. Ich habe dafür gesorgt, daß in unserer Kutsche zwei Diener mitfahren und zwei berittene Burschen uns begleiten. Auf diese Weise haben wir sieben bewaffnete Männer und sechs Vorreiter. Was hältst du von meinem Plan?«

»Er ist vorzüglich«, sagte Lady Deane. »Nur du kannst alles so gut organisieren. Ich bin froh, daß ich die Frau eines so intelligenten Mannes bin.«

»Wir besitzen beides, Schönheit und Verstand«, sagte Sir Lawrence befriedigt. »Beeile dich jetzt, meine Liebe, wir dürfen die Damen nicht warten lassen.«

»Nein, wirklich nicht«, stimmte Lady Deane zu und ging zur Tür.

»Und vergiß nicht, Arabella zu sagen, daß ich morgen früh mit ihr sprechen will!« rief Sir Lawrence ihr nach.

Lady Deane hielt inne. »Ich muß dir etwas sagen, und ich hoffe, es ärgert dich nicht. Ich habe veranlaßt, daß Arabella aus dem Haus kommt.«

Einen Augenblick herrschte Schweigen. Dann sagte Sir Lawrence mit unheilverkündender Stimme:

»Ohne mich vorher zu fragen?«

»Ich wollte mit dir darüber sprechen«, sagte Lady Deane entschuldigend. »Aber als heute Dr. Simpson da war...«

»Simpson? Wer ist Simpson, zum Teufel?« schrie Sir Lawrence.

»Der neue Arzt. Du erinnerst dich doch, daß unser alter Arzt, Dr. Jarvis, sich zur Ruhe gesetzt hat. Er hatte einen Schlaganfall, und ich fürchte, er wird sich nicht mehr davon erholen. Dr. Simpson ist noch ein recht junger Mann und hat die Praxis übernommen.«

»Er ist wahrscheinlich ein ahnungsloser Grünschnabel, der glaubt, alles besser zu wissen«, grollte Sir Lawrence.

»Er macht einen sehr intelligenten Eindruck«, sagte Lady Deane. »Und er war besorgt darüber, wie mager und schwach Arabella nach ihrer Krankheit ist. Scharlach kann einen sehr mitnehmen, wie du weißt, Lawrence.«

»Arabella geht es immerhin schon so gut, daß sie herunterkommen und in meinen Büchern wühlen kann«, sagte Sir Lawrence.

»Dr. Simpson hat einen Vorschlag gemacht«, fuhr Lady Deane unbeirrt fort. »Er sagte mir, er möchte unbedingt eine Spielgefährtin für Beulah Belmont finden, und er schlug vor, Arabella möge doch in das Schloß hinüberziehen und sich mit der armen, kleinen Beulah beschäftigen.«

»Arme, kleine Beulah! Sich mit der armen, kleinen Beulah beschäftigen«, sagte Sir Lawrence höhnisch. »Das Kind ist schwachsinnig, wie du weißt. Was soll es helfen, wenn Arabella bei ihr ist?«

»Es war Dr. Simpsons Idee, daß das Kind Gesellschaft braucht. Schließlich ist außer ihrer Gouvernante und den Dienstboten niemand im Schloß, wie wir alle wissen.«

»Ja, während sich der lustige Marquis in London amüsiert, wie? Bei meiner Seele, man kann es dem Mann nicht verdenken. Wer wollte wohl in diesem verlotterten Gemäuer leben? Man hätte es schon lange abreißen sollen.«

»Lawrence, wie kannst du so etwas sagen? Es wurde seit Lady Meridales Tod nur sehr vernachlässigt. Dr. Simpson glaubt, daß die kleine Beulah zurückgeblieben ist, weil sie niemals die Liebe einer Mutter erfahren hat.«

»Sentimentales Gerede!« grollte Sir Lawrence. »Es heißt, das Kind sei ein halbes Ungeheuer! Wenn der junge Meridale möchte, daß sich jemand um seine Schwester kümmert, soll er gefälligst selbst nach Hause kommen. Und was Arabellas Aufenthalt dort anbetrifft, so habe ich in meinem ganzen Leben noch keinen so unsinnigen Vorschlag gehört. Du hast das Mädchen verzogen. Wenn sie ihre Zeit im Schloß vergeudet, hat kein Mensch etwas davon. Das werde ich auch dem Doktor Besserwisser sagen, wenn ich ihn sehe.«

»Wir sprechen morgen noch einmal darüber«, sagte Lady Deane besänftigend. »Ich muß mich jetzt beeilen, sonst wirst du über mein Äußeres erröten. Und außerdem möchte ich nicht das Mauerblümchen spielen, während sich die schönsten Frauen im Saal um dich scharen, Lawrence.«

Sir Lawrence lächelte über diese Schmeichelei. Als seine Frau die Bibliothek verlassen hatte, ging er zu dem Sessel hinüber und nahm das offene Buch in die Hand, das Arabella dort hatte liegenlassen.

Er betrachtete es nachdenklich. Dann schlug er es zu, und ein schwaches Lächeln spielte um seine Lippen, aber es war ein anderes Lächeln als dasjenige, das die Komplimente seiner Frau ausgelöst hatten. Es war ein unangenehmes, ein böses Lächeln, als er das Buch vorsichtig neben seine Reitpeitsche auf den Schreibtisch legte. Seine Augen wurden dabei schmäler.

Er musterte die beiden Gegenstände und verließ dann mit einem heiseren Lachen die Bibliothek.

Es dauerte ein paar Augenblicke, ehe Arabella es wagte, sich zu rühren. Sie wußte gut, daß ihr Stiefvater mit seiner gefährlichen Spürnase in Dingen, die sie selbst betrafen, vielleicht die Tür nur geschlossen hatte, damit sie glaubte, er sei weg, und in Wirklichkeit im Zimmer geblieben war, um sie aus ihrem Versteck hervortreten zu sehen.

Aber nun hörte sie seine Schritte in der Marmorhalle, und erst als sie verklungen waren, kam sie hinter dem Vorhang hervor.

Sie hatte eine zierliche Figur und feine Gesichtszüge. Aber sie war nach ihrer Krankheit, die sie über fünf Wochen lang an das Bett gefesselt hatte, unnatürlich mager. Ihre blauen Augen schienen enorm groß in ihrem kleinen Gesicht. Und als sie vorsichtig durch das Zimmer ging, sah sie wie ein verlorenes Kind aus, das man gut ernähren und pflegen mußte, damit es wieder zu Kräften kam.

Sie öffnete die Tür vorsichtig einen Spalt breit, und als sie sah, daß die Halle leer war, lief sie rasch durch einen Seitengang zur Hintertreppe.

Erst als sie die Abgeschiedenheit ihres Zimmers erreicht hatte, fiel etwas von der Angst und Anspannung von ihr ab. Sie setzte sich, um Atem ringend, auf den Stuhl vor dem Toilettentisch. Als es an die Tür klopfte, stand sie rasch auf, und ihre Augen waren groß und ängstlich.

»Wer ist da?« fragte sie mit kaum hörbarer Stimme.

»Ich bin es, Miß Arabella!«

»Komm herein, Lucy«, rief Arabella erleichtert.

»Die gnädige Frau möchte Sie sprechen«, sagte Lucy in einem breiten Hertfordshire-Dialekt.

Lucy war ein rotwangiges Mädchen vom Dorf, das in den Pflichten des vierten Dienstmädchens ausgebildet wurde. Es fiel ihr schwer, an alles zu denken, was sie zu erledigen hatte.

»Ich komme sofort«, sagte Arabella und fragte ängstlich: »Ist meine Mutter allein, Lucy?«

»Nur Miß Jones ist bei ihr«, erwiderte Lucy verständnisvoll. »Der Herr ist in seinem Zimmer.«

»Danke, Lucy.«

Arabella ging zum Zimmer ihrer Mutter, das am oberen Treppenabsatz lag.

Lady Deane saß vor ihrem Spiegel. Ihre Zofe setzte ihr gerade ein funkelndes Diadem auf ihr kunstvoll gelocktes Haar.

»Das sieht wunderschön aus, Mama«, sagte Arabella begeistert, als sie das Zimmer betrat. »Als Kind fand ich, daß du wie eine Märchenkönigin aussiehst, und ich dachte immer, jeden Augenblick müßten dir Flügel wachsen.«

»Wie geht es dir, mein Liebling?« fragte Lady Deane. »Ich hoffe, du hast dich nicht überanstrengt? Dr. Simpson sagte mir, daß du dir die ersten Tage nach dem Aufstehen nicht zuviel zumuten sollst.«

»Ich versichere dir, das habe ich auch nicht getan«, erwiderte Arabella.

Sie fragte sich, ob dies der richtige Augenblick war, um zuzugeben, daß sie sich unten in der Bibliothek versteckt hatte. Dann entschied sie sich dagegen. Sie wußte nur zu gut, was sie morgen zu erwarten hatte und wie sehr dies ihre Mutter bekümmern würde.

»Ich bin fertig, Jones«, sagte Lady Deane zu ihrer Zofe. »Würden Sie bitte draußen warten und mir sagen, wenn Sir Lawrence die Treppe hinuntergeht? Ich möchte noch kurz mit Miß Arabella sprechen.«

»Sehr wohl, Mylady.«

Miß Jones war eine Frau in den mittleren Jahren. Sie war

seit über zehn Jahren bei Lady Deane und kannte alle Nöte und Sorgen, die ihre Herrin beschäftigten. Mit einem mitleidigen Blick auf Arabella verließ sie das Zimmer und schloß hinter sich die Tür.

Lady Deane wandte sich impulsiv an ihre Tochter.

»Hör zu, mein Liebes«, sagte sie, »wir haben nicht viel Zeit, und ich muß dir so vieles sagen. Ich möchte, daß du morgen früh ganz zeitig das Haus verläßt.«

»Um ins Schloß zu fahren?« fragte Arabella.

Lady Deane sah ihre Tochter an.

»Du warst in der Bibliothek«, sagte sie. »Ich habe es halb vermutet.«

»Aber er wußte nicht, daß ich da war«, sagte Arabella. »Ich bin dessen sicher, denn wenn er es gewußt hätte, hätte er mir aufgelauert, als du gegangen warst.«

»Ja, das stimmt. Aber wie konntest du so töricht sein, das Buch offen liegenzulassen?«

»Ich dachte nicht daran, daß er so bald zurückkommen könnte«, antwortete Arabella. »Und um die Wahrheit zu sagen, ich war gefesselt von dem, was ich las. Du weißt ja, wie ich alles um mich herum vergesse, die Zeit, den Ort und sogar meinen Stiefvater, wenn ich lese.«

»Du mußt morgen früh das Haus verlassen, ehe er dich bestrafen kann«, sagte Lady Deane bekümmert. »Du bist noch nicht gesund genug, um Schläge zu ertragen, und ich kann nicht mehr danebenstehen und dich leiden sehen.«

Arabella war sehr ruhig.

»Mir macht es nichts aus, wenn er mich auspeitscht«, sagte sie leise. »Unerträglich ist es nur, wenn er freundlich zu mir ist. Mama, wie konntest du ihn nur heiraten?«

»Zu mir ist er freundlich, Arabella. Und du vergißt, daß Papa uns völlig mittellos zurückgelassen hat.«

»Dieses verrückte Spielen«, sagte Arabella.

»Es hat ihm solchen Spaß gemacht«, sagte Lady Deane. »Und er war immer so bußfertig, wenn er verloren hatte. Und was hatten wir für einen Spaß, wenn er gewann.«

»Ich weiß«, sagte Arabella. »Ich erinnere mich noch daran, wenn er nach Hause kam und nach einer Flasche Champagner rief. Du gabst mir einen winzigen Schluck, und wir alle lachten und schienen die glücklichste Familie der Welt zu sein. Dann fuhr er mit dir nach London. Einmal fragte ich ihn: ›Was tust du in London, Papa?‹ Er nahm mich in die Arme und erwiderte: ›Deine Mama und ich geben Geld aus und sind fröhlich, Arabella. Das Leben ist dazu da, daß wir lachen und fröhlich sind und nicht, um über unbezahlte Rechnungen zu stöhnen!‹ «

Lady Deane lachte.

»Du sprichst genauso wie dein Vater«, sagte sie. »Wie er diese Rechnungen haßte und das Klagen darüber! Jetzt braucht er sich keine Sorgen mehr zu machen.«

Lady Deane schloß für einen Moment die Augen. Dann sagte sie rasch:

»Arabella, wir können nicht in der Vergangenheit leben. Ich versichere dir, daß ich mit Sir Lawrence zufrieden bin. Nur wenn es um dich geht, kann ich ihm gegenüber meinen Willen nicht durchsetzen.«

»Das tut mir leid, Mama«, sagte Arabella.

»Es ist nicht deine Schuld. Du wirst einmal sehr schön werden, Arabella, und schöne Frauen haben immer einen störenden Einfluß auf die Männer.«

»Ich hasse die Männer!« sagte Arabella. »Ich hasse sie alle! Ich hasse die Art, wie sie mich ansehen. Ich hasse ihre besitzergreifenden Mienen, und ich hasse die Art, wie sie mir die Hand hinstrecken. Oh, Mama, ich möchte nie erwachsen werden! Ich möchte immer ein Kind bleiben!«

»Das ist genau das, was du jetzt auch vorgeben sollst zu sein«, antwortete Lady Deane.

»Was meinst du damit?« fragte Arabella.

»Als Dr. Simpson von Dr. Jarvis die Praxis übernahm und dich kennenlernte, bist du ihm so klein und jung vorgekommen, daß er glaubt, du seist noch ein Kind, Arabella.«

»Hat er mich deshalb gebeten, in das Schloß zu gehen?« fragte Arabella.

Lady Deane nickte.

»Er glaubt, du seist erst zwölf oder dreizehn Jahre alt. Jedenfalls deutete er das an, und ich habe ihm nicht widersprochen.«

»Warum wolltest du ihm nicht die Wahrheit sagen, daß ich in einem Monat achtzehn Jahre alt werde?« fragte Arabella.

»Weil er uns sonst nicht diesen Vorschlag gemacht hätte, daß du in das Schloß ziehen sollst«, erwiderte Lady Deane. »Es ist nicht das, was ich mir für dich vorgestellt habe, Arabella. Aber du mußt fort von hier.«

Arabella spielte mit der silbernen Haarbürste ihrer Mutter, die auf dem Toilettentisch lag.

»Ich habe bemerkt, daß du immer hübscher und hübscher wirst, und ich wußte, daß dein Stiefvater auf dich eifersüchtig ist. Er war es von Anfang an gewesen und nahm jede Kleinigkeit zum Vorwand, dich streng und grausam zu bestrafen. Und als du...«

»Wir wollen nicht mehr darüber sprechen«, sagte Arabella ruhig. »Wir wissen beide, daß ich fort muß.«

»Ich habe mich immer wieder gefragt, was wir tun könnten«, sagte Lady Deane, »und als Dr. Simpson vorschlug, daß du der kleinen Beulah Gesellschaft leisten könntest, wußte ich, daß uns dies Zeit zum Nachdenken verschafft. Ich dachte, du könntest vielleicht deine Patentante in Yorkshire besuchen oder die Schwester deines Vaters, die in Dorset lebt. Aber ich habe zu allen beiden die Verbindung abgebrochen. Ich will ihnen schreiben und anfragen, wie es ihnen geht und ob eine Möglichkeit besteht, daß sie dir für längere Zeit Gastfreundschaft gewähren. Aber morgen fährst du erst einmal in das Schloß.«

»Ich weiß sehr wenig über das Schloß und seine Bewohner«, sagte Arabella.

»Die Marquise von Meridale starb bald nach der Geburt ihrer Tochter Beulah«, sagte Lady Deane. »Wie man hört, ist das Kind nicht ganz normal. Es muß ungefähr sieben oder acht Jahre alt sein. Dr. Simpson glaubt aber offenbar, daß es vernachlässigt wurde und man seine geistigen Fähigkeiten wecken kann.«

»Das arme Kind«, sagte Arabella.

»Wie ich höre, hat sich Dr. Simpson mit diesen unglücklichen Kindern beschäftigt. Er ist noch jung und voller Tatendrang und möchte seine Ideen verwirklichen. Es wird für dich nicht sehr angenehm sein, Arabella. Aber ich verspreche dir, daß ich dich so schnell wie möglich wieder aus dem Schloß heraushole.«

»Gräme dich nicht, Mama«, sagte Arabella. »Es kann ganz interessant werden. Wer ist der lustige Marquis?«

»Der jetzige Marquis von Meridale ist Beulahs Bruder. Er hat keinen sehr guten Ruf. Während des Krieges war er Soldat. Aber die letzten zwei Jahre dachte jeder, er würde nach Hause zurückkehren und sich um sein Besitztum kümmern. Die Landwirtschaftsgebäude zerfallen. Die Pächter müßten Geld in das Land hineinstecken. Aber wie ich höre, zieht es Seine Lordschaft vor, den Vergnügungen in London nachzugehen, wo er zu der Clique im Carlton House gehört.«

»Das klingt nicht gut«, sagte Arabella. »Aber immerhin scheint es so, daß ich von Seiner Lordschaft nicht belästigt werde.«

»Nein, bestimmt nicht«, versicherte ihr Lady Deane. »Ruhe dich jetzt aus, Arabella, und versuche, etwas Farbe auf deine Wangen zu bekommen. Dein Haar war früher so schön. Es sieht jetzt strähnig aus. Dr. Simpson sagt, das käme von dem hohen Fieber. Auf jeden Fall spiele du die Rolle, die man von dir erwartet, bis ich etwas anderes arrangiert habe. Ich werde dich vermissen, Liebling.«

Lady Deane streckte die Arme nach ihr aus und zog Arabella an sich.

»Du bist alles, was ich noch von Papa habe«, murmelte sie fast unhörbar. »Die Trennung von dir fällt mir nicht leicht. Das Haus wird ohne dich leer sein.«

»Ich liebe dich, Mama, aber ich weiß, daß du recht hast und ich gehen muß.«

Es klopfte an die Tür.

»Der Herr ist nach unten gegangen, Mylady«, sagte Jones leise.

»Ich darf ihn nicht warten lassen«, sagte Lady Deane und löste sich aus Arabellas Armen.

»Morgen früh wird er wütend sein, daß ihm seine Beute entkommen ist«, sagte Arabella.

»Ich werde ihn besänftigen«, sagte Lady Deane. »Auf seine Weise liebt er mich. Die Kutsche wartet um halb neun vor der Küchentür auf dich, Arabella. Jones wird dir packen helfen. Wenn ich nicht mehr dazukommen sollte, dir Lebewohl zu sagen, weißt du, daß ich doch an dich denke. Und ich werde für dich beten.«

»Mache dir keine Sorgen um mich, Mama«, sagte Arabella tapfer.

Es schien fast so, als könne Lady Deane ihre Tochter nicht mehr ansehen. Sie verließ rasch das Zimmer, und ihre Diamanten funkelten im Licht der Wachskerzen.

Als Lady Deane das Zimmer verlassen hatte, schien es merkwürdig dunkel zu werden. Arabella stand da und lauschte. Sie hörte in der Halle die Stimme ihres Stiefvaters, und dann fuhr die Kutsche am Haupteingang vor.

Arabella trat ans Fenster. Sie sah unten drei Kutschen mit bemalten Panelen. Jede wurde von einem Paar prächtiger Pferde gezogen. Das Silber ihres Zaumzeugs funkelte im Licht der untergehenden Sonne. Die Vorreiter mit ihren gepuderten Perücken und ihren Livreemützen hatten alle Pistolen, und Arabella wußte, daß sie geladen waren. Der Kutscher ihres Stiefvaters hatte eine Donnerbüchse auf den Knien liegen.

»Das Diadem ist heute abend sicher«, dachte Arabella und lächelte. Die sechs Straßenräuber würden es nicht wagen, einen so furchterregenden Gegner anzugreifen.

Die Kutschen setzten sich in Bewegung. Arabella sah ihnen nach, bis sie die Einfahrt hinabgefahren und außer Sichtweite waren.

Dann drehte sie sich um. Jones blies gerade die Kerzen aus.

»Die gnädige Frau wird alle übertreffen«, sagte sie.

»Ich wollte, ich könnte sie dort sehen«, sagte Arabella. »Glaubst du, daß der Regent wirklich hinkommt?«

»Wenn die Gesellschaft groß genug ist, ja«, sagte Jones. »Aber es gäbe in diesem Land mehr zu tun, als nur Gesellschaften zu geben, Miß.«

»Da hast du recht, Jones. Man sollte meinen, er müßte sich um die Männer kümmern, die aus dem Krieg zurückgekehrt sind, ob sie ein Zuhause haben, ob die Verwundeten eine Pension bekommen...«

»Solche Dinge überläßt Seine Königliche Hoheit den Politikern«, sagte die Zofe bissig. »Und nach allem, was ich weiß, geht es denen nur um die Macht.«

Arabella seufzte.

»Ich wollte, ich wüßte mehr über diese Dinge. Ich wollte, ich könnte ins Parlament gehen und mir die Reden in Westminster anhören. Ich wollte, ich könnte mit jemandem wirklich ernsthaft über diese Dinge reden.«

»Darüber zu reden schickt sich nicht für Frauen«, sagte die Zofe schroff. »Kommen Sie, Miß Arabella, wir müssen entscheiden, was Sie mitnehmen. Die gnädige Frau sagte, ich solle alle Kleider einpacken, die Sie vor ein paar Jahren getragen haben, und nichts, was Ihr jetziges Alter verrät. Sie haben sehr abgenommen. Es ist ein Segen, daß ich die Kinderkleider aufbewahrt habe.«

»Ach du meine Güte«, sagte Arabella. »Ich dachte, ich würde diese Hänger nie wiedersehen!«

»Die gnädige Frau hat mir die Anweisung gegeben«, sagte Jones.

»Also gut. Pack alles ein, was du für richtig hältst. Ich glaube nicht, daß ich lange im Schloß sein werde. Und dort wird mich sowieso niemand anschauen. Es wird nur eine kurze Episode sein.«

Arabella ging zu Bett und dachte an den morgigen Tag. Sie lag noch lange wach.

Als Lucy am nächsten Morgen mit einer Tasse heißer Schokolade kam, nippte Arabella nur daran und zog sich rasch an. Sie mußte lächeln, als sie sich im Spiegel sah. Das Kleid fiel lose von den Schultern herab. Es ließ sie genauso alt erscheinen, wie Dr. Simpson sie geschätzt hatte. Die weichen, flachen Schuhe und die weißen Söckchen paßten sehr gut dazu und ebenso der breitrandige Hut, der mit hellblauen Bändern und künstlichen Gänseblümchen geschmückt war.

Sie kämmte sich einen Mittelscheitel und ließ das Haar zu beiden Seiten des Gesichts offen herunterfallen. Einst war es glänzend wie flüssiges Gold gewesen und hatte einen lebhaften Kontrast zu ihrer magnolienweißen Haut gebildet. Aber ihre Krankheit hatte es stumpf und strähnig gemacht, und es schien die Schärfe ihres Kinns und die tiefen Augenringe nur noch zu betonen.

Eines steht fest, dachte Arabella, nicht einmal Sir Lawrence würde sich nach mir umdrehen, wenn ich so aussehe.

Als Frau hatte sie die größte Angst vor ihm, als Kind haßte sie ihn wegen seiner Brutalität.

Sie verabschiedete sich von Lucy und lief die Hintertreppe hinab und durch das Küchenquartier. Die Kutsche wartete vor der Tür, wie ihre Mutter es versprochen hatte. Arabella stieg rasch ein und fürchtete, daß ihr Stiefvater noch im letzten Augenblick erscheinen könnte, um ihre Flucht zu verhindern. Aber sie fuhren unbehelligt die Hintereinfahrt hinab und hinaus auf die staubige Landstraße, die auf einen zehn Meilen langen gewundenen Heckenweg nach Meridale führte.

Schließlich kamen sie durch ein kleines Dorf mit einer Almende, auf der das Vieh weidete. Dann sah Arabella zum erstenmal das Schloß. Seine Türme waren mit Zinnen versehen und ragten über die Baumspitzen empor. Die Einfahrt wand sich zwischen einer Eichenallee hinauf, und plötzlich lag es zur Gänze vor ihr. Arabella hielt den Atem an. Nach den Beschreibungen ihres Stiefvaters hatte sie ein altes, baufälliges Gebäude erwartet. Statt dessen stand ein großartiges, ehrfurchteinflößendes Schloß aus grauem Stein hoch auf einem Hügel, eingerahmt von dunklen Bäumen.

Ursprünglich war es eine normannische Festung gewesen, und obwohl die nachfolgenden Generationen es ständig vergrößert hatten, war durch die Anbauten seine Würde nicht zerstört worden.

Als sie näherkamen, sah Arabella, daß vor dem Schloß ein See lag. Das blaue Wasser reflektierte den Himmel, und im See schwammen mehrere weiße Schwäne.

Sie fuhren über eine Brücke, unter der ein Bach floß, der den See speiste. Dann hielt die Kutsche vor einer imposanten, mit Nägeln beschlagenen Tür, zu der eine Flucht von Steintreppen hinaufführte.

Arabella stieg aus der Kutsche. Sie blickte sich um und sah, wie sich das Schloß in den Himmel erhob. Es mußte während der Regierungszeit von Königin Anne umgebaut worden sein, dachte sie, als man die Pfeilschlitze durch große, viereckige Fenster ersetzt hatte.

Nach so viel Imposantheit schien es irgendwie unpassend, als ein alter Butler in der Tür erschien. Er war nachlässig gekleidet.

»Guten Morgen, Miß. Der Doktor sagte uns, daß Sie heute ankommen«, murmelte der Butler in einem merkwürdig ungeschliffenen Tonfall. »Aber wir haben Sie nicht so früh erwartet.«

»Es tut mir leid, wenn ich ungelegen komme«, sagte Arabella.

»Nein, nein«, erwiderte der Butler. »Ich denke dabei nur an Miß Harrison. Sie steht nicht gern früh auf. Aber das macht nichts. George führt Sie hinauf. Sie müssen mich entschuldigen, aber meine Beine sind nicht mehr das, was sie einmal waren.«

»Ich verstehe sehr gut«, sagte Arabella.

Sie fand, daß George ein ebenso unpassender Diener war.

Er kam in Hemdsärmeln und trug eine schmutzige, gestreifte Weste mit angelaufenen Silberknöpfen, die dringend einer Reinigung bedurft hätten.

Außerdem war er unrasiert, und sie mußte daran denken, wie empört Sir Lawrence gewesen wäre, wenn in seinem Haus einer der Diener es gewagt hätte, in einem solchen Aufzug zu erscheinen.

»Führe die junge Dame in das Kinderzimmer hinauf,

George«, sagte der Butler. »Aber du hättest dir vorher einen Rock anziehen sollen.«

»Er ist in der Anrichte«, antwortete George.

»Das ist keine Entschuldigung«, sagte der Butler gereizt.

Arabella sagte nichts, aber sie sah, daß die Abwesenheit des Schloßherrn eine negative Wirkung hatte und daß nicht nur die Ländereien heruntergekommen waren. Der Staub lag dick auf den Möbeln, und sie dachte, daß es lange her gewesen sein mußte, seit jemand die Fenster geputzt hatte. Es roch muffig, als wäre das Schloß lange nicht mehr gelüftet worden.

Als sie die Treppe zum oberen Stockwerk hinaufgingen, wurde es noch schlimmer. Das Kinderzimmer lag im zweiten Stock, und sie gingen durch lange Korridore, in denen schöne Möbel standen und herrliche Bilder an den Wänden hingen. Aber alles war schmutzig und ungepflegt.

Arabella mußte daran denken, wie das Haus ihrer Mutter immer nach Bienenwachs und Lavendel roch und daß die Fenster weit offenstanden und Luft und Sonne hereinließen.

George klopfte an eine Tür, aber es kam keine Antwort. Er klopfte ein zweites Mal.

»Sie wird wahrscheinlich noch schlafen«, sagte er.

»Aber es ist doch schon halb zehn«, sagte Arabella, die auf dem letzten Treppenabsatz eine große Standuhr gesehen hatte, die tatsächlich noch ging.

George ließ sich zu keiner Antwort herab, sondern öffnete die Zimmertür. In dem Licht, das durch einen teilweise zurückgezogenen Vorhang in den Raum fiel, sah Arabella, daß er groß und behaglich eingerichtet war. Ein Feuer brannte im Kamin.

»Sie warten am besten hier«, sagte er.

»Bitte wecken Sie Miß Harrison nicht«, sagte Arabella rasch.

»Ich werde mich hüten«, antwortete George lakonisch und ließ Arabella allein im Zimmer zurück.

Das war ein merkwürdiger Empfang, dachte Arabella, aber vielleicht lag es daran, daß sie ihr Elternhaus zu so früher Stunde verlassen hatte. Man konnte von keinem erwarten, daß er schon um halb zehn Uhr am Morgen Besucher empfing.

Plötzlich hörte sie ein merkwürdiges Geräusch. Sie war nicht sicher, was es war. Als es sich wiederholte, hörte sie, daß es von einem großen, runden Tisch herkam, der in der Mitte des Zimmers stand. Seine mit Fransen eingefaßte Tischdecke reichte bis auf den Fußboden.

Das Geräusch wiederholte sich. Arabella ging neugierig zu dem Tisch hinüber und hob die Tischdecke an. Auf dem Fußboden hockte ein Kind. Es trug ein weißes Nachthemd und hielt zwei kleine Kätzchen in den Armen. Zwei weitere Kätzchen tranken neben dem Kind aus einer Untertasse Milch.

»Psst«, sagte das Kind mit einer merkwürdig lispelnden Stimme.

»Beulah ... nicht ... sie ... aufwecken.«

»Ich dachte mir, daß du Beulah bist«, sagte Arabella. »Ich bin Arabella, und ich bin zu dir gekommen, um mit dir zu spielen.«

Zwei blaue Augen, die wie Murmeln aussahen, blickten sie an.

Das Kind hatte ein merkwürdiges Aussehen. Der Kopf war zu groß für den zarten Körper. Das Gesicht war rund und ausdruckslos, aber nicht häßlich oder abstoßend. Das Haar war kurz geschnitten und stand in die Höhe. Es ließ das Kind überflüssigerweise noch merkwürdiger aussehen.

»Ara...bella«, wiederholte das Kind zögernd.

»Das ist richtig«, sagte Arabella lächelnd. »Komm zu mir, damit wir miteinander sprechen können.«

»Beulah... nicht... sie... aufwecken«, wiederholte das Kind. Es sprach die Worte abgehackt, als hätte sie sie wie ein Papagei auswendig gelernt.

»Du meinst deine Gouvernante?« fragte Arabella. »Nein, wir wecken sie nicht auf, das wäre ein Fehler. Sind das deine Kätzchen?«

Beulah nickte und drückte die Tiere noch fester an sich, als fürchte sie, Arabella würde sie ihr wegnehmen. Ein Kätzchen miaute und klammerte sich mit den Krallen an das Nachthemd des Kindes.

»Sie sind sehr hübsch«, sagte Arabella. »Ich fasse sie nicht an, weil sie dir gehören.«

Beulah sah sie mit großen Augen an. Dann hielt sie Arabella eines der Kätzchen hin.

Arabella nahm es nicht in die Hand, sondern streichelte es nur.

»Du behältst es«, sagte sie, »es gehört dir.«

Damit schien Beulah zufrieden zu sein. Dann flüsterte sie leise:

»Beulah... weiß... Geheimnis... Beulah... nicht... erzählen... Geheimnis... Beulah... hat... versprochen.«

»So ist es richtig«, sagte Arabella. »Wenn du ein Geheimnis hast, mußt du es für dich behalten.«

Arabella hörte, wie die Tür aufging.

»Was geht hier vor? Wer spricht hier?« fragte eine nörgelnde Stimme.

Arabella stand auf.

In der Zimmertür stand eine junge Frau in einem spitzenbesetzten Negligé. Ihr dunkles Haar fiel ihr offen auf die Schultern. Arabella sah, daß sie auf eine grobe Art hübsch war.

»Ach, du bist es«, sagte die Frau, »das Kind, von dem mir der Doktor erzählt hat. Ich habe dich nicht so früh erwartet.«

»Es tut mir leid, daß ich zu einer so ungelegenen Stunde gekommen bin«, sagte Arabella entschuldigend.

»Ich glaube, es blieb dir nichts anderes übrig. Deshalb kann ich dir keine Schuld geben«, erwiderte die Gouvernante. »Laß mich sehen. Du heißt Arabella, nicht wahr, das sagte mir Dr. Simpson.«

»Ja, das ist richtig«, sagte Arabella.

»Ich bin Olive Harrison. Für dich natürlich Miß Harrison.«

»Ja, natürlich«, sagte Arabella.

Die Gouvernante ging zum Fenster und zog die Vorhänge zurück.

»Ich möchte nicht, daß das Dienstmädchen sie aufzieht, wenn es kommt und Feuer im Kamin macht. Das Rasseln weckt mich auf. Du wirst nun wahrscheinlich frühstücken wollen?«

»Nein, vielen Dank, ich habe keinen Hunger«, sagte Arabella.

»Du solltest aber etwas essen«, sagte Miß Harrison. »Du siehst aus, als könntest du eine ordentliche Mahlzeit vertragen. Ich habe noch nie so ein abgemagertes Kind gesehen wie dich. Aber da fällt mir ein, du warst ja krank, nicht wahr?«

»Ja, ich hatte Scharlach«, sagte Arabella.

»Macht nichts, wir werden schnell ein bißchen Fleisch an dich rankriegen. Eines kann ich über das Haus hier sagen, das Essen ist gut. Ich habe immer gesagt, ich würde niemals irgendwo bleiben, wo das Essen schlecht ist.«

Miß Harrison zog die Vorhänge am vierten Fenster auf, ging dann zum Kamin und betätigte die Klingelschnur.

In weiter Ferne hörte Arabella ein schwaches Geräusch.

»Die Dienstmädchen werden Beulah anziehen. Sie wissen nun, daß ich auf das Frühstück warte«, sagte Miß Harrison.

Sie gähnte, während sie sprach, und machte sich nicht die Mühe, eine Hand vor den Mund zu halten.

Als jetzt das Tageslicht in das Zimmer fiel, sah Arabella, daß die Gouvernante sehr beleibt war. Ihr Negligé straffte sich über ihren vollen Brüsten. Ihre Haut war weiß, und ihre Lippen waren verführerisch rot. Sie hatte große, blaue Augen mit langen, dunklen Wimpern.

»Mein Gott, habe ich Kopfschmerzen«, sagte Miß Harrison. Sie ging zu einem Schrank und nahm eine Flasche heraus. Sie füllte ein Glas und trank es rasch aus. Noch ehe Arabella den Geruch wahrnahm, wußte sie, was es war.

Cognac zum Frühstück! Das war in der Tat eine merkwürdige Gouvernante.

»So ist es besser!« sagte Miß Harrison befriedigt. »Und jetzt, meine Liebe, komm und setz dich zu mir ans Feuer. Erzähl mir etwas von dir!«

Sie ließ sich in einen großen Armsessel fallen und bedeutete Arabella mit einer Handbewegung, sich auf den gegenüberstehenden Stuhl zu setzen. Aber Arabella starrte auf die fleischige Hand und auf den Ring, der an ihrem kleinen Finger funkelte.

Sie konnte sich nicht bewegen. Sie stand da und starrte die Hand an, denn an Miß Harrisons Finger steckte ganz unverwechselbar ein Ring, der einmal ihrer Mutter gehört hatte.

Zweites Kapitel

Arabella lag schlaflos in dem Himmelbett mit dem fransenbesetzten Baldachin. Sie war müde, aber ihr gingen noch einmal die Ereignisse des Tages durch den Kopf, und nach einiger Zeit gab sie es auf, sich einzureden, sie könne einschlafen.

Sie war erschöpft gewesen, als Miß Harrison nach einem Mädchen geschickt hatte, das Beulah zu Bett brachte. Aber jetzt war sie hellwach.

»Du gehst am besten auch schlafen, Kleine«, hatte Miß Harrison zu ihr gesagt. Arabella wußte, daß sie das nur deshalb geäußert hatte, weil sie vorhatte, Miß Fellows, das Oberdienstmädchen, zu empfangen. Eine ungeöffnete Flasche Cognac stand mit zwei Gläsern auf dem Tisch neben einem Päckchen Spielkarten.

Arabella wußte nach nur wenigen Stunden im Schloß, daß Miß Harrison die Rolle der Hausherrin spielte. Die Diener beeilten sich, ihre Befehle auszuführen, und Arabella bemerkte, daß eine ganze Anzahl wertvoller Möbelstücke ihren Weg in Miß Harrisons Zimmer gefunden hatten.

Nach dem Mittagessen war Beulah in ihr kleines Schlafzimmer gebracht worden, das neben dem Kinderzimmer lag. Beulah schlief allein, abgesehen von ihren Kätzchen, die einen Korb am Fuß des Bettes hatten.

»Sie will sich nicht von ihnen trennen«, erklärte Miß Harrison träge, als Beulah nach ihren Kätzchen rief und Arabella bat, sie einzusammeln.

Es war offensichtlich, daß Miß Harrison den Weg des

geringsten Widerstandes einschlug. Alles war erlaubt, sofern es nicht um ihre eigene Bequemlichkeit ging.

Arabella verstand gut, daß Dr. Simpson der Meinung gewesen war, Beulah brauche jemanden, der mit ihr spielte und sich mit ihr beschäftigte. Miß Harrison tat keines von beidem. Sie sprach niemals mit dem Kind, außer ihm zu sagen, es solle an den Tisch kommen oder zu Bett gehen. Es war ihr völlig gleichgültig, was Beulah die übrige Zeit anstellte oder ob irgend jemand oder irgend etwas zu ihrem Glück beitrugen.

Miß Fellows war eine magere, gehässig aussehende Frau, die nichts Besseres zu tun zu haben schien, als in einem Armsessel so nahe wie möglich bei Miß Harrison zu sitzen und stundenlang mit ihr zu klatschen.

So verbrachten sie den größten Teil des Vormittags, und als das Essen beendet war, ein gut gekochtes Mahl, das von zwei Dienern serviert wurde, setzte sich Miß Harrison bequem auf eine Chaiselongue, schob sich einige Kissen unter den Kopf und legte sich einen Pelz auf die Füße. Obwohl sie zu der Mahlzeit eine große Menge Wein getrunken hatte, stellte der Diener noch eine Karaffe mit Cognac auf den kleinen Tisch neben sie.

Da Arabella sah, daß Miß Harrison sich nicht dafür interessierte, was sie tat, ging sie nicht in ihr eigenes Zimmer, sondern die Treppe hinab zu den Haupträumen des Schlosses.

Das große Treppenhaus mit seinem holzgeschnitzten Treppengeländer war eindrucksvoll. An den Wänden hingen goldgerahmte Familienporträts. Sie konnte die Schönheit des Salons nicht würdigen, weil über den Möbelstücken Schonbezüge lagen. Die hölzernen Fensterläden waren geschlossen und die hohen Fenster verriegelt. In dem Raum roch es dumpf und modrig, und Arabella schloß hinter sich die Tür.

Der angrenzende Raum war noch uninteressanter, und Arabella ging rasch auf zwei große Doppeltüren zu, öffnete sie und blieb mit angehaltenem Atem stehen. Sie hatte die Bibliothek gefunden!

Die Bücherregale reichten vom Fußboden bis zur Decke. Die ledergebundenen Bücher verwandelten selbst in dem trüben Licht die Wand zu einem farbigen Kaleidoskop.

Arabella lief zu den Fenstern, zog die Vorhänge auf, öffnete die breiten Fenster und ließ Luft und Sonnenschein herein.

Bücher! Bücher! Mehr Bücher, als sie je gesehen hatte, und mehr, als sie je hoffen konnte, in einem Leben lesen zu können. Bücher! Sie war sicher, daß es im Schloß niemanden gab, der sagen würde: »Lesen schickt sich nicht für Frauen!«, wie es ihr Stiefvater so oft geäußert hatte, wobei er unweigerlich hinzufügte: »Kein Mann möchte ein verdammtes Gehirn zur Frau haben.«

Es roch nach sehr altem Leder, aber überall lag Staub. Die Bücher waren völlig davon bedeckt. Als Arabella sie mit den Fingern berührte, sagte sie sich, daß sie sie abstauben und dafür sorgen würde, daß sie in ihrer alten Schönheit erstrahlten.

Die hohe Decke war mit mythischen Götter- und Göttinnengestalten bemalt, und über dem Kamin hing ein riesiger Spiegel mit einem geschnitzten und vergoldeten Holzrahmen, in dem sich die Bücher spiegelten. Arabella seufzte glücklich. Hier konnte sie sich bilden, hier konnte sie wieder ihre Klassiker lesen.

Der Pfarrer in ihrem Dorf hatte sie in Griechisch und Lateinisch unterrichtet. Er war ein gebildeter Mann mit einem großen Wissen, und sein Unterricht war gut. Ihr Vater hatte darauf bestanden, daß sie die Erziehung eines Jungen bekam, da er keinen Sohn hatte.

»Warum soll man Frauen wie Schwachsinnige behandeln?« hatte er gefragt.

»Ich bin nicht gelehrt«, hatte ihre Mutter geantwortet, »hältst du mich deshalb für eine Schwachsinnige?«

Er hatte gelacht, seinen Finger unter ihr Kinn gelegt und ihr Gesicht angehoben.

»Wenn sie so schön sind wie du, meine Liebe, brauchen sie keinen Verstand«, hatte er liebevoll gesagt. »Arabella wird für dich niemals eine Rivalin sein, also wollen wir ihr außer ihrem hübschen Gesicht noch etwas geben, worauf sie sich stützen kann.«

Ihre Mutter hatte den Entschluß ihres Mannes akzeptiert, wie sie alles akzeptierte, was er wollte. Aber als sie wieder geheiratet hatte, machte Sir Lawrence dem, was er »diese Narrenstunden« nannte, rasch ein Ende.

»Bringe dem Mädchen lieber Nähen bei«, hatte er barsch gesagt. »Ihr Mann wird es einmal bequem haben wollen, falls sie überhaupt einen bekommt.«

Der alte Pfarrer war traurig gewesen.

»Wenn du ein Junge wärst, würdest du auf jeder Universität große Ehre einlegen.«

»Wenn ich ein Junge wäre«, hatte Arabella wiederholt. »Wissen Sie, wie sehr ich es hasse, ein Mädchen zu sein? Ich hasse es, daß man mich kontrolliert, mich herumkommandiert und ich gezwungen werde, die Wünsche anderer Leute zu erfüllen.«

»Mein Kind, du mußt Gottes Willen akzeptieren«, hatte der Pfarrer gesagt, aber seine Augen waren traurig, und sie wußte, daß er verstand, wie sehr sie litt.

Und jetzt wurde ihr in einem Augenblick, als sie es am wenigsten erwartet hatte, wieder die Tür zur Bildung geöffnet. Bücher! Sie breitete die Arme aus, als wolle sie alle umarmen.

Ihre Augen leuchteten, als sie ein Buch nach dem anderen aus dem Regal nahm und schließlich drei auswählte, die sie in ihr Zimmer mitnehmen wollte.

Plötzlich wurde ihr bewußt, daß sie nun schon lange Zeit in der Bibliothek gewesen war. Rasch ging sie zu den Fenstern, schloß sie und zog die Vorhänge zu.

Als sie durch die große Halle ging und gerade die ersten Treppenstufen erreichte, kam ein junges Dienstmädchen mit einer weißen Haube auf dem Kopf auf sie zugeeilt.

»Da sind Sie ja, Miß Arabella«, rief das Mädchen atemlos. »Ich habe Sie schon überall gesucht. Ich fürchtete schon, Sie hätten sich irgendwo versteckt.«

»Ich habe mich nur ein wenig im Schloß umgesehen«, sagte Arabella. »Möchte Miß Harrison mich sprechen?«

»Nein«, erwiderte das Dienstmädchen, »sie schläft um diese Zeit immer. Sie lebt eben wie eine große Dame. Miß Matherson möchte Sie sprechen.«

»Miß Matherson? Wer ist das?« fragte Arabella.

»Kommen Sie bitte mit, Miß«, sagte das Dienstmädchen und ging voraus die Treppe hinauf. »Sie wird sich schon wundern, warum es so lange gedauert hat, bis ich Sie gefunden habe.«

»Wer ist Miß Matherson? Was für eine Stellung hat sie hier?«

Das Dienstmädchen blickte ängstlich die Treppe hinauf, als fürchte sie, es könnte sie jemand belauschen. Dann senkte sie die Stimme und sagte:

»Es ist schwer zu erklären, Miß. Miß Matherson war die Zofe der verstorbenen Marquise, der Mutter Seiner Lordschaft. Sie verwaltete das Schloß kurze Zeit nach dem Tod Ihrer Lordschaft. Dann gab es Schwierigkeiten.«

»Was für Schwierigkeiten?« fragte Arabella.

Das Dienstmädchen wurde verlegen.

»Das darf ich Ihnen nicht sagen, Miß. Aber ich weiß, daß es Schwierigkeiten gab.«

»Es ist schwer für mich«, sagte Arabella sanft, »wenn ich im Schloß lebe und nicht weiß, wer jedermann ist oder was für Befugnisse er hat. Ich bin sicher, das kannst du verstehen.«

Das Dienstmädchen war nicht viel älter als sechzehn Jahre, also jünger als Arabella. Es lächelte verschmitzt.

»Ich weiß, wie Ihnen zumute ist«, sagte sie vertraulich, »mir erschien hier auch alles sehr mysteriös, als ich vor fast fünf Jahren in das Schloß kam. Miß Harrison ist nun in der Abwesenheit Seiner Lordschaft die Herrin im Schloß. Sie erteilt Befehle, und Miß Fellows führt sie aus. Die beiden hassen Miß Matherson, und sie haben alles mögliche versucht, um sie loszuwerden. Aber Miß Matherson rührt sich nicht von der Stelle. Und niemand außer Seiner Lordschaft kann sie entlassen, und da er nicht nach Hause kommt, bleibt sie eben hier.«

»Wo lebt sie?« fragte Arabella.

»Miß Matherson hat sich zurückgezogen«, erwiderte das Mädchen fast triumphierend, als habe es einen taktischen Sieg errungen. »Sie hat ihre eigenen Räume und spricht mit Miß Harrison und Miß Fellows kein Wort. Wir arbeiten für sie. Sie sorgt dafür, daß wir alles in Ordnung halten. Wir wagen es nicht, uns ihr zu widersetzen, auch wenn Miß Fellows uns immer wieder befiehlt, dies zu tun.«

»Das hört sich alles sehr unangenehm an«, bemerkte Arabella.

»Manchmal ist es auch lustig«, erwiderte das Dienstmädchen und kicherte. »Es geht etwas Merkwürdiges im Schloß vor, aber ich stelle keine Fragen. Ich bekomme einen guten Lohn und viel zu essen. Ich kann mich nicht beklagen. Im Dorf gibt es ein halbes Dutzend Mädchen, die gern meinen Platz einnehmen würden. Die Arbeit ist nicht schwer.«

»Das sehe ich«, sagte Arabella und dachte an die staubige Bibliothek und die allgemeine Unsauberkeit im Schloß.

»Als Miß Matherson die Aufsicht hatte, war alles in Ordnung«, sagte das Dienstmädchen. »Nicht einmal der König hätte es besser verlangen können.«

Sie erreichten das erste Stockwerk und gingen durch einen breiten Korridor mit hohen Mahagonitüren.

»Hier war das Zimmer der gnädigen Frau«, flüsterte das Dienstmädchen. »Und das hier gehört Seiner Lordschaft. Ich habe sie beide nicht gekannt, aber alle sagen, daß er ein guter Herr war, freundlich und großzügig zu allen.«

Als sie am Ende des Korridors ankamen, klopfte das Dienstmädchen an eine Tür, und eine ruhige Stimme sagte: »Herein!«

»Ich habe Miß Arabella gefunden, Madam«, sagte das Dienstmädchen.

»Vielen Dank, Rose, du kannst gehen«, sagte Miß Matherson.

Arabella trat ins das Zimmer.

Miß Matherson stand von einem Stuhl neben dem Fenster auf. Sie hatte genäht. Arabella ging auf die kleine ältere Frau zu. Über ihrem schwarzen Kleid trug sie eine schwarze Samtschürze und einen goldenen Schlüsselgürtel.

»Sehr angenehm«, sagte Miß Matherson.

Arabella streckte ihr die Hand hin, und als sie das tat, bemerkte sie, daß ihre Finger schmutzig waren.

»Entschuldigen Sie, daß meine Hände so schmutzig sind«, sagte sie, »aber ich war in der Bibliothek. Ich hoffe, es ist nicht ungehörig von mir, wenn ich mir drei Bücher ausgeborgt habe?«

»Und dabei haben Sie festgestellt, wie staubig sie sind«, sagte Miß Matherson.

Sie nahm Arabella die Bücher ab und legte sie auf einen Tisch. Dann holte sie einen Staubwedel aus einer Kommode, staubte die Bücher ab und machte dabei mit den Lippen ein mißbilligendes Gesicht.

»Wollen Sie sich die Hände waschen?« sagte Miß Matherson.

Sie ging voraus zu einer anderen Tür, durch einen Ankleideraum in ein Badezimmer. Die Vorhänge waren zurückgezogen, und Arabella sah sich entzückt um. Sie hatte noch nie solch ein Badezimmer gesehen. Die marmorne Badewanne war in den Fußboden eingelassen, so daß man über einige Stufen hinuntersteigen mußte. Der Fußboden war ebenfalls aus Marmor. An einer Wand stand ein Waschständer mit einer Schüssel, einem Wasserkrug und Seifenschalen, alles aus Silber.

»Wie herrlich!« rief Arabella.

»Es ist die Charles II.-Garnitur«, sagte Miß Matherson stolz. »Seine Majestät wohnte nach seiner Wiedereinsetzung kurze Zeit hier und schenkte bei seiner Abreise die Garnitur dem Haus. Aber das Bad ist die Kopie eines römischen Bades, das die gnädige Frau in Italien gesehen hat.«

»Es ist wunderbar«, sagte Arabella begeistert.

»Ich zweifle daran, ob es im ganzen Land noch einmal etwas Gleichwertiges gibt«, sagte Miß Matherson stolz. »Man brauchte gewöhnlich fast zwanzig Minuten, bis die Diener die Wanne mit großen Kannen heißen Wassers aus der Küche gefüllt hatten. Macht es Ihnen etwas aus, wenn Sie sich die Hände mit kaltem Wasser waschen, Miß?«

»Natürlich nicht«, erwiderte Arabella.

Das Wasser in der Silberschüssel duftete und ebenso die Seife. Das Handtuch, das Miß Matherson ihr hinhielt, war aus feinstem Linnen und mit echter Spitze besetzt.

»Ich halte alles in Ordnung, falls die Zimmer wieder einmal gebraucht werden«, sagte Miß Matherson und sprach so, als beantworte sie Arabellas unausgesprochene Fragen.

»Sie würden sicher gern auch das Zimmer der gnädigen Frau sehen?«

Sie öffnete eine Tür, und Arabella betrat den schönsten Raum, den sie je gesehen hatte. Die Sonne schien durch die offenen Fenster auf ein großes Himmelbett mit seidenen, gestickten Vorhängen. Spiegel waren mit Kupidos verziert, die Möbel geschnitzt und vergoldet und der Teppich so weich wie Daunen. Frische Blumen standen auf dem Toilettentisch. Arabella glaubte, das Zimmer warte nur noch darauf, daß seine ehemalige Besitzerin jeden Augenblick hereinkommen und ihr Leben wieder aufnehmen würde. Es war wie ein Altar der Vergangenheit und Miß Matherson die einzige Gläubige.

Als wisse sie, was Arabella dachte, sagte Miß Matherson:

»Gehen wir wieder in mein Zimmer. Ich hoffe, Sie entschuldigen, Miß, daß ich Sie um Ihren Besuch gebeten habe. Ich war so neugierig darauf, Sie kennenzulernen. Wir bekommen so wenig Besuch im Schloß.«

»Dr. Simpson hielt es für angebracht, daß Beulah eine Spielgefährtin hat«, sagte Arabella.

»Ja, ich habe davon gehört, daß er ein Kind ins Schloß holen wollte«, sagte Miß Matherson. »Aber niemand hatte erwartet, daß er so rasch eines finden würde.«

»Diese Zimmer hier bekommen alle Sonne«, sagte Miß Matherson, als sie wieder ihr Zimmer betraten. »Ich habe natürlich nicht hier gewohnt, als die gnädige Frau noch lebte. Ich war im zweiten Stockwerk untergebracht. Aber jetzt halte ich es für angebracht, in der Nähe ihrer Räume zu sein.«

»Und sie in Ordnung zu halten«, fügte Arabella hinzu. »Es wäre schade, wenn...« Sie hielt inne.

»... wenn diese Räume ebenso herunterkommen würden wie das übrige Schloß«, ergänzte Miß Matherson. »Früher war es schön und gepflegt. Jetzt ist es eine Schande.«

»Kommt der Marquis denn nie nach Hause?«

»Bis vor zwei Jahren war er mit seinem Regiment im Ausland. Jetzt soll er in London sehr beschäftigt sein. Er bewohnt das Meridale House am Berkeley Square, und manchmal bekommen wir Nachricht von ihm, wenn er nach einem Diener oder einem Pferd verlangt.«

»Es ist beschämend«, sagte Arabella, doch dann hielt sie inne. Es schickt sich nicht, den eigenen Gastgeber zu kritisieren, sagte sie sich.

»Ich bin um Beulahs willen froh, daß Sie hier sind«, sagte Miß Matherson. »Sie hat niemanden außer ihren Kätzchen. Aber jetzt wird Miß Harrison Sie zum Tee erwarten. Ich möchte nicht, daß sie Sie wegen mir auszankt, weil Matty Sie aufgehalten hat.«

»Matty, nennt man Sie so?« fragte Arabella.

»Ich bin schon seit vielen Jahren hier«, sagte Miß Matherson. »Matty ist der Name, den Seine Lordschaft mir gegeben hat, als er ein Junge war. Auch die gnädige Frau hat diesen Namen benützt. Ich halte es für ein Zeichen der Zuneigung.«

Miß Mathersons Augen füllten sich mit Tränen.

»Wie ist der Marquis?« fragte Arabella.

»Stattlich und eigensinnig«, erwiderte Miß Matherson. »Aber wer wollte schon einen Mann, der keinen Geist und keinen eigenen Willen besitzt?«

»Sie lieben ihn?« fragte Arabella.

»Als er ein Junge war, liebte ich ihn«, sagte Miß Matherson, »aber ich habe Seine Lordschaft seit über acht Jahren nicht mehr gesehen. Wie er jetzt ist, weiß ich nicht. Vielleicht werden wir es eines Tages erfahren.«

»Darf ich Sie wieder einmal besuchen?« fragte Arabella. »Ich würde gern von Ihnen hören, wie das Leben im Schloß früher war. Gab es große Gesellschaften? Und würden Sie mir etwas über den Marquis erzählen, wie er als Kind war? Ich habe keinen Bruder, und ich wollte immer ein Mann sein.«

»Warum wollten Sie das?« fragte Miß Matherson lächelnd. »Bald werden Sie eine junge Dame sein, und die Herren werden Ihnen den Hof machen.«

»Ich möchte nicht, daß man mir den Hof macht«, sagte Arabella unfreundlich. »Ich hasse die Männer, ja, ich hasse sie! Jeden einzelnen von ihnen!«

Sie bemerkte die Wirkung ihrer Worte erst, als sie Miß Mathersons erstaunte Miene sah.

»Entschuldigen Sie bitte«, sagte sie leise. »Ich hätte nicht so sprechen dürfen.«

»Ich verstehe«, sagte Miß Matherson nachsichtig. »Und jetzt nehmen Sie Ihre Bücher und gehen Sie, Miß. Aber kommen Sie wieder, wann immer Sie wollen. Sie sind mir stets willkommen.«

»Danke.« Arabella lächelte. Als sie an der Tür ankamen, sagte Miß Matherson:

»Seien Sie vorsichtig. Ich beschwöre Sie, seien Sie vorsichtig. Ich sehe, daß Sie nicht so jung sind, wie man es erwartet hat. Sie sind nur dann sicher, wenn Sie sehr jung und sehr einfältig sind.«

»Was meinen Sie damit?« fragte Arabella.

»Ich kann es jetzt nicht erklären.«

Miß Matherson schob Arabella zur Tür hinaus. Angetrieben von einem Gefühl der Gefahr, das sie nicht verstand, erreichte Arabella das Kinderzimmer. Ein Diener brachte gerade den Tee auf einem großen Silbertablett. Eine große silberne Teekanne stand darauf, ein Rechaud und eine verschlossene Teedose. Ein zweiter

Diener brachte den Tisch mit einer feinen Leinentischdecke.

Rose hatte die Wahrheit gesagt, als sie bemerkte, daß Lady Harrison ihren Tee wie eine Dame trank. Es war keine gewöhnliche Mahlzeit, denn nur die Adligen und Wohlhabenden tranken täglich Tee, der unermeßlich teuer war.

Arabella betrat Beulahs Schlafzimmer und hörte, wie Miß Harrison im Nachbarzimmer laut schnarchte, ehe sie aus dem Schlaf auffuhr.

»Tee!« rief sie. »Das ist genau das, was ich jetzt brauche. Meine Kehle ist so trocken wie eine Karfreitagspredigt.«

Sie sah die Diener an und erwartete eine Reaktion auf ihren Witz, und sie lachten gehorsam.

Beulah war wach und saß aufrecht in ihrem Bett. Sie hielt drei spielende Kätzchen in ihren Armen. Ihr großes, rundes Gesicht war ausdruckslos, aber in ihren Augen leuchtete ein Schimmer von Intelligenz.

»Sei vorsichtig«, sagte Arabella. »Die Kätzchen sind noch so klein, und du vergißt, wie stark du selbst bist.«

»Beulah ... alles ... Beulah«, sagte das Kind und zog die Worte in die Länge, als wäre jedes eine Anstrengung für sie.

»Ja, natürlich«, erwiderte Arabella, »aber du darfst ihnen nicht weh tun, sie sind noch klein.«

Sie bemerkte, daß Beulah so klug war, nicht mit der Mutterkatze zu spielen, die ihre Krallen benutzen konnte, sondern ihre ganze Aufmerksamkeit den kleinen Kätzchen widmete.

Arabella kämmte sich das Haar und ging in das Kinderzimmer hinüber.

Miß Harrison saß schon am Teetisch. Sie trug ein fülliges, rotes Samtkleid und löffelte gerade den kostbaren Tee in die silberne Kanne.

»Möchtest du Tee trinken?« fragte sie Arabella. »Beulah hat Milch.«

»Schokolade... möchte Schokolade«, rief Beulah.

»Ziehe an der Klingelschnur«, sagte Miß Harrison zu Arabella.

»Zum Henker mit dem Personal, weshalb können sie das Kind nicht fragen, was es haben will, bevor sie aus dem Zimmer gehen?«

Arabella sah auf die Teller mit Plätzchen, Gerstenmehlkuchen, Biskuits, Brot und Butter, aber sie war nicht hungrig. Sie hatte schon zum Mittagessen mehr als üblich gegessen.

»Ich esse um sechs Uhr zu Abend«, sagte Miß Harrison zufrieden, als sie die goldgelbe Butter auf ein Weizenbrötchen strich und dann Honig aus einer Kristallschale darüber verteilte. »Beulah geht um halb sechs zu Bett.«

Arabella war froh, als Beulah in ihr Zimmer gebracht wurde und die Gouvernante ihr vorschlug, daß auch sie in ihr eigenes Zimmer gehen könnte.

»Gute Nacht, Miß Harrison«, sagte Arabella höflich und machte einen flüchtigen Knicks.

»Gute Nacht, Arabella«, erwiderte die Gouvernante und fügte hinzu: »Ich nehme doch an, du kannst nicht Pikett?«

Arabella zögerte, aber ehe sie etwas antworten konnte, sagte Miß Harrison:

»Nein, natürlich nicht. Es war nur so ein Gedanke, weil Miß Fellows eine so schlechte Spielerin ist. Man ist für die Karten geboren oder nicht, wie ich immer sage.«

»Ja«, stimmte Arabella zu. Sie erwähnte nicht, daß sie eine gute Pikettspielerin war und ihr Vater ihr das Spiel beigebracht hatte. Denn sie wollte nicht in der Gesellschaft von Miß Harrison und Miß Fellows den Abend verbringen. Die erstere schien mit ihren eigenen Gedanken beschäftigt zu sein und hatte sich beim Tee nicht die geringste Mühe gegeben, etwas zur Konversation beizutragen.

Arabella fiel es schwer, nicht die fleischige, weiße Hand anzusehen, an der der Ring ihrer Mutter steckte. Er leuchtete im Sonnenschein – zwei verschlungene Herzen, ein Herz aus einem großen Diamanten geschnitten, das andere aus einem Rubin. Sie erinnerte sich daran, wie ihr Vater den Ring ihrer Mutter geschenkt hatte.

Sie mußte damals sechs Jahre alt gewesen sein. Sie hatte auf dem Bett ihrer Eltern gesessen und die Weihnachtsgeschenke ausgepackt, die sie am Fußende ihres Bettes beim Aufwachen vorgefunden hatte. Ihr Vater griff unter sein Kopfkissen und holte eine kleine Schachtel hervor.

»Für mich?« hatte ihre Mutter gefragt.

»Für dich, mein Liebling«, hatte er erwidert. »Weil ich dich liebe und weil dies das schönste Weihnachten sein wird, das wir je zusammen verbracht haben.«

Die Stimme ihres Vaters hatte tief geklungen, so daß Arabella ihn mit großen Augen angesehen hatte. Er hatte sich zu ihrer Mutter hinuntergebeugt und sie auf den Mund geküßt.

»Für dich ist mir nichts gut genug, mein Liebling.«

Ihre Mutter hatte ihn angelächelt.

»Nicht vor dem Kind, Liebster. Laß mich mein Geschenk auspacken.«

Sie öffnete das Etui und stieß einen Entzückensschrei aus.

»Er ist herrlich, der hübscheste Ring, den ich je gesehen habe.«

»Ich will ihn dir an den Finger stecken«, hatte er gesagt.

Ihre Mutter hatte ihm ihre Hand hingestreckt.

»Er gefällt mir sehr. Aber es ist verrückt, wir können

uns solche Extravaganzen nicht leisten, das weißt du sehr gut.«

»Ich konnte nicht widerstehen«, erwiderte er. »Das sind unsere Herzen – deines und meines –, und sie sind sich so nahe, daß nichts sie voneinander trennen kann.«

Arabella kam es damals so vor, als fülle ihr Glück den ganzen Raum mit einem goldenen Schimmer.

Jetzt sagte Arabella mit vorgetäuschter Gleichgültigkeit:

»Was für einen hübschen Ring Sie haben, Miß Harrison.«

Die Gouvernante spreizte ihre Finger.

»Er ist in der Tat sehr hübsch«, stimmte sie zu.

»Haben Sie ihn von jemandem geschenkt bekommen?« fragte Arabella.

Es entstand eine Pause, und Miß Harrison zog beinahe ruckartig ihre Hand zurück und versteckte sie in ihrem Schoß.

»Trink deine Schokolade aus, Beulah«, sagte sie ruppig. »Arabella, du hast so wenig gegessen, daß nicht einmal eine Maus davon leben könnte. Du siehst aus wie ein Spatz, der noch nicht flügge ist.«

Sie stand auf und ging zum Fenster.

»Morgen geht ihr Kinder am besten hinaus in den Garten«, sagte sie.

Als Arabella im Bett lag, mußte sie unausgesetzt an den Ring denken. Sie war wütend darüber, daß eine aufgeputzte, faule Gouvernante, die zu viel trank und ihre Pflichten vernachlässigte, die Juwelen ihrer Mutter trug. Aber was konnte sie tun?

Sie konnte es natürlich ihrer Mutter sagen, aber selbst wenn Lady Deane erfuhr, wo der Ring war, würde es schwierig sein, die Gouvernante zu beschuldigen, sie trage gestohlenen Schmuck.

Miß Harrison würde behaupten, jemand habe ihr den Ring aus London mitgebracht, und sie würde sich weigern, die Identität des edlen Spenders zu enthüllen. Und wenn Arabella Miß Harrison selbst des Diebstahls bezichtigte, würde dies nur bedeuten, daß sie nach Hause zurückkehren mußte.

Arabella dachte an Sir Lawrence und fröstelte. Es war nicht sein Zorn, den sie fürchtete, und nicht einmal seine Peitsche, die er so häufig benutzte, es war etwas, das sie in der Dunkelheit ihre Fäuste ballen ließ.

Als sie am nächsten Morgen erwachte, hörte sie in der Ferne die Uhr fünfmal schlagen. Die Dämmerung brach schon an, und sie hatte plötzlich das Bedürfnis nach frischer Luft. Der Schmutz und Staub im Haus bedrückte sie, und sie fühlte sich elend und hatte Kopfschmerzen.

Sie schlüpfte aus dem Bett, wusch sich mit kaltem Wasser und zog sich rasch an. Sie vermutete, daß die Dienstboten nicht früh aufstanden, da sie unbeaufsichtigt waren, und daß sie deshalb höchstwahrscheinlich niemandem begegnen würde, wenn sie leise die Treppe hinabging.

Sie hielt es für angebracht, nicht die schwere eichene Vordertür des Schlosses zu öffnen, sondern durch das Küchenquartier zu gehen. Die Steinplatten waren ungeputzt und schmutzig. Sie ging durch die Anrichte, dann durch die Küche, an deren schrägen Dachbalken Schinken hingen, durch die Spülküche, die Vorratskammer und den Milchraum. Endlich kam sie zu der Tür, die in den Hof hinausführte.

Sie drehte den großen Schlüssel herum, und zum Glück war nur ein Riegel da, den sie erreichen konnte. Die Tür ging knarrend auf. Mit einem Gefühl der Erleichterung sog sie die frische Morgenluft ein. Der Weg führte zwischen Sträuchern und blühenden Apfelbäumen hindurch zum Stall. Aufgeregt ging Arabella darauf zu.

Seit ihrem dritten Lebensjahr war sie geritten. Aber auch dies hatte ihr Stiefvater ihr verboten, mit der Begründung, daß er es sich nicht leisten konnte, neben seinen Pferden, die er für sich selbst und die Kutschen brauchte, ein Pferd für sie zu halten.

Als ihr Pferd verkauft worden war, hatte Arabella die ganze Nacht geweint, aber sie hatte ihrem Stiefvater nicht gezeigt, wie sehr er sie verletzt hatte. Mit steinernem Gesicht hatte sie dagesessen, während er ihr eine Lektion darüber erteilte, wie unschicklich es ist, wenn Mädchen reiten.

Sie hatte gewußt, daß er ihr Pferd nur deshalb verkauft hatte, um sie zu verletzen, weil sie sich ihm nicht unterwarf. Er wußte, daß sie ihn haßte, und er war entschlossen, ihren Widerstand zu brechen. Sie war aber ebenso entschlossen, sich ihm zu widersetzen.

Es war ein ständiger Kampf, in dem keiner von beiden nachgab. Sir Lawrence schlug sie bei jedem geringsten Anlaß. Bücher und Pferde, von denen er wußte, daß sie sie liebte, waren verboten. Die Bücher, die Arabella aus der Bibliothek holte, wurden ein ausgezeichneter Vorwand für Strafen und immer mehr Strafen.

Sie ging schneller, denn sie freute sich darauf, Pferde zu sehen. Die ersten Sonnenstrahlen vertrieben die Dunkelheit der Nacht.

Arabella erreichte den Bogengang. Der Stall war sehr groß. Es hätten hundert Pferde darin Platz gehabt. Aber die meisten Boxen waren geschlossen. Plötzlich hörte Arabella vom Ende des Stalles her ein Geräusch.

Instinktiv trat sie in den Schatten des Bogengangs zurück. Ein Reiter kam in den Hof galoppiert. Die Stalltür stand offen.

Der Reiter sprang vom Pferd und führte es in den Stall. Ihm folgte ein zweiter Reiter, dann noch einer und noch einer, und jeder ging schweigend zu einer offenen Box. Nur das Klappern der Pferdehufe auf dem Pflaster war zu hören. Dann wurde die Stalltür geschlossen, und es herrschte Stille.

Fünf Männer, fünf Pferde. Arabella fragte sich, wer sie waren. Plötzlich griff eine Hand nach ihrem Arm.

»Wer zum Teufel bist du, und was tust du hier?«

Sie wurde so festgehalten, daß sich die Finger des Mannes in ihr Fleisch gruben und sie vor Schmerz beinahe aufschrie.

Sie sah dem Mann ins Gesicht. Er war in mittleren Jahren. Tiefe Falten zogen sich von seiner Nase zum Mund, und seine buschigen Augenbrauen stießen auf der Stirn fast zusammen. Er war auf eine finstere Art attraktiv. Aber sein Gesicht war furchteinflößend unter seinem Hut. Er trug elegante Reithosen, auf Hochglanz polierte Schaftstiefel und einen grauen Kordmantel. Seine schwarze Halsbinde war stilvoll und der Mode entsprechend gebunden.

Arabella versuchte, sich von ihm zu befreien, aber dadurch wurde der Griff um ihren dünnen Arm nur noch eiserner. Sie wußte, daß sie so hilflos wie ein Kaninchen im Maul eines Vorstehhundes war. Sein Gesichtsausdruck sagte ihr, daß sie in Gefahr war, in großer Gefahr.

»Antworte mir!« fauchte sie der Mann an, aber seine Stimme war kultiviert. »Wer bist du, und warum zum Teufel spionierst du meinen Männern nach?«

Arabella holte tief Luft. Sie wußte, daß sie antworten mußte.

»Ich bin Arabella«, sagte sie mit einer hohen Kinderstimme. »Ich suche Beulahs Kätzchen. Es ist entlaufen.«

»Beulah?« fragte der Mann. »Was hat die Schwachsinnige damit zu tun?«

»Ich wohne im Schloß und spiele mit Beulah«, antwortete Arabella.

Sie spürte, wie sich der Griff an ihrem Arm ein wenig lockerte. Mit einer raschen Körperbewegung befreite sie sich von ihm.

»Kätzchen? Kätzchen? Kätzchen?« rief sie und rannte auf das Haus zu. Sie wußte, daß der Mann sie beobachtete, und als sie die Küchentür erreichte, bückte sie sich, als hebe sie etwas auf. Dann tat sie so, als habe sie ein Kätzchen in den Armen und öffnete die Küchentür.

Sie lief die Treppe hinauf. Als sie das Kinderzimmer erreichte, rang sie nach Atem. Sie sagte sich, daß sie träumte, und doch wußte sie, daß sie einer drohenden Gefahr entronnen war. Wer war der Mann, der sie festgehalten hatte und der nicht wollte, daß sie den Stall betrat?

Vor dem Kinderzimmer versuchte eines von Beulahs Kätzchen, durch den offenen Türschlitz in das Zimmer zu gelangen. Es miaute. Arabella hob es auf und ging in Beulahs Schlafzimmer. Das Kind schlief noch. Sein Gesicht war ruhig und ausdruckslos. Es sah wie ein Gnom aus, aber sehr jung und sehr verletzlich. Plötzlich empfand Arabella Mitleid mit dem Kind. Vielleicht hatte Dr. Simpson recht, vielleicht wurde Beulah intelligenter, wenn sie von jemandem geliebt wurde, wenn sie Gesellschaft hatte.

»Ich will versuchen, dir zu helfen«, flüsterte Arabella, als sie Beulahs Tür schloß, weil sie Schritte durch den Korridor näherkommen hörte. Es waren schwere, energische Schritte, und instinktiv wollte sich Arabella verstecken, wie sie es so oft vor ihrem Stiefvater getan hatte.

Die Schritte kamen näher, und als sie die Tür erreichten, war Arabella unter den Tisch geschlüpft, unter dem sich am Tag zuvor auch Beulah verborgen hatte. Das fransenbesetzte Tischtuch reichte bis auf den Fußboden. Die Schritte kamen durch das Zimmer.

»Olive?« rief eine Männerstimme. Sie erkannte sie. Es war der Mann, der sie im Stallhof festgehalten hatte.

»Olive?« wiederholte er, als er die Tür von Miß Harrisons Schlafzimmer öffnete. »Was geht hier vor?« hörte ihn Arabella aufgebracht fragen.

»Ah, du bist es, Jack«, sagte Miß Harrison mit belegter Stimme. »Ich habe dich schon vor Stunden erwartet.«

»Wir wurden aufgehalten«, erwiderte der Mann. »Wach endlich auf und antworte mir! Ich habe im Stallhof ein Kind gefunden. Es heißt Arabella und wohnt hier im Schloß, sagt es.«

»Ja, das stimmt«, erwiderte Miß Harrison. »Aber was macht Arabella um diese Tageszeit bei den Ställen?«

»Sie sagte, sie suche eines von Beulahs Kätzchen. Ich habe dir doch klar und deutlich erklärt, daß ich keine verdammten Fremden hier haben möchte, ganz gleichgültig, wie alt sie sind. Es ist gefährlich, das weißt du.«

»Ich kann nichts dafür«, sagte Miß Harrison in klagendem Tonfall. »Der neue Arzt, Dr. Simpson, sagte, er würde uns ein Kind schicken, das mit Beulah spielt. Wie hätte ich das abwenden sollen? Noch ehe ich wußte, was geschah, stand Arabella vor der Tür. Sie ist ein stilles Kind und macht uns keinerlei Umstände.«

»Warum hat sie ihr Elternhaus verlassen?«

»Soviel ich weiß, kam sie mit ihrem Stiefvater nicht aus«, erwiderte Miß Harrison.

»Und wer ist das?«

»Sir Lawrence Deane. Kennst du ihn?«

Der Mann lachte laut auf. Es war ein grobes, zynisches Lachen.

»Dorthin gehört also die Göre!« Plötzlich verstummte

sein Lachen. »Das ist gefährlich. Sieh zu, daß du sie sofort wieder loswirst.«

»Aber unter welchem Vorwand? Sie kann uns nicht schaden. Und wenn sie wirklich Beulah hilft...«

»Beulah! Niemand kann Beulah helfen!« unterbrach der Mann sie. »Man hätte Beulah bei ihrer Geburt ertränken sollen. Etwas so Monströsem sollte man nicht erlauben zu leben. Ich habe dir schon oft gesagt, Olive, es wäre mir ein Vergnügen, ja, ein Vergnügen, dieses stotternde Mondkalb mit meinen bloßen Händen zu erwürgen. Und ich sage dir, ein Wort von ihr und Beulah stirbt!«

»Sei nicht so grausam. Beulah tut niemandem etwas zuleide. Außerdem, hast du daran gedacht, daß auch ich nicht hier wäre, wenn Beulah nicht da wäre?«

»Ich lasse mich wegen dieses Unkrautes nicht hängen«, sagte der Mann wütend.

»Reg dich nicht auf«, sagte Miß Harrison beschwichtigend. »Arabella ist für dich keine Gefahr. Komm jetzt ins Bett, Liebster, du bist müde. Ich habe so lange auf dich gewartet.«

»Du bist sehr selbstsicher, nicht wahr?« antwortete er ärgerlich.

»Nein, ich bin nur einer Sache sicher, daß du müde bist und frierst. Hier bei mir ist es warm. Nach ein paar Stunden Schlaf sieht alles wieder besser aus. Komm jetzt, Jack, ich warte! Und schließ die Tür ab!«

Die Schlafzimmertür wurde zugeschlagen. Arabella rührte sich nicht. Dann preßte sie ihre Finger an die Lippen, um sich daran zu hindern, laut zu schreien. Sie wußte jetzt, wer der Mann war, Gentleman Jack, der gefährlichste, gehaßteste und gefürchtetste Straßenräuber nördlich von London.

Drittes Kapitel

»Verdammt!« rief Lord Lowther und schob den Stuhl vom Kartentisch zurück. »Ich schulde Ihnen fünftausend Guineen! Meine Taschen sind leer, und ich kann nicht weiterspielen!«

Der Mann, der ihm am Tisch gegenüber gesessen hatte, schob mit seinen langen, dünnen Fingern die Karten zusammen. Dann bemerkte er höhnisch:

»Sie sind feige, Lowther!«

Einen Augenblick herrschte Schweigen. Mehrere Mitglieder des Crockford-Clubs, die um den Tisch standen, erstarrten.

Lord Lowthers jungenhaftes Gesicht rötete sich.

»Zum Teufel mit Ihnen«, schrie er zornig. »Sie können mich nicht beschuldigen, ich sei ein Feigling.«

Ehe Sir Mercer Heron etwas antworten konnte, unterbrach ihn eine Stimme von der Tür.

»Nein, das können Sie wirklich nicht. Wenn Sie ihn bei Waterloo gesehen hätten, Heron, würden Sie keinen Augenblick daran zweifeln, daß er ein Held ist.«

Sir Mercer Heron drehte sich um, und seine Lippen verhärteten sich, ehe er eisig bemerkte:

»Ah, Sie sind es, Meridale. Was geht Sie eigentlich diese Angelegenheit an, wenn ich fragen darf?«

»Tony Lowther und ich waren zusammen im Feld«, erwiderte Lord Meridale. Er kam zu dem grünen Spieltisch hinüber. »Man erlebt im Feld eine Kameradschaft, die von den Herren in England, die im Bett liegend ihre Kämpfe ausfechten, wenn sie betrunken sind, nicht leicht verstanden wird. Man muß mutig sein, um zu sagen, daß man genug Geld verloren hat, und ich bewundere Tony für seinen Mut. Wollen Sie mit mir streiten, Heron?«

Der Marquis hatte seine Stimme nicht gehoben, als er sprach, und doch lag in seinen Worten eine Feindseligkeit, die für jedermann hörbar war.

»Wenn Seine Lordschaft den Rückzug antreten will, ist das natürlich seine Sache«, sagte Sir Mercer mürrisch.

Die lässige Haltung des Marquis' änderte sich. Er zog den Stuhl an den Tisch, von dem sein Freund aufgestanden war, setzte sich Sir Mercer gegenüber und sagte kühl:

»Wenn Sie so begierig auf ein Spiel sind, Heron, dann nehmen Sie mit mir vorlieb. Wenn ich mich recht erinnere, waren das letztemal Sie es, der mit einigem Unbehagen einen Rückzieher gemacht hat.«

Sir Mercer Heron stand auf. Seine scharfen Gesichtszüge waren von einem unbeherrschten Zorn verzerrt, und seine kleinen Augen blitzten.

»Mit Ihnen spiele ich nicht, Marquis. Sie sind mir mit Ihrer Unverschämtheit keine angenehme Gesellschaft.«

»Feige, wie?« spottete der Marquis so laut, daß es im ganzen Raum zu hören war.

Einen Augenblick sah Sir Mercer ihn zornig an, dann drehte er sich um und ging rasch zur Tür.

Der Marquis lachte.

»Wenn es je einen Aufschneider gegeben hat, dann ist es Heron«, bemerkte er. »Du siehst, Tony, ein Frontalangriff kann sehr erfolgreich sein.«

»Wenn Sie mich fragen, so haben Sie ihn von hinten angegriffen!« sagte der Herzog von Wellington lachend, der in einem großen Ledersessel saß.

»Auf jeden Fall ist er für den Augenblick geschlagen, Euer Gnaden«, sagte der Marquis fröhlich und fügte mit leiser Stimme, an seinen Freund gewandt, hinzu: »Wie konntest du so töricht sein, mit ihm zu spielen?«

»Er hat mich herausgefordert. Ich konnte nicht ablehnen«, erklärte Lord Lowther.

»Er sucht sich immer die Naiven und Harmlosen aus«, sagte Lord Meridale lächelnd.

»Verdammt, du meinst doch nicht etwa mich?« fragte Lord Lowther. »Ich bin jung, aber nicht naiv, und ein Gentleman hat außerdem gewisse Verpflichtungen.«

»Aber nicht zu der Melodie von fünftausend Goldguineen, die man nicht hat«, erklärte der Marquis. »Komm, trinken wir etwas. Wir müssen uns überlegen, wie du das Geld innerhalb einer Woche auftreiben kannst.«

Lord Lowther sah sehr blaß aus, als würde ihm plötzlich übel, nachdem er sich der Größe seiner Schulden bewußt wurde.

»Entschuldige mich«, sagte er und ging hinaus. Der Marquis sah ihm nach.

»Das war sehr anständig von Ihnen, Meridale«, sagte eine tiefe Stimme hinter ihm.

Der Marquis drehte sich um. Hinter ihm saß eines der ältesten Mitglieder des Clubs, ein pensionierter Richter, der selbst von den jungen und aufsässigen Mitgliedern geachtet und verehrt wurde.

»Ich kann mir nicht vorstellen, weshalb Sie Heron in den Club aufgenommen haben«, sagte Lord Meridale. »Er ist mit allen Hunden gehetzt, und Sie wissen, er sucht sich absichtlich nur die schlechten Spieler aus und nimmt ihnen unweigerlich mehr ab, als sie sich leisten können.«

»Wir sind kein Kindergarten, Meridale«, sagte der Richter ruhig.

»Nein, ich weiß, aber Tony ist ein anständiger Bursche, abgesehen davon, daß er gern angibt und beweisen will, daß er ein Mann von Welt ist.«

»Schicken Sie ihn zurück aufs Land«, schlug der Richter vor. »Ich kenne seine Mutter. Sie grämt sich zu Tode vor Angst, in was für Unannehmlichkeiten ihr einziger Sohn unter einer Menge fröhlicher, leichtsinniger Burschen wie Sie geraten könnte.«

»Ich zweifle, daß er gehen würde, selbst wenn ich ihn darum bitte«, sagte Lord Meridale.

»Warum nicht? Auf dem Land ist es zu dieser Jahreszeit sehr schön. Sie könnten alle frische Luft gebrauchen statt Champagner. Ein Ausflug über das Land statt durch die Bordelle täte Ihnen besser, als dem Regenten in dieser vergoldeten Karikatur, die einmal das Carlton House war, Gesellschaft zu leisten.«

Der Marquis lachte schallend.

»Ich wünsche fast, ich hätte Sie einmal auf der Richterbank erleben dürfen. Ihre Ausdrucksweise amüsiert mich.«

»Aber es ist mein Ernst«, sagte der Richter. »Der junge Lowther ist nicht der einzige, der sich ausnehmen läßt. Nach allem, was ich höre, wächst in Schloß Meridale das Gras schon aus allen Ritzen.«

Der Marquis erstarrte.

»Wer hat Ihnen das gesagt?«

»Ich habe in Hertfordshire viele Freunde. Warum sehen Sie nicht einmal selbst nach? Ein abwesender Hausherr kann nichts anderes als den Holzwurm im Gebälk erwarten, das ist Ihnen doch sicherlich klar?«

Der Marquis verbeugte sich steif.

»Offenbar wissen Sie mehr über meinen Besitz als ich selbst, Sir«, sagte er ruhig, aber in einem verärgertem Tonfall.

Er ging durch die Halle und die Treppe hinab. Ein Fackelträger rief nach seiner Kutsche. Als er eingestiegen war, befahl er dem Diener, zum Carlton House zu fahren.

Er hatte eigentlich vorgehabt, früher hinzugehen, da er vom Regenten zu einem der großen Empfänge befohlen worden war, die in der Gesellschaft immer beliebter wurden.

Jetzt fragte sich der Marquis, warum er solch ein Narr gewesen war, vorher bei Crockford Station zu machen und sich in einen Streit mit Sir Mercer Heron einzulassen und in ein unangenehmes Gespräch mit dem Richter.

Er bereute den Impuls, der ihn dorthin geführt hatte, aber gleichzeitig war er ehrlich genug, sich einzugestehen, daß die Worte des Richters gutgemeint waren, daß es ihn in Wahrheit amüsiert hatte, Sir Mercer zu reizen und Lord Lowther vor etwas zu bewahren, das vielleicht in einem sinnlosen und tragischen Duell hätte enden können.

»Das Gras wächst in Meridale schon aus allen Ritzen!«

Plötzlich sah er im Geist vor sich, wie es jetzt dort aussehen mochte, da das Wunder des Frühlings aus den Gärten ein Wunder der Farbe und der Schönheit machte: Der Flieder blühte weiß und violett, die Pfirsich- und Mandelblüten standen rosarot vor dem Himmel, und die goldenen Trompeten der Narzissen schmückten den Park. Und dahinter stand das Schloß, grau und unbezwingbar, eine uneinnehmbare Festung und doch ein Heim, das er zwanzig Jahre lang mehr als alles andere geliebt hatte, ehe das Unheil geschehen war.

Die Kutsche fuhr vor. Die Tür wurde von einem Lakaien in der königlichen Livree geöffnet. Lichter auf den weißen Säulen strahlten. Er ging durch die Reihe der Diener und betrat das Carlton House.

Die blauen, mit goldenen Lilien bestickten Draperien, die kanellierten, dick vergoldeten Säulen, der rosarote Samt, gesäumt von Girlanden, und ein Fries von Sphinxen, die eine Büste der Minerva umringten – das alles blieb von ihm unbeachtet, als er von Raum zu Raum ging und nach dem Regenten suchte.

Frauen kamen auf ihn zu, Stimmen riefen ihn an, Hände streckten sich nach ihm aus. In ihren pastellfarbenen Gewändern aus Samt, Seide und Musselin wirkten sie wie ein vielfarbiges Blumenbukett. Ihre Schönheit wurde noch unterstrichen durch die Bilder, die der Prinz in aller Welt hatte sammeln lassen, die aber noch nicht bezahlt waren.

Vom Regenten war nichts zu sehen. Dann rief eine herrische Stimme: »Julius!«

Der Marquis drehte sich um. Eine elegante Dame in einem Kleid aus durchsichtigem, silbernem Seidenflor, der einen schlanken, sinnlichen Körper mehr enthüllte als verdeckte, kam auf ihn zu. Eine kostbare Smaragdkette schmückte ihren langen, weißen Hals.

»Julius, ich schwöre, ich habe dich nicht mehr erwartet. Du hast mir doch versprochen, du kämst zeitig.«

»Verzeih mir, Sybil«, erwiderte der Marquis und hob ihre Hand an die Lippen. »Ich wurde unverhofft aufgehalten.«

»Bei White oder Crockford?« fragte Lady Sybil Sheraton.

Sie war eine auffallend schöne Brünette. Ihre dunklen Locken rahmten ein Gesicht ein, daß einen klassischen Liebreiz gehabt hätte, wären ihre Augen nicht leicht schräg gewesen, was ihr ein orientalisches Aussehen verlieh.

»Nein, antworte mir nicht«, sagte sie, »es ist gut, daß du hier bist. Bringst du mich nach Hause?«

»Es wird mir eine große Ehre sein«, erwiderte der Marquis.

Trotzdem war ihm ein wenig unbehaglich, als ihre Augen ihn so unwiderstehlich gewinnend ansahen.

Er hatte sich oft genug gesagt, daß er sich um Gerüchte nicht zu kümmern brauchte. Aber zugleich wollte er sich nicht mit diesen Leuten überwerfen, die, während sie sich selbst die größtmögliche Freizügigkeit gestatteten, wenn es um die Moral der anderen ging, nur zu eifrig deren kleinste Unregelmäßigkeit ans Licht zogen.

»Wo ist Seine Königliche Hoheit?« fragte der Marquis.

»Er flirtet irgendwo mit der unermüdlichen Lady Hertford«, erwiderte Lady Sybil sarkastisch. »Hast du schon das Neueste gehört? Lord Grey hat sie ein ›pestilenzartiges Geheimnis hinter dem Thron‹ genannt.«

»Psst!« Den Marquis machten die Indiskretionen seiner Freundin verlegen. Solche Dinge sprach man im Carlton House nicht aus, auch nicht mit gesenkter Stimme. Gleichzeitig zwinkerte er mit den Augen. Ganz London ärgerte sich über die durchtriebene Schlauheit Lady Hertfords, und ihr Einfluß auf den Regenten war die Quelle endloser Anekdoten.

»Ich muß ihn finden«, sagte der Marquis.

»Ich komme mit«, sagte Lady Sybil. Sie gingen zusammen durch die überfüllten Räume.

Lady Sybil Sheraton war verwitwet. Ihr Gatte war in Italien getötet worden, und es hieß, sein Tod sei dem unvermeidlichen Ende ihrer Ehe zuvorgekommen. Bevor er starb, hatte Lady Sybil die Gesellschaft im Carlton House bereits sehr genossen.

Ihre Schwierigkeit war die, daß sie wegen einer leidenschaftlichen Liebe zu einem gutaussehenden Gardeoffizier nicht rechtzeitig daran gedacht hatte, wie sie ohne Vermögen, das für ihren Lebensstil notwendig war, standesgemäß leben sollte.

Ihr Vater war hochverschuldet gestorben, und ihr Bruder hatte das geerbt, was von dem Familienbesitz noch übriggeblieben war. Sie hatten alle gehofft, daß Sybil eine gute Partie machen würde. Aber Sybil hatte ihr Herz den Kopf regieren lassen.

Der Krieg hatte sie gnädigerweise vor den unvermeidlichen Folgen ihrer Unklugheit bewahrt. Sie hatte nicht vor, den gleichen Fehler noch einmal zu begehen.

Die Jahre der Ehe und der Witwenschaft hatten sie gelehrt, daß sie zwei Dinge brauchte, um ihr komfortables Leben weiterhin zu führen: erstens eine gesellschaftliche Stellung und zweitens Geld.

Sie war überzeugt, daß sie das gefunden hatte, was sie suchte, als sie den Marquis von Meridale kennenlernte. Darüber hinaus hatte sie nach kurzer Zeit festgestellt, daß sie ihn nicht nur wegen seines Titels und seiner Besitztümer begehrte, sondern weil er sie auch als Mann leidenschaftlich anzog.

Ihr Problem lag aber darin, daß der Marquis keine Anstalten machte, ihre Liaison in etwas Dauerhafteres zu verwandeln. Niemals sprach er von einer Ehe, und obwohl Sybil sich sagte, daß es klüger gewesen wäre, sich nicht so leicht dem glühenden Verlangen hinzugeben, das sie beide beherrschte, hatte sie das unbehagliche Gefühl, daß er sich auf der Suche nach jemandem, der leichter zu erobern war, davongemacht hätte, wenn sie sich ihm verweigert hätte.

Sie gingen durch das Treibhaus, dem Stolz des Regenten. Es war in dem pseudogotischen Stil einer Kathedrale erbaut. Von Säulen erhob sich ein verglastes Gitterwerk aufwärts zu einem durchbrochenen Dach. Karmesinrote Vorhänge hingen vor den Fenstern, die mit Wappen geschmückt waren. Als sie durch einen Torbogen kamen, wo am Tage die Pfauen des Regenten ihre Räder schlugen, brannten farbige Glaslämpchen und Lampions und erhellten die Nacht.

»Julius, du hast mir noch nicht gesagt, wie ich heute abend aussehe«, sagte Lady Sybil herrisch.

»Sehr schön«, erwiderte der Marquis, aber es war offensichtlich, daß er automatisch geantwortet hatte und mit seinen Gedanken anderswo war.

»Irgend etwas stimmt nicht«, sagte Lady Sybil.

»Es ist alles in Ordnung, ich bin nur ein wenig beunruhigt«, sagte der Marquis.

»Worüber?« fragte Lady Sybil interessiert. Ihr kam es so vor, als griffe eine kalte Hand nach ihrem Herzen. Angenommen, jemand hätte dem Marquis etwas über sie ausgeplaudert? Sie war vorsichtig gewesen, und doch... man konnte nie wissen.

»Es würde dich doch nicht interessieren«, sagte er ausweichend.

»Aber ich möchte es wissen, ich muß es wissen«, drängte Lady Sybil.

Sie blieben stehen, und der Marquis blickte über die Pflanzen, um zu sehen, ob der Regent hier war.

Lady Sybil zupfte an dem Revers seines blauen Rockes.

»Sieh mich an, Julius!« beharrte sie. »Bitte, sieh mich an! Ich kann es nicht ertragen, wenn du mir gegenüber gleichgültig bist.«

»Ich bin nicht gleichgültig«, sagte der Marquis. Er sah sie an, und seine Stimme klang ein wenig wärmer. »Du siehst heute abend großartig aus, Sybil, und das weißt du genau. Diese Smaragde stehen dir gut. Ich bin froh, daß du mich überredet hast, sie dir zu kaufen.«

»Es war ein wundervolles Geschenk«, sagte Lady Sybil mit weicher, verführerischer Stimme. »Erinnere mich daran, daß ich dir noch einmal dafür danke...«

In ihren Worten lag eine Einladung, und ihre Augen funkelten unter ihren geschminkten Lidern.

Aber der Marquis beachtete es nicht.

»Ah, da ist Prinny!« sagte er.

Am oberen Ende des Treibhauses befand sich ein rundes Büfett. Es war beladen mit goldenen Tellern und mit Blumen geschmückt. Darüber hing in Rosarot und Silber ein Medaillon mit den Initialen G.P.R.

Der Regent hatte ein Glas in der Hand. Er war gedrungen und sah erhitzt aus, aber er wirkte trotzdem imposant mit dem Band des Hosenbandordens und dem Stern, der auf seiner Brust funkelte. Er entfernte sich vom Büfett und ging auf die oberen Tische zu. Diese reichten hinaus bis in den Garten und unter mehrere Zelte.

Trotz der lauten Musik – es spielten vier Orchester –, des Stimmengewirrs und des Gelächters konnte der Marquis Korken knallen hören. Einen Augenblick erinnerte ihn das Geräusch an die Kanonen in Frankreich, doch er schob die Erinnerung daran sofort beiseite und ging zu seinem Gastgeber hinüber.

»Meridale!« rief der Regent, als er ihn sah, »ich dachte schon, Sie hätten vergessen, daß ich Sie für heute abend eingeladen habe.«

»Nein, gewiß nicht, Sire«, erwiderte der Marquis und verbeugte sich. »Eine solche Ehre würde ich niemals vergessen. Außerdem bin ich schon eine ganze Weile hier, aber Ihre Königliche Hoheit waren so beschäftigt, daß ich Sie nicht stören wollte.«

Der Marquis sah dabei Lady Hertford an, und sie hielt ihm ihre Hand zum Kuß hin und lächelte geziert hinter ihrem Fächer.

»Ich sage Seiner Königlichen Hoheit immer, daß Sie Takt besitzen, im Gegensatz zu manchen anderen Leuten, die wir kennen«, sagte Lady Hertford lächelnd.

Der Marquis wußte, daß sie diejenigen meinte, die zu verhindern suchten, daß die Verliebtheit des Regenten in sie zu groß und zu kostspielig wurde.

»Sie sind sehr freundlich«, murmelte der Marquis, »und vielleicht legen Sie für mich Fürsprache ein bei meiner außergewöhnlichen Bitte, die ich an Seine Königliche Hoheit richten möchte.«

»Eine außergewöhnliche Bitte?« fragte der Regent rasch. »Was für eine Bitte?«

Er hatte eine Abneigung gegen Leute, die ihn um etwas baten, zumal wenn er gegessen und übermäßig Wein getrunken hatte und er sich auf sein Urteil nicht verlassen konnte.

»Es ist nur eine kleine Bitte, Sire«, sagte der Marquis. »Es wäre mir angenehm, wenn Sie mir erlaubten, daß ich die großzügige Einladung, Sie übermorgen zu den Rennen zu begleiten, ablehne.«

»Ablehne? Warum wollen Sie ablehnen?« fragte der Regent.

Etwas, was er vor allem anderen verabscheute, war, wenn er nicht alle seine Freunde in unmittelbarer Nähe hatte. Er war in mittleren Jahren, aber er hielt sich gern für einen eleganten jungen Mann.

Wenn er zu den Rennen fuhr, liebte er es, junge Leute um sich zu haben, dann kam er sich selbst jung vor, und es ließ ihn vergessen, daß es ihm angenehmer war zu sitzen als zu stehen, seit die Ärzte ihm geraten hatten, sein Korsett auszuziehen.

»Wahrscheinlich haben Sie eine bessere Verabredung«, sagte er pikiert.

»Das wäre gar nicht möglich, Sire«, sagte der Marquis. »Ich bitte Eure Königliche Hoheit nur, mich zu beurlauben. Ich möchte mein Schloß besuchen, weil ich gehört habe, es gäbe dort einiges, worum ich mich kümmern sollte.«

Das Stirnrunzeln des Regenten verschwand.

»In diesem Fall haben Sie meine Erlaubnis, mich am

Mittwoch nicht zu begleiten«, sagte er gnädig. »Wir werden Sie vermissen, Meridale, bleiben Sie nicht zu lange weg.«

»Ich werde mich beeilen«, sagte der Marquis.

»Gut.« Die dicke Hand des Regenten ruhte einen Augenblick auf der Schulter des Marquis. Dann ging er mit Lady Hertford zum oberen Tisch. Dort stieß eine kleine Miniaturfontäne eine glitzernde Kaskade aus, die dann in einem Strom zwischen bemoosten Ufern dahinfloß, über den vier fantastische kleine Brücken führten.

Als der Marquis dem Regenten nachsah, trat Lady Sybil wieder neben ihn.

»Ich habe mitangehört, was du sagtest«, flüsterte sie. »Was ist mit dem Schloß?«

»Genau das möchte ich herausfinden«, erwiderte der Marquis.

»Ich komme mit«, sagte Lady Sybil. »Die Saison hier langweilt mich bereits zu Tode, und eine Gesellschaft ist so langweilig wie die andere.«

»Du würdest dich im Schloß noch weit mehr langweilen«, sagte der Marquis. »Ich bin nicht mehr dort gewesen, seit meine M...«, er hielt inne und sagte dann: »...seit sieben, ja beinahe acht Jahren.«

»So lange nicht mehr?« rief Lady Sybil.

»Ich war die meiste Zeit im Ausland.« Er sprach so, als entschuldige er sich eher vor sich selbst als vor seiner Gesprächspartnerin.

»Du hast also keine Ahnung, was während der ganzen vergangenen Jahre dort vorgefallen ist?« fragte Lady Sybil. »Wie aufregend! Es ist fast so, als ob du eine neue Welt entdeckst! Ich habe gehört, Schloß Meridale soll großartig sein. Ich möchte es gern sehen.«

»Du kannst ohne Begleitperson nicht mitkommen«, wandte der Marquis ein.

»Wer sollte das erfahren?« fragte Lady Sybil. »In London muß niemand etwas davon wissen. Und wenn du deine Ankunft nicht bekanntgibst, werden die Honoratioren der Grafschaft dich nicht erwarten. Aber wenn du glaubst, daß du eine Begleitperson für mich brauchst, lieber Julius, dann laß uns Richard mitnehmen.«

»Nein, Sybil, hör zu...«, begann der Marquis, aber Lady Sybil winkte einen gutaussehenden jungen Mann zu sich, der zwischen den Pflanzen im Treibhaus stand.

»Richard!« rief sie.

Er kam lächelnd auf sie zu. Es bestand kein Zweifel daran, daß er ein äußerst anspruchsvoller, geschmackvoll gekleideter Mann war. In seiner eleganten Halsbinde steckte eine Diamantennadel.

»Zu Diensten, Madame«, sagte er zu Lady Sybil, und dann an den Marquis gewandt: »Wo bist du gewesen, Julius? Ich habe überall nach dir Ausschau gehalten.«

»Wir haben einen Plan«, unterbrach ihn Lady Sybil. »Julius will sein Schloß besuchen. Sie werden es kaum glauben, aber er ist seit fast acht Jahren nicht mehr dort gewesen. Ich möchte mit ihm fahren, und Sie sollen uns begleiten, weil Julius fürchtet, sein makelloser Ruf könnte leiden, wenn er allein mit mir reist.«

»Ich habe nichts dergleichen gesagt«, warf der Marquis ein.

Richard Huntington lachte.

»Das ist ein ausgezeichneter Vorschlag. In den nächsten Tagen wird es in London heiß werden. Ich habe eben mit einem dieser langweiligen alten Burschen gesprochen, die sich für Wetterpropheten halten, und ich bin sicher, er hat recht. Der Himmel weiß, die Hitze hier kann einen krank machen.«

»Dann fahren wir jetzt nach Hause«, sagte der Marquis. »Hast du schon mit Prinny gesprochen?«

»Ja, ich habe alles Nötige getan«, antwortete Richard Huntington, »und so viele Hände geküßt, daß meine Lippen wund sind. Gehen wir zu mir nach Hause und trinken etwas.«

»Dazu ist keine Zeit. Ich möchte morgen früh aufbrechen«, sagte der Marquis.

»Weshalb diese plötzliche Eile?« fragte Richard Huntington.

»Ich habe einfach das Gefühl, daß ich nach Hause muß«, sagte der Marquis.

»Aber ich dachte, du hättest deine Gründe, weshalb du gerade nicht hinfährst. Ich kann mich täuschen, aber ich erinnere mich, daß du in Frankreich einmal gesagt hast, selbst wenn du nicht getötet würdest – damals glaubten wir alle, wir müßten sterben –, du seist mit deinen Ahnen fertig, mit dem Schloß und allem, was damit zusammenhängt.«

»Es klingt hirnrissig, nicht wahr?« sagte der Marquis.

»Ich dachte damals, du bist nicht mehr ganz richtig im Kopf«, fuhr Richard Huntington fort. »Es ist jedem vernünftig Denkenden klar, daß man, wenn man ein Schloß wie Meridale besitzt, dorthin zurückkehrt.«

»Ja, natürlich«, stimmte der Marquis zu.

In seiner Stimme lag etwas, das Lady Sybil veranlaßte, ihn aufmerksam anzusehen.

Er hat immer etwas Geheimnisvolles an sich, dachte sie. Selbst in den intimsten Augenblicken der Leidenschaft hatte sie immer das Gefühl, daß ihn etwas zurückhielt, etwas, in das sie nicht eindringen und das sie nicht verstehen konnte. Vielleicht würde das Schloß ihr das Geheimnis enthüllen.

Jedenfalls war es leichter, ihm einen Heiratsantrag zu entlocken, wenn sie mit ihm allein auf dem Land war.

Sie dachte an die Rechnungen, die zwei Schubladen ihres Schreibsekretärs füllten, und sie dachte an die Gläubiger, die immer ungeduldiger wurden. Er mußte sich innerhalb des nächsten Monats entscheiden.

»Wir setzen dich in der Stanhope Street ab«, sagte der Marquis.

Obwohl sie gern mit in das Meridale House gefahren wäre, war sie klug genug, um zu wissen, daß sich der Marquis am heutigen Abend nicht besonders für sie interessierte.

Trotzdem lagen seine Lippen einen Augenblick auf ihrer Hand, als sie ihm eine gute Nacht wünschte, und obwohl Richard und der Diener dabeistanden, drückte er seine Wange an die ihre.

»Gute Nacht, mein Geliebter«, flüsterte sie. »Ich bin morgen rechtzeitig fertig.«

»Willst du mich wirklich begleiten?« fragte der Marquis. »Ich warne dich, es wird im Schloß nicht sehr gemütlich sein.«

Lady Sybil wußte, daß es nur eine Redensart war, weil er allein reisen wollte.

»Du darfst nicht selbstsüchtig sein«, erwiderte sie. »Richard und ich würden uns Sorgen machen, wenn du allein weg wärst. Schick um zehn Uhr deine Kutsche zu mir. Oder hattest du vor, mit deinem Zweispänner zu fahren?«

Sie kannte die Antwort, noch ehe der Marquis sie gab.

»Also gut, nehmen wir den Zweispänner«, sagte sie seufzend. »Aber der Wagen muß mein Gepäck und mein Dienstmädchen mitnehmen, denn der Himmel weiß, was die Sonne und der Wind mit meinem Aussehen anrichten werden.«

Als die Kutsche des Marquis von der Stanhope Street zum Berkeley Square fuhr, sagte Richard Huntington vorsichtig:

»Ist es klug, Julius?«

»Daß ich Sybil mitnehme? Nein, das ist natürlich verdammt unklug! Aber sie besteht darauf. Und wenn sie sich ungehörig benehmen will, kann ich sie nicht daran hindern.«

»Sie will dich heiraten«, sagte Richard. »Das weißt du natürlich.«

»Ich werde niemals heiraten«, sagte der Marquis mit einer überraschend festen Stimme. »Ich habe darüber nie gesprochen, Richard, aber aus Gründen, die ich jetzt nicht nennen kann, werde ich weder Sybil noch eine andere Frau heiraten.«

»Warum?« fragte Richard.

»Ich kann es dir jetzt nicht erklären«, sagte der Marquis. »Außerdem würdest du mir einen großen Gefallen tun, Richard, wenn du uns morgen nicht begleitest. Sybil hat dich eingeladen, wenn du dich daran erinnerst, nicht ich. Ich möchte allein in das Schloß fahren. Nachdem Sybil darauf besteht, mich zu begleiten, ist das ihre Sache, aber diesmal biete ich dir meine Gastfreundschaft nicht an.«

»Wenn es so ist...«, sagte Richard gekränkt.

»Mißverstehe mich nicht«, sagte der Marquis. »Du bist mein ältester Freund, und es gibt wenig, was ich nicht mit dir teilen würde. Aber ich möchte morgen allein nach Hause fahren.«

»Und mit Sybil.«

Der Marquis zuckte die Achseln. Dann lächelte er resigniert.

»Vielleicht ist es keine so schlechte Idee, wenn Sybil mitkommt«, sagte er.

Mehr bekam Richard nicht aus ihm heraus.

Der Tag versprach schön und warm zu werden. Lady Sybil war beinahe besänftigt, als sie aus ihrem Haus in der Stanhope Street trat und den hohen Zweispänner mit seinen gelben Rädern und den beiden schönen Pferden sah.

Der Marquis trug einen Reisemantel und einen spitz zulaufenden Pelzhut. Er nahm ihn vom Kopf, als sie die Stufen herabkam. Sie sah sehr gut aus, obwohl sie spät zu Bett gegangen war.

»Das ist ein Abenteuer!« sagte Lady Sybil und blickte den Marquis herausfordernd an. Sie sah verführerisch aus mit einer riesigen Basthaube, deren Bänder unter ihrem Kinn zusammengebunden waren und über ihren erdbeerfarbenen Reisemantel herunterfielen.

Als sie in die Park Lane einbogen, stellte der Marquis befriedigt fest, daß es noch zu früh am Tag für diejenigen war, die sich zur großen Welt zählten. Andernfalls hätte es viel boshaftes Gerede darüber gegeben, daß der Marquis von Meridale und Lady Sybil Sheraton gemeinsam die Stadt verlassen haben. Ein grimmiges Lächeln lag auf seinen Lippen, als amüsiere er sich über einen zynischen Witz. Seine Augen waren dunkel und kalt, als bereite ihm die Fahrt wenig Vergnügen.

»Wo ist Richard?« fragte Lady Sybil.

»Er fährt nicht mit«, sagte der Marquis. »Es ist besser, wenn wir allein reisen.«

Lady Sybil streckte ihm freudig ihre Hände hin.

»Das ist genau das, was ich mir gewünscht habe«, antwortete sie, »aber ich fürchtete, du würdest es mißbilligen.«

»Ich habe dir gesagt, es wird nicht angenehm für dich sein, wenn du mich begleitest. Und wenn jemand davon hören sollte...«

»Von dir wird es niemand erfahren«, antwortete Lady Sybil. »Und ich habe meinen Dienstboten aufgetragen zu sagen, meine Großmutter sei unpäßlich und ich müsse sie unbedingt besuchen. Merkwürdigerweise wirst du feststellen, daß sich niemand auch nur im geringsten dafür interessiert. Außerdem werden die jungen Mädchen, die so sehnsüchtige Blicke in deine Richtung werfen, froh sein, daß sie mich los sind. Sie werden hoffen, daß du allein zurückkehrst und sie dich umgarnen können.«

»Du schmeichelst mir«, erwiderte der Marquis.

»Julius, genießen wir es, wir sind nicht oft allein«, sagte Lady Sybil. »Heute abend kannst du mir alles über dich erzählen – ein Thema, bei dem du sehr zurückhaltend bist.«

»Weil ich es nicht sehr interessant finde.«

In der Stimme des Marquis lag etwas, das Lady Sybil sagte, daß er nicht weiter darüber sprechen wollte.

Um Mittag nahmen sie in einem kleinen Dorfgasthaus, ungefähr fünfzehn Meilen außerhalb von London, ein leichtes Mahl ein.

Der Marquis sprang vom Zweispänner und half Lady Sybil herunter. Sie wurde von der Frau des Gastwirts in ein Zimmer geführt, in dem sie sich waschen und ihr Haar richten konnte.

Als sie wieder zum Marquis kam, saß er in einem Privatsalon, den man ihnen zugewiesen hatte. Er hatte sie nicht kommen gehört, und sie war erstaunt, als sie sein Gesicht sah.

»Was ist los, Julius?« fragte sie unwillkürlich.

Er stand auf, und ihr war sofort klar, daß er nicht die Absicht hatte, darüber zu sprechen, gleichgültig, was für Sorgen ihn bedrückten.

»Der Wirt sagt, es gibt gebackene Lerchen und Austernpasteten oder einen kalten Imbiß: Hammel, Tauben, Schweinskopf und Schinken. Was wäre dir lieber?«

»Ich hätte am liebsten etwas Kaltes«, antwortete Lady Sybil, »ein wenig Schinken würde genügen. Bitte schenke mir etwas Wein ein, Julius.«

Sie gab sich große Mühe, ihn aufzuheitern, während sie

aßen. Sie erzählte ihm Geschichten aus dem Carlton House, den neuesten Klatsch über die Zügellosigkeit der Prinzessin von Wales, die ihren Gatten den »großen Muhamed« nannte, und über Mrs. FitzHerbert, die tief verletzt über die augenblickliche Gleichgültigkeit des Regenten ihr gegenüber war, nachdem er sie vorher wie seine Gattin behandelt hatte.

»Man kann von Fürsten keine Dankbarkeit erwarten«, sagte der Marquis.

»Aber man empfängt sie manchmal von gewöhnlichen Sterblichen«, sagte Lady Sybil leise. »Vergiß nicht, ich habe versprochen, dir noch einmal für meine Smaragdkette zu danken.«

»Bedeutet sie dir so viel?« fragte der Marquis.

»Aber natürlich, ich bin entzückt von ihr«, erklärte Lady Sybil. »Du hättest die neidischen Blicke sehen sollen, mit denen man mich gestern abend bedachte. Wenn meine sogenannten Freundinnen mir die Kette vom Hals hätten reißen und mich dabei zerkratzen können, hätten sie es getan.«

Aus irgendeinem unerfindlichen Grund war der Marquis erleichtert über ihre Antwort.

»Ich werde dir die dazu passenden Ohrringe schenken«, sagte er. »Aber jetzt komm! Ich fühle mich dem, was vor uns liegt, nun besser gewachsen.«

»Das klingt besorgniserregend«, sagte Lady Sybil mit ungewohntem Feingefühl. Sie hatte bemerkt, daß er während des Essens viel getrunken hatte, und das war etwas, was er selten tat. Als er seinen Reisemantel anzog und den Hut in die Hand genommen hatte, griff er wieder nach dem Weinglas.

Er leerte es rasch und ging überraschenderweise voraus den Korridor hinab und in den Stallhof.

Die Kutsche wartete. Der Marquis half Lady Sybil beim

Einsteigen, dann stieg er auf den Kutschbock und nahm die Zügel in die Hand.

Er war ein guter Wagenlenker, aber Lady Sybil hatte noch niemals erlebt, daß er so schnell fuhr. Er zeigte keinerlei Anzeichen von Müdigkeit, und die Pferde reagierten auf seine Führung. Ihr schien es, als ob die Wagenräder über die staubigen Straßen flögen, bis sie plötzlich in die steinerne Toreinfahrt einbogen, die zum Schloß führte. Aber zu ihrer Überraschung fuhr der Marquis nach so viel Eile nicht die Einfahrt zum Schloß hinauf, sondern bog auf einen gewundenen Parkweg ein, und sie erhaschte nur gelegentlich einen Blick auf die Türme des Schlosses.

»Wo fahren wir hin?« fragte Lady Sybil.

»Wir haben keine Eile«, sagte der Marquis.

Sie hatte das Gefühl, als wolle er den Augenblick hinauszögern, in dem er sich dem Schloß nähern mußte.

Sie fuhren durch einen bezaubernden Wald von Silberbirken, und plötzlich hörte man Stimmen.

Vor ihnen lag ein Teich im Wald, eingerahmt von blühenden Büschen und überhängenden Weidenbäumen, deren frisches Grün sich im sonnenbeschienenen Wasser spiegelte.

Wieder hörte man die fröhliche Stimme, und nun sahen sie hoch auf einem Felsen über dem See ein zierliches Mädchen stehen, elfenbeinweiß im goldenen Sonnenschein. Ihr rotgoldenes Haar hing ihr bis über die Schultern herab.

Sie balancierte am äußersten Rand des Felsens und war so nackt wie an dem Tag, an dem sie geboren wurde. Sie sprach mit einem Kind, das unten am Ufer saß und dessen nackte Füße eine Kaskade silberner Wassertropfen in die Luft schleuderten.

»Soll ich tauchen?« rief das Mädchen vom Felsen aus.

Eines der Pferde schüttelte sein Zaumzeug. Das Geräusch war über das Wasser zu hören. Das nackte Mädchen erschrak, blickte in die Richtung, woher das Geräusch gekommen war und sprang in das Wasser.

Einen Augenblick war ihr Körper hoch in der Luft vor dem Grün der Bäume, ehe er wie ein Pfeil ins Wasser tauchte. Es war ein Augenblick der Schönheit, ein Augenblick, der ebenso liebreizend wie unerwartet war.

Lady Sybil keuchte.

»Wer war das?« fragte sie.

Der Marquis blickte jetzt zu dem Kind hinüber, das am See saß.

»Ich habe keine Ahnung«, antwortete er barsch und gab den Pferden die Peitsche.

Viertes Kapitel

Arabella sah den Zweispänner davonfahren. Obwohl sie verlegen war, weil man sie gesehen hatte, mußte sie unwillkürlich die herrlichen Pferde bewundern und die Art, wie der Wagenlenker mit ihnen umging.

Sobald er aus ihrem Blickfeld gefahren war, schwamm sie an Land und half Beulah beim Aufstehen.

»Nein, nein!« kreischte Beulah. »Beulah ... planschen!«

»Wir müssen jetzt nach Hause gehen«, sagte Arabella. Sie zog sich rasch an.

Sie hatte nicht vorgehabt, an diesem Tag zu schwimmen. Sie hatte es auf einen Impuls hin getan, den sie jetzt bereute. Miß Harrisons Vorschlag vom Tag zuvor, daß sie im Garten spazierengehen sollten, war geändert worden in die Anweisung, mit der Ponykutsche auszufahren.

Arabella, die sich auf den Spaziergang gefreut hatte, war enttäuscht gewesen, aber sie hatte nicht mit der Gouvernante streiten wollen, weil sie ahnte, daß einer der Gründe für die Änderung des Planes der war, daß Miß Harrison fürchtete, sie könnte noch einmal an einem Ort ertappt werden, wo sie als Fremde offensichtlich unerwünscht war.

Deshalb mußte Arabella ausfahren, sobald das Mittagessen beendet war. Sie setzte ihren breitrandigen Hut auf, während Beulah eine Haube trug und ein kleines Cape über den Schultern.

Miß Harrison war zu träge, um sie zur Kutsche zu begleiten. Das Dienstmädchen brachte sie bis zur Treppe, dann nahm der Diener George Beulah auf den Arm und trug sie die Treppe hinunter, während er mit ihr redete und Späße machte.

Beulah kreischte vor Freude und rief: »Noch einmal... noch einmal!«

Ernst sagte George: »Ich mache dich krank, und dann bekomme ich Schwierigkeiten.«

Er zwinkerte Arabella zu, und sie fragte sich, was Sir Lawrence dazu gesagt hätte. George ging nicht nur erstaunlich familiär mit ihnen um, sondern kleidete sich auch leger. Er ging gewöhnlich in Hemdsärmeln durch das Haus, und nur seine gestreifte gelbblaue Weste zeigte, daß er ein Dienstbote war.

»Viel Spaß!« rief George und winkte ihnen nach, als sie mit der Kutsche davonfuhren, die von einem Kutscher gelenkt wurde, der fast vollständig taub war, wie Arabella bald feststellte, nachdem sie versucht hatte, mit ihm ein Gespräch zu führen.

Das Pony war dick und litt offenbar an Bewegungsmangel, aber in der offenen Kutsche waren sie wenigstens an der frischen Luft und spürten den Sonnenschein auf ihren Gesichtern.

Die Sonne stand hoch am Himmel, und es war angenehm warm. Arabella fand, daß die Landschaft noch nie schöner ausgesehen hatte. Das blasse Hellgrün des Frühlings mischte sich jetzt mit den Sommerblumen, die gerade zu blühen begannen.

Beulah war glücklich und zufrieden, daß sie ausfuhren.

»Hüh... hott... hüh... hott!« rief sie immer wieder mit ihrer stockenden Stimme, die noch mehr als ihr entstellter Körper ihr Leiden verriet.

Bald würde sie häßlich und abstoßend aussehen, dachte Arabella traurig, aber im Augenblick hatte ihr übergroßer Kopf und ihr rundes Mondgesicht noch den Kindercharme an sich. Sie sah seltsam aus, aber Arabella fand, daß jeder, der sie sah, Mitleid mit ihr haben mußte.

Sie fuhren den staubigen Weg entlang, der um den Park herumführte. Arabella wäre gern über den Rasen gelaufen, zwischen den Bäumen hindurch, und hätte gern den Fichtenduft eingeatmet und das tote Laub des letzten Herbstes unter ihren Füßen rascheln hören.

Dann sah sie eine große Wiese mit Schlüsselblumen und violetten Veilchen am Waldrand.

»Anhalten!« rief sie dem alten Kutscher zu. »Bitte anhalten!« Sie mußte sehr laut schreien, bis er verstand. Endlich brachte er das dicke Pony zum Stehen und öffnete die Kutschentür, damit sie aussteigen konnten.

Arabella trug Beulah an den Waldrand und setzte sie dann ab. Nun müsse sie allein gehen, sagte sie ihr. Sie war sicher, daß Beulah viel mehr Bewegung brauchte, als sie bisher gehabt hatte. Es war wesentlich bequemer für das Personal, sie von einem Zimmer in das andere zu tragen, als ihre unsteten Schritte zu begleiten und geduldig zu warten, bis Beulah allein laufen konnte.

Beulah machte es Freude zu gehen, und Arabella führte sie langsam durch den Wald. Dabei entdeckte sie einen Blütenteppich von blauen Hyazinthen. Sie stieß einen Freudenschrei aus, als vor ihnen einige Rehe aufsprangen und in den Wald hinein flohen.

Und plötzlich sah Arabella den See im Wald vor sich liegen, eingerahmt von Weiden, deren Zweige golden in das ruhige Wasser hingen, wo die Sonne sie beschien. Im Schatten waren sie grün und geheimnisvoll. Der Ort war wie verzaubert.

»Schau, Beulah, schau, wie schön es hier ist«, rief Arabella. »Hierher kommen die Rehe zum Trinken. Und in dem Teich wird es Fische geben, kleine Forellen mit rotgefleckten Seiten.«

Beulah schnaufte vor Anstrengung und antwortete nicht.

Arabella nahm sie auf den Arm und trug sie zum Ufer des Sees hinunter.

»Wasser... Wasser!« rief Beulah.

Plötzlich hatte Arabella eine Idee.

»Würdest du gern planschen?« fragte sie.

Beulah sah sie verständnislos an.

»Die Füße in das Wasser hängen?« fragte Arabella.

Beulah watschelte auf das Wasser zu.

»Nein, nein, du mußt erst die Schuhe ausziehen«, sagte Arabella lachend. Sie setzte das Kind an ein moosbewachsenes Uferstück und zog ihm Schuhe und Socken aus. Beulah planschte zuerst zögernd und dann energisch mit den Füßen in dem klaren Wasser.

»Jetzt planschst du«, sagte Arabella.

»Beulah... planschen... planschen!« rief sie.

Arabella lachte über die Freude des Kindes.

Das Wasser war nicht kalt, und da kam Arabella die Idee, daß sie schwimmen könnte. Sie war mit ihrem Vater oft in einem See nahe ihrem Elternhaus schwimmen gegangen. Nach einem wilden Galopp hatten sie ihre Pferde Wasser trinken lassen, sich ausgezogen und waren dann in das kühle, klare Wasser gesprungen.

»Du schwimmst wie ein Delphin«, hatte er zu ihr gesagt.

Als sie sich an seine Worte erinnerte, sagte sie zu Beulah: »Möchtest du mich schwimmen sehen? Ich zeige dir, wie Delphine im Wasser spielen.«

»Schwimmen?« fragte Beulah.

Arabella betrachtete das, was sie tat, als einen Teil von Beulahs Erziehung. Sie zog rasch ihre Kleider aus, während Beulah am Ufer saß und planschte. Sie hätte zum Schwimmen ihren Unterrock anbehalten können, wie sie es immer getan hatte, wenn sie mit ihrem Vater gebadet hatte, aber sie wollte nicht mit einem nassen Unterrock ins Schloß zurückkehren und dort Erklärungen abgeben müssen.

Sie war sicher, daß Miß Harrison, wie die meisten Leute, schockiert wäre bei dem Gedanken, daß sie in der Öffentlichkeit schwamm, selbst wenn niemand sie sah. Ihre Mutter hatte dieser überkommenen Einstellung nur zu oft Ausdruck gegeben.

»Es schickt sich nicht für ein junges Mädchen, im Freien zu baden, als wäre sie ein Junge oder ein Mann«, hatte sie gesagt. »Alle würden es außerordentlich mißbilligen.«

»Wenn du es keinem erzählst, wird es niemand erfahren«, hatte ihr Vater gesagt.

»Ich würde so etwas niemals tun«, hatte ihre Mutter protestiert. »Es schockiert mich viel zu sehr, als daß ich darüber sprechen könnte.«

Und sie hatten gelacht.

Jetzt ging Arabella, die bis auf Beulah allein war, in das sonnenbeschienene Wasser. Der Schock der Kälte ließ sie kurz frösteln, aber es war ein angenehmer Schock. Sie schwamm quer durch den See und wieder zurück zu Beulah, die sie mit großen Augen beobachtete.

»Beulah, jetzt bin ich ein Delphin«, rief sie.

Sie drehte sich im Wasser und hörte das gurgelnde Gelächter des Kindes, wenn sie aus dem Wasser auftauchte, um sich das Haar aus dem Gesicht zu schütteln.

»Noch einmal... noch einmal!« rief Beulah.

Sie lernte viele neue Wörter.

»Ja, ich werde fliegen wie ein Vogel«, rief Arabella. »Ich werde herunterfliegen, wie es die Schwalben tun, wenn sie Wasser trinken wollen. Schau mir zu!«

Arabella lief zu dem Felsen. Das zwischen den Bäumen hindurchfallende Sonnenlicht warf seltsame Schatten auf ihre weiße Haut. Der Felsen war schwer zu erklimmen, denn er war glitschig. Er stand wie ein Wachtposten vor dem See, ein Relikt aus einem vulkanischen Zeitalter. Schließlich stand Arabella oben und blickte zu Beulah hinab.

»Springen... springen!« rief Beulah.

»Sieh mir zu, Beulah. Jetzt bin ich eine Schwalbe!«

Arabella breitete ihre Arme aus, als wären es Flügel. Da hörte sie das Zaumzeug klirren und sah auf der anderen Seite des Sees das Pferd, wie es den Kopf schüttelte...

Jetzt kniete sie angekleidet neben Beulah und zog ihr die Socken und die Schuhe an.

»Beulah... planschen!« rief das Kind.

»Heute nicht mehr«, sagte Arabella. »Hör zu, Beulah, dies ist ein Geheimnis. Erzähle keinem, daß du geplanscht hast und daß ich geschwommen bin. Es ist ein Geheimnis.«

Beulahs Augen leuchteten auf. Dies war ein Wort, das sie verstand.

»Beulah kennt... ein... Geheimnis.«

»Du kennst nun zwei Geheimnisse«, sagte Arabella. »Aber sag niemandem etwas davon, was wir getan haben.«

»Beulah kennt... ein... Geheimnis«, wiederholte das Kind, und Arabella konnte nur hoffen, daß Beulah sie verstanden hatte.

Sie setzte ihren breitrandigen Hut auf ihr nasses Haar und wünschte, sie hätte etwas dabei, mit dem sie es hätte trockenreiben können. Sie war froh, daß es nicht mehr so lang war wie vor ihrer Krankheit. Sie hoffte, sie könnte in ihr Zimmer schlüpfen und es trockenreiben, ehe Miß Harrison von ihrem Mittagsschlaf erwachte.

»Bitte, fahr uns ins Schloß zurück«, rief sie dem tauben

Kutscher zu. Der Tatsache, daß dieser bereits die Kutsche gewendet hatte, entnahm sie, daß er dies sowieso vorgehabt hatte.

Der Kutscher wählte einen Abkürzungsweg, und es dauerte nicht lange, bis sie vor dem Haupteingang vorfuhren. Da Arabella nichts von dem Zweispänner sah, war sie erleichtert und dachte, es müßte irgend jemand aus der Nachbarschaft gewesen sein, der zufällig durch den Meridale Park gefahren war.

Einen Augenblick lang hatte sie gefürchtet, der Herr, der sie über den See hinweg gesehen hatte, könnte der Marquis gewesen sein. Aber dann sagte sie sich, daß diese Idee lächerlich war. Wenn er nach Hause zurückgekehrt wäre, hätte er sich vorher angekündigt, damit man für ihn alles im Schloß hätte vorbereiten können.

Als Arabella jetzt das nasse Haar auf ihren Schultern spürte, bedauerte sie, daß sie sich beim Ankleiden im Wald nicht mehr Zeit gelassen hatte. Aber jetzt war nichts mehr daran zu ändern. Sie dankte dem Kutscher, daß er sie ausgefahren hatte, und bat Beulah, das gleiche zu tun.

»Vielen... Dank«, sagte Beulah fast würdevoll, nachdem Arabella es ihr souffliert hatte.

Der Alte tippte sich an die Stirn.

»Gut, daß es Ihnen gefallen hat, Mylady«, sagte er und fuhr mit der Kutsche zu den Stallungen.

Der Haupteingang stand offen, aber es war niemand zu sehen. Deshalb nahm Arabella Beulah auf den Arm und trug sie die Stufen hinauf. Von oben blickte sie noch einmal zurück über den Park, und in diesem Augenblick sah sie den Zweispänner mit den leuchtend gelben Rädern rasch die Einfahrt heraufkommen. Das silberne Zaumzeug der Braunen funkelte in der Sonne.

Hastig ging Arabella mit Beulah in die Halle und auf die große Treppe zu.

»Ah, da sind Sie ja, Miß«, rief Rose.

»Bitte, bringe Beulah zu Miß Harrison«, sagte Arabella rasch. »Ich möchte in mein Zimmer gehen.«

»Ja, gern, Miß«, sagte Rose. »Komm, Beulah! Wo warst du denn?«

Beulahs Augen leuchteten auf. »Geheimnis... Beulah nicht erzählen... Geheimnis.«

»Dann darf ich auch nicht fragen, oder?«

Arabella hörte, wie sie sich entfernten. Sie blieb noch in der Halle stehen und wartete gespannt, ob der Zweispänner vor dem Haupteingang vorfuhr.

Kurze Zeit später hörte sie Räder auf dem Kies knirschen.

Sie erhaschte einen Blick auf den roten Reisemantel und die elegante Haube der Dame, die neben dem Herrn auf dem Kutschbock saß, und dann lief ein Pferdeknecht mit einem Zylinderhut und in einer weinroten Livree nach vorn zu den Pferden.

Arabella nahm ihren Hut ab und duckte sich hinter die geschnitzte Balustrade im ersten Stock. Sie wußte, daß sie in ihr Zimmer hätte gehen sollen, aber sie konnte der Versuchung nicht widerstehen. Sie mußte warten und beobachten.

Der Herr kam nun die Eingangstreppe herauf. Er war imposant und stattlich und elegant gekleidet.

»Ich werde läuten«, hörte ihn Arabella sagen. »Sie erwarten mich nicht, Sybil. Aber ich habe dich darauf vorbereitet, daß du keinen Komfort erwarten darfst.«

»Du weißt, daß es mir nur darauf ankommt, bei dir zu sein«, erwiderte die Dame, als sie in die Halle trat.

Arabella fand, daß sie interessant aussah. Ihre schrägen, dunklen Augen und ihre vollen Lippen gaben ihrem Gesicht ein exotisches Aussehen. Sie legte vertraulich eine Hand auf den Arm des Herrn.

»Ich freue mich so, daß ich das Schloß sehen darf, Julius«, sagte sie.

»Im Augenblick scheint uns niemand willkommen zu heißen«, sagte der Herr ärgerlich.

Er trat neben den Kamin und zog ungeduldig an der langen, mit Fransen besetzten Klingelschnur.

»Das Haus ist schmutzig und vernachlässigt«, sagte er. Er stand mitten in der Halle und sah zu den Bildern hinauf. Dann musterte er die ungepflegten, verstaubten Möbel.

»Meine Mutter hatte immer Blumen auf den Tischen stehen«, sagte er leise und blickte dabei zu einem schönen Tisch mit einer Marmorplatte und einer vergoldeten Konsole, der am Fuß der Treppe stand.

Arabella erschrak. Dann war es also doch der Marquis. Sie hatte nun keinen Zweifel mehr. Er war unangemeldet nach Hause gekommen. Sie hatte es in dem Augenblick geahnt, als sie den Zweispänner auf der anderen Seite des Sees hatte stehen sehen. Jetzt fragte sie sich neugierig und zugleich gespannt, was geschehen würde.

Würde Miß Harrison Gentleman Jack warnen? Würden die Straßenräuber nun nicht mehr ihre Pferde in den Stallungen des Schlosses unterstellen?

Der Marquis zog noch einmal ungeduldig an der Klingelschnur.

»Was zum Teufel ist mit dem Personal los?« fragte er wütend.

Die Dame im roten Mantel setzte sich in einen der großen Lehnsessel neben dem Kamin und lachte.

»Du erwartest zuviel, Julius. Wenn die Katze aus dem Haus ist, tanzen die Mäuse. Wenn du in der Welt herumschweifst, solltest du wenigstens eine Frau im Schloß zurücklassen, die sich um alles kümmert.«

Ihre Worte enthielten eine Anspielung, die Arabella

nicht entging. Aber der Marquis schien es nicht zu bemerken.

Im gleichen Augenblick hörte man jemanden den Korridor entlangkommen.

»Immer mit der Ruhe, ich komme ja schon«, rief eine fröhliche Stimme. Arabella wußte, daß es George war.

Er kam durch die Halle, immer noch die Hemdsärmel hochgekrempelt, sein helles Haar zerzaust, und an den Füßen trug er Filzpantoffel.

»Was wünschen Sie?« begann er. Aber als er den Herrn sah, der in der Halle wartete, erstarb seine Stimme.

»Entschuldigung, Sir. Ich wußte nicht, daß wir Besuch bekommen.«

»Ich bin kein Besuch«, sagte der Marquis eisig. »Ich bin dein Herr! Und ich möchte wissen, was hier vorgeht. Wo ist Turner?«

George machte ein verblüfftes Gesicht.

»Mister... Mister Turner ist nicht mehr hier, Mylord«, erwiderte er. »Mr. Jacobs ist der Butler.«

»Jacobs? Schick ihn sofort zu mir!« sagte der Marquis.

George drehte sich um, und in diesem Augenblick kam Jacobs, alt und hinfällig, in die Halle.

»Ich dachte, ich hätte die Klingel gehört«, sagte er.

Der Marquis starrte ihn an.

»Jacobs!« wiederholte er. »Natürlich, ich kenne dich. Aber du bist kein Butler. Früher warst du unser Hausknecht.«

»Meine Güte, es ist gut, Sie wiederzusehen, Mylord«, rief der alte Jacobs. »Ja, das stimmt, ich war Hausknecht, bis Mr. Turner uns verlassen hat. Und dann sagte man mir, ich solle seine Stellung übernehmen.«

»Wer sagte es dir?« erkundigte sich der Marquis.

»Ich glaube, es war Miß Fellows, Mylord.«

»Miß Fellows, wer ist das?« fragte der Marquis. »Und wo ist Matty... Miß Matherson?«

»Sie ist in ihrem Zimmer, Mylord.«

Der Marquis sah George an.

»Sage Miß Matherson, daß ich da bin.«

George lief die Treppe hinauf und nahm drei Stufen auf einmal. Er schenkte Arabella keinen Blick, die hinter der Balustrade versteckt saß, und ebensowenig achtete Miß Matherson auf sie, als sie wenig später den breiten Korridor entlanggeeilt kam. Ihr schwarzes Seidenkleid raschelte.

Der Marquis sprach leise mit Lady Sybil. Er bemerkte nicht, daß Miß Matherson die Treppe herunterkam. Sie hatte schon fast die Halle erreicht, als er aufsah und bei ihrem Anblick einen erfreuten Schrei ausstieß.

»Matty!« rief er. »Wie schön, dich zu sehen!«

Miß Matherson kam die letzten beiden Stufen herab und machte einen Knicks.

»Es ist gut, Euer Lordschaft nach so langer Zeit wiederzusehen«, erwiderte sie. »Aber wir dachten nicht, daß Euer Lordschaft unangemeldet kommt.«

»Das sieht man«, erwiderte der Marquis. »Matty, was ist mit dem Haus geschehen? Überall Schmutz! Keine Blumen! Der Diener läuft in Hemdsärmeln herum! Und wer um alles in der Welt hat den alten Jacobs zum Butler ernannt? Er ist als Butler ebenso ungeeignet wie als Regimentskommandeur.«

»Turner wollte in den Ruhestand treten, Mylord«, erklärte Miß Matherson.

»Weshalb wollte er das, zum Teufel?« fragte der Marquis. »Er kann nicht älter als fünfzig sein.«

»Turner hatte seine Gründe, Mylord«, erwiderte Miß Matherson.

»Hat er eine neue Stellung?« fragte der Marquis.

»Nein, er wohnt im Dorf in dem Haus, das Ihr Vater ihm geschenkt hat.«

»Dann laß ihn sofort zurückkommen«, sagte der Marquis. »Schick einen Burschen hin und laß ihm ausrichten, daß ich hier bin.«

»Sehr wohl, Mylord«, sagte Miß Matherson.

»Das muß sofort geschehen«, sagte der Marquis. »Du da, wie heißt du?« Er deutete auf George, der mit Miß Matherson zurückgekehrt war und mit offenem Mund zuhörte.

»George, Mylord.«

»Du hast die Anweisung gehört. Geh zu den Ställen und schick einen Burschen ins Dorf. Und zieh deinen Frack an! Laß dich nicht mit diesem Schuhwerk blicken!«

»Nein, Mylord. Danke, Mylord«, murmelte George.

Arabella hörte, wie er den Korridor hinab zur Anrichte lief.

»Und du«, sagte der Marquis zu Jacobs, »du holst uns etwas zum Trinken aus dem Keller. Ich denke, die Dame möchte ein Glas Madeira und ich einen Cognac. Ich hoffe doch, daß du den Keller verschlossen gehalten hast, oder ist alles ausgetrunken?«

»Nein, Mylord, ich bringe sofort das Gewünschte«, sagte der Alte.

Er schlurfte aus der Halle, und der Marquis wandte sich an Miß Matherson.

»Matty, was ist hier geschehen?« fragte er mit einer etwas freundlicheren Stimme.

»Leider sind die Dinge nicht mehr so, wie sie einmal waren«, erwiderte Miß Matherson.

»Das sehe ich. Ich habe zwar erwartet, daß ich im Haus Schonbezüge vorfinden werde, das wäre verständlich gewesen – aber nicht, daß die Haustür offensteht, die Diener halb angezogen herumlaufen und der alte Jacobs herausgeputzt ist wie ein Butler in einem Theaterstück. Guter Gott, Matty!«

»Ich kann nichts dafür, Mylord«, sagte Miß Matherson.

»Wer dann?« fragte der Marquis.

»Ich war nur die Zofe der gnädigen Frau, und als sie starb, hatte ich keine offizielle Funktion mehr im Schloß.«

»Soviel ich weiß, solltest du die Oberaufsicht übernehmen.«

»Sie haben mir keinen Auftrag erteilt«, antwortete Miß Matherson.

»Zum Teufel! Muß ich alles, was mein Haus betrifft, schwarz auf weiß niederlegen? Ich habe immer geglaubt, alles sei noch genauso, wie ich es verlassen habe. Als ich im Ausland war, hörte ich regelmäßig von der Nachlaßverwaltung. Sheltham versicherte mir immer, alles sei in bester Ordnung.«

»Mr. Sheltham ist vor drei Jahren gestorben«, sagte Miß Matherson. »Und bereits zwei Jahre vorher war er leidend. Er kümmerte sich bis zu einem gewissen Grad um alles, aber ich fürchte, die Dinge sind ihm entglitten.«

»Und deshalb begann alles zu verrotten und zu verfallen«, sagte der Marquis. »Nun, Matty, es ist am besten, wir bringen alles wieder in Ordnung. Ich beauftrage dich ab sofort mit der Oberaufsicht. Wir werden das Schloß wieder so herrichten, wie es war, als meine Mutter noch lebte.«

Miß Matherson machte einen Knicks.

»Ich werde mein möglichstes tun, Mylord, aber es wird nicht einfach sein.«

»Wenn du Schwierigkeiten hast, wende dich an mich«, sagte der Marquis.

Miß Matherson runzelte die Stirn.

»Dann bleiben Euer Lordschaft hier?«

»Natürlich! Was hattest du gedacht? Und wie du siehst,

bin ich nicht allein. Das ist Lady Sybil Sheraton, eine Freundin von mir. Ihr Gatte ist bei Waterloo gefallen.«

»Guten Tag, gnädige Frau«, sagte Miß Matherson und machte einen Knicks.

»Mein Dienstmädchen und das Gepäck müssen jeden Augenblick hier sein«, erwiderte Lady Sybil hochmütig. »Ich hoffe, Sie sorgen inzwischen dafür, daß die Betten gelüftet werden. In einem Haus, das seit Jahren nicht bewohnt wurde, bin ich besonders empfindlich, was den Zustand der Betten anbetrifft.«

»Ich sorge dafür, daß sofort heiße Backsteine in die Betten gelegt werden, Mylady«, versprach Miß Matherson.

»Wie steht es mit dem Abendessen? Bekommen wir etwas zu essen?« fragte der Marquis.

»Die Haushälterin Coombe ist noch bei uns«, sagte Miß Matherson.

»Gott sei Lob und Dank«, rief der Marquis. »Ich gehe sofort in die Küche und begrüße sie. Sie wird sich noch daran erinnern, wie ich als Kind immer die Treppe herunterkam und sie bat, mir Ingwerbrotmänner zu backen.«

»Dort würde ich im Augenblick noch nicht hingehen«, sagte Miß Matherson. Sie streckte abwehrend eine Hand aus, als er sich anschickte, die Halle zu verlassen.

»Nicht?« fragte er.

»Nein, Mylord, lassen Sie ihnen Zeit. Man muß im Schloß sehr viel tun, ehe Eure Lordschaft sich wohl fühlen werden.«

»Was ist nur geschehen?« fragte der Marquis.

»Alles wird in Ordnung kommen, aber Euer Lordschaft müssen Geduld haben«, sagte Miß Matherson beruhigend. »Lassen Sie mich zuerst den Salon richten. Vielleicht wollen Sie und die gnädige Frau etwas im Garten spazierengehen ... Nein, vielleicht wäre es am besten, Sie gingen in die Bibliothek.«

»Wir bleiben hier«, sagte der Marquis beinahe aggressiv. »Ich möchte sehen, was vor sich geht. Ich werfe nur kurz einen Blick in die Bibliothek.«

Miß Matherson stieg würdevoll die Treppe hinauf. Als sie den oberen Treppenabsatz erreichte, kam Miß Fellows ihr entgegen. Das Dienstmädchen war offensichtlich überrascht, Miß Matherson zu sehen.

»Sie sind es, Miß Matherson«, rief sie verstimmt.

»Ich wollte Sie eben suchen, Miß Fellows«, sagte Miß Matherson. »Seine Lordschaft ist angekommen und hat mich beauftragt, das Haus in Ordnung zu bringen. Es gibt viel Arbeit, wie Sie sich denken können. Bitte versammeln Sie Ihre Mädchen und öffnen Sie den Salon. Danach bereiten Sie die Elisabethanische Suite für Mrs. Sheraton vor. Seine Lordschaft wird das Zimmer seines Vaters benutzen, das glücklicherweise unter meiner Obhut war.«

»Seine Lordschaft ist da?« fragte Miß Fellows überrascht. »Und was meinen Sie damit, Seine Lordschaft habe Sie beauftragt, das Haus wieder in Ordnung zu bringen? Miß Harrison hat hier die Oberaufsicht.«

»Nicht mehr, Miß Fellows«, sagte Miß Matherson. »Vielleicht sind Sie so freundlich und informieren Miß Harrison über die Entscheidung Seiner Lordschaft. Wenn Sie Zweifel haben sollten, kommen Sie in die Halle und hören Sie ihn selbst.«

Miß Fellows machte ein zorniges Gesicht.

»Wollen Sie damit sagen, daß Sie Seiner Lordschaft über ihn erzählt haben?« fragte sie mit leiser Stimme, so daß es Arabella gerade noch hören konnte.

»Was soll ich ihm gesagt haben?« fragte Miß Matherson klar und deutlich. »Ich habe keine Ahnung, wovon Sie sprechen, Miß Fellows. Es wäre gut, wenn Sie sich nun beeilen und Ihren Pflichten nachkommen würden.«

Einen kurzen Augenblick zögerte Miß Fellows, als wolle sie protestieren. Dann schüttelte sie den Kopf und ging rasch davon, augenscheinlich, um Miß Mathersons Befehle auszuführen. Arabella sah ihr erstaunt nach und vergaß ihre eigene Position. Erst als Miß Matherson fast über sie gestolpert wäre, stand sie auf und sah sie beschämt an.

»Ach, Sie sind es, Miß Arabella«, rief Miß Matherson. »Sie sind von Ihrer Ausfahrt schon zurück? Ich weiß nicht, ob Seine Lordschaft Lady Beulah heute abend schon sehen möchte, aber vielleicht sagen Sie Miß Harrison, daß Beulah ihr hübschestes Kleid tragen soll.«

»Ich will es ihr ausrichten«, erwiderte Arabella und lief die Treppe zum zweiten Stock hinauf.

Sie ging zuerst in ihr eigenes Zimmer und rieb sich das Haar trocken. Bald fiel es locker herunter und ließ sie, wie sie glaubte, beinahe so jung aussehen, wie sie zu sein vorgab.

Ihr Kleid war schmutzig. Sie zog rasch ein sauberes an, ein Hängerkleid aus Musselin, das sie vor etwa sechs Jahren getragen hatte. Miß Jones hatte es im obersten Fach des Kinderzimmerschranks entdeckt. Es paßte ihr gut, wenn es auch ein wenig zu kurz war.

Sie zog weiße Söckchen und Schuhe mit flachen Absätzen an und dachte dabei, wenn jemand ihr wirkliches Alter erraten wollte, müßte er sehr genau hinsehen.

Sie lief hinüber zum Kinderzimmer und stellte fest, daß Miß Harrison von der Ankunft Seiner Lordschaft noch nichts gehört hatte.

Laut gähnend kam die Gouvernante aus ihrem Zimmer. Sie trug ein auffallendes Negligé, das sie gewöhnlich zum Frühstück anzog.

»Wie spät ist es?« fragte sie. »Ich muß länger geschlafen haben, als ich vorhatte. Sei ein gutes Kind und klingle und frage, wo mein Tee bleibt. Ich verstehe nicht, warum man ihn mir nicht längst gebracht hat.«

»Ich fürchte, dazu sind heute alle viel zu beschäftigt«, sagte Arabella. »Seine Lordschaft ist gekommen.«

Einen Augenblick fürchtete Arabella, Miß Harrison würde in Ohnmacht fallen. Sie hielt sich an der Rückenlehne eines Stuhls fest und fragte mit erstickter Stimme:

»Was hast du gesagt?«

»Ich sagte, Seine Lordschaft, der Marquis, ist eingetroffen. Lady Sheraton begleitet ihn, und Miß Matherson läßt jetzt nach seiner Anweisung die Räume öffnen und säubern.«

»Miß Matherson?« Die Gouvernante hielt sich an der Stuhllehne fest, als würden die Beine unter ihr nachgeben. Dann setzte sie sich auf das Sofa.

»Wann ist er angekommen?«

»Vor ungefähr einer Viertelstunde«, sagte Arabella.

»Will er hierbleiben?«

»Ich hörte Seine Lordschaft sagen, daß er das vorhabe«, sagte Arabella.

»Aber das darf er nicht! Es ist unmöglich! Er kann nicht hierbleiben«, murmelte Miß Harrison.

»Aber es ist sein Haus«, meinte Arabella. »Es ist merkwürdig genug, daß er acht Jahre lang nicht hier war. Er hat gegen die Franzosen gekämpft, warum sollte er nicht zurückkommen, nachdem nun der Krieg zu Ende ist?«

Die Gouvernante war schon blaß gewesen, aber nun wurde sie noch blasser. Sie fuhr sich mit den Händen über die Augen, als müsse sie ein Bild wegwischen, das Arabella vor ihr ausgemalt hatte.

»Hat er schon nach Beulah gefragt?« sagte Miß Harrison schließlich.

»Nein«, erwiderte Arabella.

Die Gouvernante stand auf und ging zum Fenster.

»Mein Gott«, hörte Arabella sie flüstern. »Was soll ich nur tun, was kann ich nur tun?«

»Miß Matherson meint, daß Beulah eins von ihren besten Kleidern anziehen soll«, sagte Arabella nach einer Weile. »Falls Seine Lordschaft sie sehen möchte.«

Die Gouvernante stöhnte, ging wortlos in ihr Zimmer und schlug die Tür hinter sich zu.

Arabella ging in Beulahs Zimmer. Das Kind wurde gerade von Rose umgezogen. Sie sang ein Lied, während sie Beulah die Schuhe anzog. Beulah hatte ein sauberes Leinenkleid mit einem Faltenrock an. Es war nicht ihr bestes Stück, aber das Kleid war sehr hübsch, und Arabella fand, daß man das Kind deshalb nicht noch einmal umzuziehen brauchte.

»Miß Fellows sucht nach dir, Rose«, sagte sie zu dem Mädchen. »Seine Lordschaft ist eingetroffen, und es gibt viel zu tun. Aber wenn du dazu kommst, bitte doch einen der Diener, Beulah ihre Schokolade nach oben zu bringen. Miß Harrison kann auf ihren Tee verzichten, aber Beulah braucht etwas nach unserer Ausfahrt.«

»Schokolade! ... Beulah will ... Schokolade!« rief das Kind.

»Sie sagten, Seine Lordschaft sei eingetroffen?« fragte Rose. »Das wird für uns alle viel Aufregung geben ...«

»... und eine Menge Arbeit«, ergänzte Arabella.

In diesem Augenblick hörte sie jemanden das Kinderzimmer betreten. Sie blickte sich um und sah durch die offene Tür Miß Fellows, die mit blassem Gesicht, ohne anzuklopfen, Miß Harrisons Zimmer betrat.

Sie schloß die Tür nicht hinter sich, so daß Arabella unwillkürlich mitanhörte, was sie sprachen.

»Er ist nach Hause gekommen«, sagte Miß Fellows.

»Ja, ich habe es schon gehört«, erwiderte Miß Harrison.

»Ich weiß gar nicht, was ich machen soll. Oh, bitte, sagen Sie mir, was ich tun soll.«

»Sie können nichts machen«, sagte Miß Fellows. »Hoffen wir nur, daß er es nicht erfährt.«

»Ich muß Jack warnen.«

»Wie wollen Sie das tun?« fragte Miß Fellows. »Ich habe mir schon gedacht, daß Sie es schwernehmen werden. Deshalb kam ich so rasch wie möglich nach oben. Sie müssen einen klaren Kopf behalten. Sie können es Mr. Jack mitteilen, wenn er herkommt.«

»Aber es ist gefährlich für ihn, wenn er jetzt kommt!«

»Warum?« Miß Fellows versuchte, sie zu beruhigen. »Er kommt nicht zum Haupteingang herein. Und Seine Lordschaft ist auf der anderen Seite des Schlosses. Ich muß nun wieder hinunter. Sie werden es kaum glauben, aber er hat dieser alten Vettel, Miß Matherson, wieder die Oberaufsicht übertragen. Mr. Jack müßte sie aus dem Weg schaffen, bei der nächsten Gelegenheit.«

»Das hat er schon versucht, als Mr. Sheltham starb«, sagte Miß Harrison. »Glauben Sie, daß sie dem Marquis etwas verraten wird?«

»Sie weiß so gut wie wir, daß Mr. Jack Lady Beulah etwas antun würde, wenn ihm jemand in die Quere kommt. Und abgesehen davon bedroht er sämtliche Familien hier in der Gegend. Der alte Jacobs vergöttert seine jüngste Enkelin, und Miß Coombe fürchtet, daß er ihrem jüngsten Sohn etwas antun könnte. Er ist ein bißchen einfältig, und Mr. Jack haßt ihn deswegen.«

»Als Arabella mir vorhin von der Ankunft Seiner Lordschaft erzählte, dachte ich, ich würde ohnmächtig werden«, sagte Miß Harrison.

»Ziehen Sie sich jetzt an, falls Seine Lordschaft Sie sehen möchte. Und sagen Sie nichts«, riet Miß Fellows. »Seines Wissens haben Sie ja nichts mit dem Zustand des

Schlosses zu tun. Wenn Sie die Schuld daran Miß Matherson zuschieben können, tun Sie es. Andernfalls stellen Sie sich einfach dumm. Sie wurden einzig und allein dafür eingestellt, sich um Beulah zu kümmern.«

»Das ist wahr«, sagte Miß Harrison. »Aber ich fürchte mich, Miß Fellows, ich fürchte mich zu Tode.«

»Es wird Ihnen nichts geschehen«, sagte Miß Fellows beruhigend. »Ziehen Sie sich jetzt an. Sie wollen doch nicht, daß Seine Lordschaft Sie um diese Tageszeit in diesem Aufzug antrifft?«

»Nein, nein, natürlich nicht«, sagte Miß Harrison.

»Ich komme wieder, sobald ich kann«, sagte Miß Fellows und eilte durch das Kinderzimmer in den Korridor hinaus.

Arabella mußte unwillkürlich lächeln, als Miß Harrison ungefähr zehn Minuten später in einem schwarzen Kleid erschien. Ihr Haar war glatt zurückgekämmt. Inzwischen hatte George Beulahs Schokolade gebracht, und das Kind saß am Tisch und trank.

»Ich fürchte, heute bekommen wir keinen Tee«, sagte Miß Harrison mit unnatürlicher Stimme. »Wünschst du etwas Besonderes zum Abendessen, Arabella?«

»Nein, danke, ich nehme mit allem vorlieb, was sie heraufschicken«, erwiderte Arabella.

Sie wußte, daß heute jeder Wunsch unten unwillkommen wäre.

»Es wird viel Unruhe geben, wenn Seine Lordschaft im Schloß bleibt«, sagte Miß Harrison. »Beulah, dein Bruder ist gekommen. Dein Bruder, der Marquis.«

»Mar...quis?« wiederholte Beulah.

»Sie versteht es nicht«, sagte Arabella. »Ich werde es ihr später erklären.«

»Das ist eine gute Idee«, sagte Miß Harrison.

Obwohl sie im Kinderzimmer warteten, nachdem Beulah zu Bett gegangen war, kamen von unten keine Anweisungen, und der Marquis kam auch nicht nach oben.

George brachte das Abendessen herauf, das nicht so reichlich wie gewöhnlich war. Aber Miß Harrison beschwerte sich nicht.

Anfangs hatte sie versucht, so zu tun, als freue sie sich über die unerwartete Ankunft des Marquis. Aber nun saß sie schweigend da, starrte vor sich hin und runzelte die Stirn. Arabella wußte, daß sie in einem Zustand nervöser Anspannung war.

Sie war gespannt, ob Gentleman Jack an diesem Abend kommen würde. Ob er wohl jede Nacht kam? fragte sie sich. Oder hatten die Straßenräuber noch andere Plätze, wo sie ihre Pferde unterstellen konnten?

Arabella wußte, daß sie diese Fragen nicht laut stellen durfte. Warum hatte aber Miß Matherson diese unerträgliche Situation ertragen? Und war es wirklich wahr, daß Gentleman Jack die Familien derjenigen bedrohte, die im Schloß arbeiteten, falls jemand ihn verraten sollte?

Arabella kam zu dem Schluß, daß es sehr leicht war, das Personal zu tyrannisieren. Fast jeder, der im Schloß arbeitete, kam aus dem nahegelegenen Dorf. Die Straßenräuber, die mit der Gegend vertraut waren, konnten leicht die ganze Ortschaft einschüchtern. Sie hatten Feuerwaffen und benützten sie rücksichtslos gegen jedermann, der sich ihnen widersetzte oder sie zu verraten drohte.

Sechs bewaffnete Männer gegen die schutzlosen Einwohner eines kleinen Dorfes – das war ein ernstzunehmender Feind. Man würde Soldaten brauchen, um sie gefangennehmen zu können.

Arabella verstand langsam, was die Leute im Schloß durchgemacht haben mußten, schutzlos, ohne einen Herrn und einem Mann wie Gentleman Jack auf Gnade und Ungnade ausgeliefert. Und darüber hinaus bedrohte er offenbar Beulah. Denn abgesehen von dem, was Miß Fellows gesagt hatte, erinnerte sich Arabella an sein Gespräch mit Miß Harrison, das sie unter dem Tisch kauernd belauscht hatte, als sie noch nicht wußte, wer er war.

Und plötzlich wurde ihr klar, in was für einer tödlichen Gefahr sich der Marquis selbst befand, ohne es zu wissen. Er kehrte in sein Schloß zurück, aber es war nun nicht mehr der friedliche Ort, den er verlassen hatte, sondern das Versteck einer Bande skrupelloser, rücksichtsloser Männer, die vor nichts zurückschrecken würden, um ihr Leben zu retten.

Fünftes Kapitel

»In der Küche werden Wetten abgeschlossen, daß er sie noch vor Weihnachten heiratet.«

»Als Mr. Turner ins Zimmer kam, saß sie frech auf dem Bett Seiner Lordschaft.«

»Ihr Dienstmädchen sagt, sie sei so launisch wie der Satan.«

»Es gibt in ganz London keinen Dienstboten, der es länger als einen Monat bei ihr aushält.«

»Es heißt sogar, sie ...« Miß Fellows senkte die Stimme, so daß Arabella das Ende des Satzes nicht verstehen konnte.

Arabella saß auf dem Fußboden und spielte mit Beulah. Sie amüsierte sich dabei über das, was sie Tag für Tag mitanhören mußte. Aus einem unerfindlichen Grund benahmen sich die Erwachsenen so, als wären ihre Dienstboten taub, und die Kinder wurden von allen Schichten nicht ernst genommen, weil man annahm, sie würden den Gesprächen der Erwachsenen sowieso nicht zuhören.

Es geschah wenig im Schloß, was nicht im Kinderzimmer durchgehechelt wurde. Der Marquis war nun schon drei Tage im Schloß, und bis jetzt war ihm Arabella nicht vorgestellt worden. Er hatte auch nicht nach Beulah geschickt, und ebensowenig war er ins Kinderzimmer gekommen.

»Man sollte denken, daß er seine kleine Schwester sehen möchte«, klagte Miß Harrison, aber Arabella hatte den Verdacht, daß in ihrer Stimme auch Erleichterung mitschwang. Miß Harrison wollte dem Marquis nicht begegnen, und nachdem sie an den beiden ersten Tagen ihre besten Kleider angezogen und den ganzen Nachmittag im Kinderzimmer gewartet hatte, entspannte sie sich nun, trank wieder ihre übliche Menge Wein zum Mittagessen und legte sich danach schlafen.

Jetzt gähnte sie, obwohl Miß Fellows sie mit aufregenden Neuigkeiten überschüttete.

»Ich brauche meinen Mittagsschlaf«, sagte sie. »Kommen Sie später wieder.«

»Ich will es versuchen«, erwiderte Miß Fellows, »aber so, wie die Dinge jetzt stehen, bin ich nicht mehr mein eigener Herr. Miß Matherson treibt mich ständig an. Sie hat vier neue Dienstmädchen aus dem Dorf eingestellt, und Mr. Turner hat fünf neue Diener.«

»Hat der Marquis George nicht entlassen?« fragte Miß Harrison.

»Nein, George ist immer noch bei uns. Nur der alte Jacobs ist in den Ruhestand geschickt worden. Aber wie ich gehört habe, hat Seine Lordschaft ihn großzügig ausgezahlt.«

Miß Fellows stand auf.

»Bis Miß Matherson mit allem zufrieden ist, breche ich noch zusammen.«

Miß Harrison gähnte. Dies interessierte sie nicht.

»Arabella«, rief sie, »sag Rose, sie soll Beulah ihre Haube aufsetzen. Dann könnt ihr in den Garten gehen. Ihr braucht beide frische Luft.«

»Ja, Miß Harrison«, sagte Arabella gehorsam.

Beulah protestierte laut, als das Kartenhaus, das Arabella für sie gebaut hatte, zusammenfiel.

Es war ein schöner Nachmittag, und nachdem ein Diener Beulah die Treppe heruntergetragen und an der Rückseite des Schlosses abgesetzt hatte, sagte Arabella:

»Komm, Beulah, ich laufe mit dir durch den Garten.«

Beulah konzentrierte sich ganz auf das Laufen, und irgendwie brachte sie eine Art Laufschritt zustande. Ihre steifen Beine und der dicke untere Teil ihres Körpers sahen grotesk aus, als sie versuchte, Arabellas behende, mühelosen Bewegungen auf dem Rasen nachzuahmen.

Arabella ging mit Beulah bis zu einer kleinen Laube am Ende einer grünen Schneise. Sie setzten sich auf den Boden, Beulah schnaufend und atemlos, während Arabella lachend sagte:

»Du bist zu dick, Beulah. Daran liegt es.«

Sie nahm Beulah die Haube ab und legte ihren Hut neben sich.

»Beulah... dick!« sagte das Kind. »Arabella... mager.«

»Gut, das ist die richtige Antwort«, sagte Arabella.

Sie hatte Beulah schon viele neue Worte beigebracht und wußte nun, daß Dr. Simpson recht gehabt hatte mit seiner Annahme, daß Beulah zwar nie normal werden würde, daß ihr Auffassungsvermögen und ihre Intelligenz jedoch verbessert werden konnten, wenn sich jemand mit ihr Mühe gab.

»Nun, Beulah, wie viele Schmetterlinge siehst du?« fragte sie.

Beulah streckte die Finger hoch.

»Eins... zwei... vier... fünf.«

»Du hast die Drei vergessen«, korrigierte Arabella.

»Drei, drei, drei...«, rief Beulah.

»Das macht neun«, sagte Arabella. »Du wirst ein sehr kluges Mädchen.«

»Beulah klug«, sagte das Kind selbstzufrieden.

»Ich bin klug«, korrigierte Arabella. »Sage: ›Ich bin klug.‹«

»Ich... bin... klug!« wiederholte Beulah.

So verbrachten sie einige Zeit neben der Laube. Dann

half Arabella Beulah beim Aufstehen, nahm sie an der Hand, und sie gingen weiter durch den Garten.

Für Arabella war es täglich ein neues Vergnügen, das Schloß und seine Umgebung zu erforschen. Sie kannte sich inzwischen aus und führte Beulah zu einer Statue, die in einem Teich voller Goldfische stand. In diesem Augenblick sah Arabella, daß sich ihr der Marquis näherte.

Sie hatte ihn noch nicht persönlich kennengelernt, aber sie hatte ihn regelmäßig von der Balustrade und vom Fenster aus beobachtet, und sie hatte die endlosen Spekulationen der Dienstboten über sein Verhältnis mit Lady Sybil belauscht.

Wenn sie an ihn dachte, sagte sie sich jedesmal, daß sie ihn verachtete. Er war ein Verschwender, ein Mann, der seine Besitztümer vernachlässigte, sein Schloß, sein Erbe, und es gegen die Unmoral und die lockeren Sitten eintauschte, die das mondäne London kennzeichneten. Sie war nicht schockiert, ja nicht einmal überrascht darüber, daß seine »amoretta«, Lady Sybil, ihm ohne Begleitung ins Schloß gefolgt war und daß sie hier offen zusammenlebten.

Es war genau das, was man von einem liederlichen Edelmann erwartete, und wenn man sich den Marquis und ihren Stiefvater Sir Lawrence Deane ansah, bewies dies wieder einmal, daß alle Männer verachtens- und hassenswert waren.

Die Tatsache, daß die Dienstboten ihn freundlich und großzügig nannten und daß Miß Matherson ihn verehrte, beeindruckte Arabella nicht. Es war leicht, freundlich zu denjenigen zu sein, die man beherrschen konnte.

Arabella sagte sich, daß das Beispiel, das der Marquis gab, die Art von Betragen war, die man von jemandem erwarten konnte, der keinerlei Anstand kannte.

Aber wenn sie ihn beobachtete, war sie doch unwillkürlich von seinem Aussehen beeindruckt. Seine breiten

Schultern, sein Flair von Gesundheit und Wohlergehen paßten nicht recht in ihr Bild von einem Lebemann.

Zwei Hunde tollten hinter ihm her, und sie vermutete, daß er sie ausführte, und dies war etwas, was Lady Sybil vermutlich nicht gern tat.

Der Marquis, der augenscheinlich in seine Gedanken vertieft war, bemerkte Arabella und Beulah nicht. Sie waren auf dem Rasenweg, aber halb verborgen von einem riesigen Azaleenbusch, der in voller Blüte stand. Als sie nur noch einige Schritte von ihm entfernt waren, blickte er auf.

Er blieb stehen und sah Beulah an. Zu Arabellas Überraschung schien sie zu erstarren. Auf sein Gesicht trat ein Ausdruck, den sie nicht zu deuten wußte.

Ein paar Sekunden lang bewegte sich keiner, bis der Marquis – unter Anstrengung, wie es schien – seinen Blick von Beulah abwandte und auf Arabella richtete. Er sah sie an, als erkenne er sie plötzlich wieder und sagte:

»Aber ich dachte ... du bist ja noch ein Kind.«

Arabella machte einen Knicks.

»Ich bin Arabella, und dies ist Beulah.«

Sie wußte nicht, warum sie die Vorstellung übernahm. Irgendwie schien es ihr wichtig, etwas zu sagen.

»Ja, ich weiß, das ist Beulah«, erwiderte der Marquis mit einer tiefen Stimme.

»Sag ›Sehr angenehm‹, Beulah«, sagte Arabella zu dem Kind.

»Hunde!« rief Beulah, »Hunde!« und deutete mit einem Finger auf die Spaniels.

Der Marquis sah sie an, und wieder trat dieser merkwürdige Ausdruck in sein Gesicht. Es war nicht Ekel oder Entsetzen, es war beinahe Erleichterung, als habe er erwartet, sie würde viel schlimmer aussehen, dachte Arabella. Dann sagte sie sich, daß sie fantasierte.

Und doch meinte sie, daß er unter seiner Sonnenbräune blaß geworden war, als er Beulah zum erstenmal sah. Jetzt wanderte sein Blick wieder von Beulah zu ihr. Er betrachtete ihr goldenes Haar, das ihr über die Schultern fiel. Ganz unerwartet trat ein Lächeln auf sein Gesicht.

»Du hast gebadet, als ich ankam.«

Arabella errötete. Sie hatte gehofft, daß er die Episode am See vergessen hatte oder daß er sie wenigstens nicht erwähnen würde. Sie war verlegen gewesen, als sie erfuhr, wer er war, aber jetzt war so vieles geschehen, daß die Erinnerung daran sie nicht mehr beunruhigte.

»Ich tat es auf einen Impuls hin«, sagte sie leise. »Es war ein so schwüler Nachmittag...«

»Du brauchst dich vor mir nicht zu rechtfertigen«, sagte der Marquis. »Ich habe als Junge oft genau an der gleichen Stelle gebadet und wurde dafür bestraft.«

Arabella lachte.

»Warum wird man immer an den Dingen gehindert, die man gern tun möchte?« fragte sie.

»Das ist das Lästige an der Kindheit«, sagte der Marquis. »Und doch hat man keine Ahnung, wie glücklich man ist, bis man erwachsen ist.«

»Es hängt davon ab, wo man lebt, nicht wahr?« sagte Arabella. »Und... mit wem.«

Er sah einen Schatten über ihr Gesicht huschen, als sie daran dachte, wie ihr Glück von ihrem Stiefvater zerstört worden war.

»Du bist nicht sehr glücklich gewesen«, sagte der Marquis leise. »Bist du deshalb hierher gekommen?«

Er ist sehr feinfühlig, dachte Arabella überrascht.

»Ja«, sagte sie, »und ich bin gern mit Beulah zusammen. Ich lehre sie eine Menge Dinge, die ihr bisher kein Mensch beigebracht hat.«

Der Marquis runzelte die Stirn.

»Warum nicht? Ich habe doch Anweisung gegeben, daß für die Kindermädchen und die Gouvernante anständige Gehälter bezahlt werden und daß es Beulah an nichts fehlen soll.«

»Sie ist zufrieden«, sagte Arabella.

Und tatsächlich sah Beulah recht glücklich aus. Sie streichelte die Hunde, die ihr mit der unvermeidlichen Sentimentalität von Spaniels dankbar das Gesicht ableckten.

»Du bist sehr mager«, sagte der Marquis zu Arabella. »Ich hoffe, mein Personal gibt dir genügend zu essen.«

»Ich war krank. Das Essen hier ist sehr gut.«

»Miß Coombe ist im Schloß, so lange ich mich zurückerinnern kann«, sagte der Marquis. »Sie kam als Küchenmädchen, als sie praktisch noch ein Kind war, und hat sich hochgearbeitet. Vor ihr war ihre Mutter im Schloß gewesen, davor ihre Großmutter.«

Arabella bemerkte, daß er mit ihr sprach, als wäre sie schon erwachsen, und daß er es angenehm fand, mit jemandem über so persönliche Dinge wie sein Heim sprechen zu können. Wahrscheinlich interessierte sich Lady Sybil nicht für die häuslichen Dinge, wenn sie nur ihre eigene Bequemlichkeit hatte.

Arabella dachte an Miß Fellows Bemerkung: »Mr. Turner sagt, daß die gnädige Frau Seine Lordschaft beim Essen oft zum Lachen bringt, aber sie hat eine Zunge wie eine Giftschlange, wenn sie über ihre Bekannten spricht.«

Instinktiv sagte Arabella das Richtige.

»Das Schloß ist sehr schön und die Gärten auch.«

»Ich freue mich, daß du das findest«, sagte der Marquis lächelnd. »Meine Mutter hat die Gärten selbst angelegt. Sie waren sehr vernachlässigt, als mein Vater das Schloß erbte. In ungefähr einer Woche blühen die Rosen, und der Rosengarten ist einer der schönsten im ganzen Land. Hast du den Kräutergarten schon gesehen?«

Arabella schüttelte den Kopf.

»Dann will ich ihn dir zeigen.«

Arabella nahm Beulah an der Hand. Sie wollte schon vorschlagen, der Marquis möge die andere Hand des Kindes nehmen, damit sie rascher vorwärtskämen, aber irgendwie fühlte sie, daß er seine Schwester nicht anfassen wollte. Das Kind stieß ihn ab.

Arabella rechnete sich aus, daß der Marquis zwanzig Jahre alt gewesen sein mußte, als Beulah geboren wurde. Die Tatsache, daß sie verkrüppelt war, mußte ihn schokkiert haben. Konnte dies der Grund sein, weshalb er nach Kriegsende nicht nach Hause zurückgekehrt war?

Sie gingen wegen Beulah sehr langsam, und der Marquis sprach dabei über den Kräutergarten.

»Meine Mutter verstand eine Menge von Kräutern. Sie pflanzte den Garten genauso an, wie er in den Tagen Heinrichs VIII. gewesen war. Sie hatte in der Bibliothek Pläne und Bücher gefunden, in denen jede Pflanze aufgeführt war, die man damals angebaut hatte.«

Sie erreichten mitten in einer Buchsbaumhecke ein eisernes Tor. Der Marquis öffnete es, und sie traten in einen kleinen, quadratischen Garten, der in symmetrischen Mustern angelegt und von Zwergliguster eingerahmt war.

Der Garten sah verwildert aus. Die Büsche und Pflanzen waren zwar noch da, und ihr Duft füllte die Luft, aber die Beete waren von Unkraut überwuchert. Trotzdem gaben die blühenden Pflanzen dem Garten ein farbenprächtiges Aussehen.

»Verdammt!« sagte der Marquis, »hier ist noch eine Stelle, die völlig vernachlässigt wurde.«

»Sie waren zu lange weg«, sagte Arabella leise. »Die Leute werden gleichgültig, wenn niemand ihre Arbeit lobt oder tadelt.«

»Da hast du natürlich recht.«

»Mein Vater sagte immer, ein Gärtner ist ein Künstler«, fuhr Arabella fort. »Wenn man sich nicht mit ihm berät, kann er nicht das Bild schaffen, das man haben möchte. Wenn man ihn für das, was er geschaffen hat, nicht lobt, wird er sich das nächstemal keine Mühe geben.«

»Das ist wahr«, stimmte der Marquis zu. »Es war dumm von mir, so lange wegzubleiben.«

Sein Blick fiel auf Beulah. Plötzlich kauerte er sich neben sie, so daß sein Gesicht auf gleicher Höhe mit dem ihren war.

»Beulah!« sagte er. »Ich bin dein Bruder. Weißt du das?«

»Bru...der«, sagte Beulah.

»Sag Julius zu mir«, sagte er. »Sag Julius.«

»Ju...lius«, brachte Beulah mühsam heraus.

Der Marquis stand auf.

»Na bitte! Jetzt sind wir einander anständig vorgestellt«, sagte er. Arabella kam es vor, als hätte sie einen Mann beobachtet, der mit seinem Pferd an eine hohe Hürde gekommen und darübergesprungen war.

»Ich werde mit den Gärtnern sprechen«, sagte der Marquis.

»Sagen Sie ihnen, sie sollen den Kräutergarten zum Gedächtnis Ihrer Mutter herrichten«, meinte Arabella. »Soviel ich gehört habe, hat jedermann im Schloß sie geliebt.«

»Das werde ich tun«, sagte der Marquis. »Sie war eine wunderbare Frau.«

Er sah zum Schloß hinüber, das hinter ihnen lag, als erwarte er, seine Mutter zu sehen, die ihnen von einem der Fenster aus zuwinkte oder die auf den Rasen kam, um ihn zu begrüßen.

»Sie vermissen sie, nicht wahr?« fragte Arabella.

»Ja«, sagte er in einem beiläufigen Tonfall, und sie spürte, daß er immer noch um seine Mutter trauerte und daß er über seine Gefühle nicht sprechen wollte.

»Was für ein komisches kleines Mädchen du bist«, sagte er plötzlich. »Ich kann mich nicht erinnern, daß ich je mit anderen Kindern so sprechen konnte wie mit dir. Wie alt bist du?«

»Jung genug, daß man mich für eine geeignete Spielkameradin für Beulah hielt«, erwiderte Arabella. Sie lachten beide über die Absurdität.

»Sie hat Glück, daß sie dich hat«, sagte der Marquis. »Wer ist auf die Idee gekommen?«

»Der neue Doktor«, antwortete Arabella. »Er suchte in der Gegend nach einem Kind, das mit Beulah spielen konnte, und er wählte mich aus.«

»Der neue Doktor, wer es auch sein mag, hat offensichtlich eine Menge Verstand«, sagte der Marquis beifällig. »Willst du mit mir in meinem Zweispänner ausfahren? Ich bin sicher, es wird dir gefallen.«

»Beulah wird große Freude daran haben«, sagte Arabella.

An dem raschen Blick, den der Marquis seiner Schwester zuwarf, erkannte sie, daß er keinen Augenblick daran gedacht hatte, daß Beulah in die Einladung mit eingeschlossen werden mußte.

Sie gingen langsam zum Schloß zurück.

»Ich komme ins Kinderzimmer und besuche dich«, sagte der Marquis, als wäre es eher eine Aufforderung für sich selbst als ein Versprechen für Arabella. »Früher war es mein Kinderzimmer – wie heißt doch gleich die Gouvernante?«

»Miß Harrison«, sagte Arabella.

»Ja, es war dumm von mir, aber als ich dich am See sah, dachte ich, du seist die Gouvernante.«

»Nein, nein«, sagte Arabella. »Ich habe mich ungehörig benommen. Miß Harrison hätte es niemals gebilligt.«

»Es war Zufall, daß ich dich dabei gesehen habe«, sagte

der Marquis. »Ich habe dort oft gebadet, und nie hat mich jemand erwischt, nur mein nasses Haar hat mich verraten, wenn ich ins Schloß kam. Meine Kindermädchen und mein Lehrer hatten Angst, ich könnte mich erkälten.«

»Und haben Sie sich erkältet?« fragte Arabella.

Er schüttelte den Kopf.

»Ich war stark wie ein Bulle.«

»Bulle ... Bulle!« rief Beulah.

Sie lachten.

»Welchen Weg gehst du zum Schloß zurück?« fragte der Marquis.

»Durch den Garten«, erwiderte Arabella.

»Ich gehe mit den Hunden lieber zum Haupteingang«, sagte der Marquis.

Arabella hatte das Gefühl, er wolle vermeiden, daß Lady Sybil Beulah sah.

»Auf Wiedersehn«, sagte Arabella, als sie am Gartentor ankamen.

Er blieb stehen und sah auf sie herab. Der Sonnenschein spielte in ihrem Haar und schien es in schimmerndes Gold zu verwandeln. Ihre großen blauen Augen erinnerten ihn an Veilchen.

»Ich werde unsere Ausfahrt nicht vergessen«, versprach er.

»Wir freuen uns darauf«, antwortete Arabella.

In seiner Miene lag etwas, das es ihr schwermachte, den Blick von ihm abzuwenden.

»Sag deinem Bruder ›Auf Wiedersehn‹, Beulah«, sagte sie.

Beulah umarmte die Hunde.

»Wiedersehn, Hundchen«, murmelte sie. »Auf ... Wiedersehn ... Hundchen ... Beulah sieht ... dich ... bald ... wieder.«

George erschien unter der Tür.

»Möchtest du die Treppe hinaufgetragen werden?« fragte er Beulah.

Dann sah er den Marquis. »Bitte um Verzeihung, Mylord.«

»Ich freue mich, daß du Beulah so aufmerksam versorgst«, sagte der Marquis. »Auf Wiedersehen, Arabella.«

Er zog seinen Hut und ging weg, die Hunde an den Fersen.

Arabella und George sahen ihm aus keinem ersichtlichen Grund nach.

»Endlich hat er Lady Beulah gesehen«, sagte George vertraulich. »Wo hast du ihn getroffen, Arabella?«

»Im Garten.«

»Wir haben gewettet, wie lange es wohl dauern würde, bis er sie sehen will«, sagte George, während sie die Treppe hinaufgingen.

Arabella antwortete nicht. Sie wollte sich auf keine Vertraulichkeiten mit den Dienstboten einlassen und ihnen auch nicht erlauben, in ihrer Anwesenheit über den Marquis zu sprechen. Aber in den Augen des Personals war sie noch ein Kind, und dazu ein unbedeutendes. Sie war sich wohl bewußt, daß sie ihre Anwesenheit im Schloß merkwürdig fanden.

»Er ist ein vornehmer Herr, nicht wahr?« sagte George mit dem Enthusiasmus, mit dem ein Schuljunge über seinen Helden spricht. »Du solltest ihn einmal reiten sehen! Mein Onkel ist der Stallmeister, und er sagt, es hätte nie einen besseren Reiter gegeben. Manche streiten das ab. Sie sagen, er sei nur so gut wie sein Vater. Aber nach allem, was ich höre, vollbrachte der alte Marquis mit Pferden geradezu Wunder!«

George trug Beulah in das Kinderzimmer. Er scherzte mit ihr, und als er sie auf dem Fußboden abgesetzt hatte, ging er zum Fenster und sah hinaus.

»Manche verstehen etwas von Pferden und manche nicht«, sagte er plötzlich ärgerlich. »Wenn es nach meinem Onkel ginge, würde er Lady Sybil zum Beispiel kein Tier anrühren lassen, es sei denn, es wäre aus Holz.«

Arabella trat neben George ans Fenster.

»Ist die gnädige Frau allein ausgeritten?« fragte Arabella.

George grinste sie an. »Sie war heute nach dem Mittagessen schlechter Laune, als Seine Lordschaft unbedingt die Hunde ausführen wollte. ›Sie brauchen Bewegung‹, hat er gesagt. ›Was geht das mich an?‹ hat die gnädige Frau gefaucht. ›Ich bin nicht lange weg‹, sagte er. ›Wenn du zurückkommst, bin ich nicht hier‹, antwortete sie. Aber das war ihm egal. Wenn du mich fragst, kann Seine Lordschaft jede Frau bekommen, die er haben möchte, wenn er nur mit dem kleinen Finger winkt.«

Arabella sah, wie Lady Sybil in einem eleganten, smaragdgrünen Samtkostüm die Kieseinfahrt vor dem Schloß heraufgeritten kam. Sie hatte Schwierigkeiten mit dem Pferd. Es tänzelte, bewegte sich seitwärts, wollte sich aufbäumen und zeigte eine gründliche Verachtung für seine Reiterin.

»Unsere Pferde brauchen Bewegung«, sagte George. »Der Onkel wird alt, und er hat nur noch wenige Stalljungen. Nachdem Seine Lordschaft jetzt wieder da ist, wird er sie anleiten... sie brauchen eine Männerhand.«

Lady Sybils Pferd trat nun mit den Hinterbeinen aus.

Arabella, die Pferde liebte, wußte, daß es nur spielte. Sie sah auf einen Blick, daß Lady Sybil keine Kontrolle über das Pferd hatte. Sie saß nervös im Sattel, hielt die Zügel zu straff, und ihre Miene war verächtlich und böse.

Ein Bursche kam herbeigerannt und hielt die Zügel, während sie abstieg. Im letzten Moment scheute das

Pferd, und Lady Sybil wäre beinahe heruntergefallen. Sie konnte sich gerade noch am Sattelknopf festhalten.

Der Bursche redete beruhigend auf das Pferd ein.

»Brrr, Junge«, hörte Arabella ihn durch das offene Fenster sagen. »Brrr!«

»Das Tier ist ein Teufel«, sagte Lady Sybil giftig. »Man sollte ihm eine Lektion erteilen.«

Sie hatte eine Reitpeitsche mit einem silbernen Griff in der Hand, und nachdem sie jetzt auf sicherem Boden stand, schlug sie damit auf das Pferd ein.

Sie traf es mehrere Male am Kopf. Der Stallknecht, der sich an das Zaumzeug klammerte, hatte die größte Schwierigkeit, das geängstigte, ausschlagende Tier am Durchgehen zu hindern.

»Sorge dafür, daß man mir nicht noch einmal dieses Pferd gibt«, fauchte Lady Sybil. Sie ging wütend die Treppe hinauf und ins Haus.

»Das war brutal«, sagte Arabella außer sich. »Es lag nur daran, daß das Pferd zum Spielen aufgelegt war.«

»Ich habe dir ja erzählt, was mein Onkel über sie gesagt hat«, erwiderte George. »Es ist eines der besten Pferde im Stall.«

»Das war brutal«, wiederholte Arabella aufgebracht. »Man sollte Seiner Lordschaft berichten, wie sie sich benimmt.«

George wandte sich vom Fenster ab und grinste sie an.

»Und wer sollte das wohl tun?« fragte er. »Ich nicht! Das steht mir nicht zu. Außerdem wird die gnädige Frau es einem nie verzeihen, wenn sie hier die Hausherrin wird.«

»Keiner von uns kann etwas sagen«, stimmte Arabella zu. Sie war wütend darüber, daß jemand ein Tier so behandeln konnte.

Rose trug Beulah in ihr Zimmer, und Arabella ging in das ihre. Aber statt sich für das Abendessen zu richten, saß sie vor dem Toilettentisch und sah ihr Spiegelbild an. So sehr sie den Marquis auch verachtet haben mochte, sie wünschte dem schlimmsten Mann auf der Erde nicht, daß er jemanden wie Lady Sybil zur Frau bekam.

Sie erinnerte sich an Dinge, die Miß Fellows über sie erzählt hatte, Informationen, die sie augenscheinlich von Miß Archer bekommen hatte, der Zofe von Lady Sybil, einer schwatzhaften Frau, die sich jedem anvertraute, der zuhören wollte... »Schwer verschuldet...«, »Will ihn heiraten, noch ehe der Sommer vorbei ist...«, »Sie hat ihn fest am Bändel...«, »Ihre Launen sind schrecklich...«, »Kein Dienstbote hält es lange bei ihr aus...«

Das würde bedeuten, dachte Arabella, daß Matty, Rose und George das Schloß verlassen müßten, wenn Lady Sybil hier die Herrin würde, oder daß sie von selbst gingen.

Sie haßte plötzlich diese verdorbene Schönheit, die – in den Adel hineingeboren – sich nicht besser benahm als eine Kurtisane.

Wenn Arabella so unschuldig gewesen wäre, wie sie hätte sein sollen, dann hätte sie solche Dinge nicht verstanden. Aber ihre Lektüre hatte sie weit mehr gelehrt, als Eltern je einem jungen Mädchen offenbaren würden. Sie hatte unter den Büchern in der Bibliothek ihres Vaters die Geschichte der Borgias gefunden. Sie hatte die Schriften von Juvenal – dem römischen Satiriker – gelesen, der die Exzesse der liederlichen römischen Gesellschaft mit einer Offenheit beschrieben hatte, die Lady Deane entsetzt hätte, wenn sie gewußt hätte, was ihre Tochter las.

Ein Geschichtskundiger weiß, daß das Benehmen der Menschen sich im Laufe der Jahrhunderte nur sehr wenig geändert hat. Arabella entdeckte ein Gegenstück zu Lady Sybil in jedem Zeitalter, und sie verachtete den Marquis dafür, daß er sich einredete, sie sei begehrenswert.

Aber Arabella fragte sich auch, ob er die Wahrheit über

Lady Sybil wußte. Ihm gegenüber verhielt sie sich vermutlich tadellos. Vielleicht erfuhr er niemals von ihrer Grausamkeit, ihrer Roheit, bis es zu spät war und sie verheiratet waren.

Arabella entschloß sich, daß sie Lady Sybil Sheraton loswerden mußten – dem Schloß zuliebe und allen, die darin lebten. Es waren nicht nur die Pferde, die unter ihr leiden würden.

Während der letzten paar Tage hatte sich das ganze Haus verändert. Nun fiel der Sonnenschein durch saubere Fenster, überall standen duftende Blumen, und es roch dazu nach Lavendel und Bienenwachs. Die Fußböden waren jetzt so sauber, daß Arabella sich beinahe scheute daraufzutreten, und sie konnte sich in den frisch polierten Möbeln buchstäblich spiegeln.

Miß Matherson ermahnte die jungen Dienstmädchen, wenn sie einen Kamin nicht ordentlich richteten, sie ließ die Teppiche hinaustragen, damit sie ausgeklopft wurden, und ließ einen Raum nach dem anderen säubern.

Die Rückkehr von Mr. Turner, dem Butler, veränderte jenen Teil des Haushalts, der von der Anrichte aus gelenkt wurde. Große, junge Diener waren eingestellt worden. Sie hatten gepudertes Haar und trugen eine Livree, und ihre polierten Knöpfe blitzten zu jeder Tages- und Nachtzeit.

George erzählte Arabella, wie sie das Silber polierten, bis fast die Feingehaltsstempel abgerieben waren. Und in den hinteren Räumen, in Miß Coombes Königreich, waren nun die Fußplatten ebenso sauber, neue Küchenmädchen waren eingestellt worden, und es herrschte von fünf Uhr morgens an Leben.

Aber Arabella wußte, daß trotz all dieser Verbesserungen im Schloß immer noch Angst und Furcht herrschte.

Der Marquis wußte nicht, was sich in seiner Abwesenheit abgespielt hatte, und niemand wollte ihm berichten, was Gentleman Jack von alledem hielt.

Wenn Arabella abends in ihr Zimmer ging, schloß sie sich ein und zog sich die Decke über die Ohren, damit sie nichts davon hörte, falls draußen im Korridor Schritte zu Miß Harrisons Zimmer gehen sollten. Aber sie hatte das Gefühl, daß Gentleman Jack nicht mehr in das Schloß gekommen war.

Miß Harrison hatte tiefe Furchen im Gesicht. Sie ging immer wieder zum Schrank und nahm einen Schluck Cognac, und Arabella erkannte daran, daß sie mit den Nerven am Ende war. Irgend jemand würde es dem Marquis früher oder später sagen müssen, dachte Arabella. Sie war sich wohl bewußt, daß Gentleman Jack das ganze Dorf terrorisierte. Aber selbst wenn der Marquis von ihm erfuhr, was konnte er, ein einzelner Mann, gegen diese gefährlichen und brutalen Straßenräuber unternehmen?

Und doch mußte er irgendwann und irgendwie gewarnt werden, dachte Arabella. Aber als erstes mußte man Lady Sybil loswerden.

Arabella fragte sich, wie dies wohl zu erreichen wäre, als sie Miß Fellows sagen hörte:

»Um Himmels willen, lassen Sie die Katzen im Kinderzimmer, Miß Harrison. Lassen Sie sie nicht überall herumstreunen. Erstens habe ich sonst viel mehr sauberzumachen, und zweitens kann die gnädige Frau Katzen nicht leiden.«

Die gnädige Frau kann Katzen nicht leiden. Wie läßt sich daraus ein Vorteil ziehen? fragte sich Arabella.

Sie verließ leise ihr Zimmer und ging die Treppe hinab in den ersten Stock. Lady Sybils Zimmerflucht lag direkt neben dem oberen Treppenabsatz.

Arabella hörte unten in der Halle Stimmen, und als sie

hinunterblickte, sah sie Lady Sybil am Arm des Marquis aus dem Salon kommen.

»Da du mich vernachlässigt hast, bin ich allein ausgeritten«, sagte sie schmollend. »Ich war sehr einsam und allein, Julius. Und ich glaube, es wäre das beste, wenn ich mit der Post nach London zurückführe, wo es jemanden gibt, der mich schätzt.«

»Erst heute früh sagtest du, du wolltest nicht ausreiten«, sagte der Marquis.

»Ich habe es mir anders überlegt«, erwiderte Lady Sybil. »Das ist das Privileg der Frauen, Liebster. Aber ich will ehrlich sein und zugeben, daß es mir ohne dich nicht gefallen hat. Es ist nur dann amüsant, wenn wir zusammen sind, Julius.«

»Du schmeichelst mir, Sybil«, erwiderte der Marquis.

»Weil ich dich liebe«, sagte Lady Sybil mit leiser Stimme, »liebe ich dich ständig, oder sollte ich lieber sagen – verlange ich um so mehr nach dir...«

Sie warf den Kopf zurück und sah ihm in die Augen.

Arabella sah, wie schön sie war mit ihren pechschwarzen Augenbrauen über den merkwürdig schrägen Augen. Ihr dunkles Haar paßte vorzüglich zu ihrer Haut.

»Es tut mir leid, wenn du dich geärgert hast«, sagte der Marquis, der scheinbar unempfänglich war für die Einladung in Lady Sybils Augen. »Aber du weißt, daß ich Bewegung brauche. Du hast mich heute früh am Ausreiten gehindert, und deshalb mußte ich heute nachmittag mindestens drei Meilen laufen. Ich ging bis zum Wald auf der anderen Seite des Kornfeldes, das ich dir gestern gezeigt habe.«

»Ja«, sagte Lady Sybil ungeduldig. Sie interessierte sich offensichtlich nicht dafür, wo er gewesen war.

»Hast du mich vermißt, Julius? Dachtest du an mich, als du so weit spazierengingst? Hast du dich bei der Rückkehr beeilt, weil du wußtest, daß ich im Schloß bin und auf dich warte?«

»Wenn ich es getan hätte, wäre es verlorene Mühe gewesen«, sagte der Marquis lächelnd. »Als ich nach Hause kam, sagte man mir, daß du ausgeritten bist und unbedingt Pegasus nehmen wolltest. Das ist nicht das richtige Pferd für dich, Sybil.«

»Das habe ich auch gemerkt«, antwortete Lady Sybil. »Ein unartigeres Biest habe ich selten erlebt.«

»Sybil, das ist ungerecht«, sagte der Marquis. »Du weißt so gut wie ich, daß du ein ruhiges Pferd brauchst. Ich möchte wetten, daß du Pegasus nur genommen hast, um mich zu ärgern, weil ich dir auf dem Weg hierher sagte, daß mehrere Pferde im Stall sind, die ich trainieren muß.«

»Julius, du mißverstehst mich absichtlich«, sagte Lady Sybil gekränkt und zog ihren Arm weg.

Sie standen dicht vor einem Streit, dachte Arabella zufrieden. Während sie vom oberen Treppenabsatz aus lauschte, spürte sie an ihrem Bein etwas Weiches. Sie blickte hinab. Es war eines von Beulahs Kätzchen.

Sie nahm es auf, streichelte es, und da hatte sie eine Idee.

Sie ging mit dem Kätzchen in Lady Sybils Schlafzimmer. Es war ein riesiger, eindrucksvoller Raum mit einem großen geschnitzten und vergoldeten Himmelbett, in dem sogar Königin Elizabeth geschlafen hatte.

Arabella blickte zum Toilettentisch hinüber, auf dem, wie sie es erwartet hatte, Cremes und Parfüms aller Art standen. Sie hatte gehört, daß die eleganten Damen ein Vermögen für ihre Haut ausgaben, für Lidschatten, Lippensalben, Cremes und Wässerchen aus allen möglichen Zutaten von Gänseschmalz bis zu Tautropfen, die unter dem Vollmond von Blüten gesammelt worden waren.

Lady Sybils Toilettentisch brach unter seiner Last fast

zusammen. Arabella hielt immer noch das Kätzchen im Arm. Mit der anderen Hand entfernte sie rasch die Stöpsel von den Flakons und warf sie um, bis mindestens ein halbes Dutzend Substanzen einen kleinen Teich auf der polierten Platte des Toilettentisches bildeten. Dann schraubte sie die Deckel von den Töpfen ab und leerte sie aus. Andere Töpfe rollten nur von einer Seite zur anderen.

Mitten in dieses Chaos setzte Arabella das Kätzchen. Sie tat es gerade rechtzeitig, als sie jemanden die Treppe heraufkommen hörte. Dann lief sie durch das Zimmer und stellte sich neben die Tür auf der anderen Seite.

»Was machst du hier, Mädchen?« fragte Lady Sybil unfreundlich, als sie das Zimmer betrat.

Arabella machte einen Knicks.

»Ich suche Beulahs Kätzchen, Mylady«, antwortete Arabella und mußte daran denken, daß sie schon zum zweitenmal diese Ausrede benützte.

»Ich bin sicher, daß es nicht hier ist«, sagte Lady Sybil. »Wenn es ein Tier gibt, das ich hasse, dann ist es eine Ka...«

Noch ehe sie das Wort ausgesprochen hatte, sah sie das Kätzchen auf ihrem Toilettentisch und die ausgelaufenen Cremetöpfe und Flakons.

Sie öffnete den Mund, aber es kam kein Laut heraus. Doch dann kreischte sie in einem langen, hohen Ton.

Da Lady Sybil unaufhörlich weiterkreischte, hörte man jemanden die Treppe heraufeilen. Arabella wußte, daß es der Marquis sein mußte.

»Da ist ja das Kätzchen!« rief Arabella und nahm es gerade rechtzeitig vom Toilettentisch, als Lady Sybil die Hand hob, um das kleine Tier zu schlagen.

Arabella drückte das Kätzchen beschützend an ihre Brust. Als sie sich umdrehte, sah sie eine Furie mit blitzenden Augen und wutverzerrten Lippen.

»Schaff sofort die Katze weg!« schrie Lady Sybil. »Schau, was sie mit meinen Kosmetika angerichtet hat. Alle meine kostbaren Parfüms und Cremes. Man sollte es umbringen... Gib es her, und ich drehe ihm den Hals um.«

»Was ist hier los?« fragte eine ruhige Stimme.

»Sieh dir das an, was dieses elende Biest angerichtet hat«, schric sie und deutete auf den Toilettentisch. »Jeder weiß, daß ich Katzen nicht leiden kann, und doch hat sie ihren Weg hierher gefunden. Ich weiß, sie gehört deiner Schwester... dieser deformierten Schwachsinnigen, die du vor mir versteckst. Aber sie wird ihre Strafe bekommen. Ich werde sie dafür büßen lassen, daß sie diese verdammten Tiere nicht unter Kontrolle hat und ihnen erlaubt, mich zu belästigen.«

Arabella sah den Marquis an.

Er wurde blaß, als Lady Sybil Beulah erwähnte, und dann wurde seine Miene plötzlich ernst.

»Seien Sie still!« Seine Stimme war leise, und doch hielt sie Lady Sybil wirksamer als alles andere davon ab, weiter zu zetern. Sie sah ihn mit offenem Mund an, und ihre Schönheit war verfallen, ihr Äußeres grob und unattraktiv.

»Ich bedaure zutiefst den Schaden, der am Besitz der gnädigen Frau angerichtet wurde«, sagte der Marquis eisig. »Sie werden mir erlauben, für alle Ausgaben aufzukommen, um das zu ersetzen, was verdorben wurde. Ich bin sicher, Sie werden das sofort erledigen wollen. In einer Stunde wartet eine Kutsche, um die gnädige Frau nach London zu bringen.«

Er drehte sich auf dem Absatz um und verließ das Zimmer. Erst da wurde Lady Sybil bewußt, was geschehen war.

»Julius!« schrie sie. »Julius!«

Sie lief zur Tür, aber er war schon halb die Treppe hinuntergegangen.

»Julius, bitte verzeih mir! Ich habe die Fassung verloren. Ich hätte über deine Schwester nicht so sprechen dürfen. Glaub mir!«

Arabella folgte Lady Sybil in den Korridor. Der Marquis ging ohne Eile die Treppe hinunter.

In der Halle schnippte er mit den Fingern, und augenblicklich waren die Spaniels, die auf einer Decke gelegen hatten, bei ihm. Ein Diener reichte ihm seinen Hut.

»Julius!« rief Lady Sybil noch einmal. »Julius, bitte hör auf mich!«

Der Marquis sah sich nicht um, sondern ging durch den Haupteingang hinaus, und Arabella wußte, daß er zu den Stallungen ging. Sie sah, wie Lady Sybil die Fäuste ballte und einen Laut ausstieß, der halb ein Schluchzen und halb zornig war.

Arabella hielt es für an der Zeit, in ihr Zimmer zu gehen, ehe Lady Sybil sich umdrehte. Sie lief die Treppe in den zweiten Stock hinauf und brachte Beulahs Kätzchen ins Kinderzimmer. Es hatte seine Aufgabe erfüllt.

Sechstes Kapitel

Der Zweispänner fuhr rasch über die schmalen Heckenwege, die den großen Park umgaben und zu den Bauernhöfen, Feldern und Wäldern des Besitztums führten.

Die Sonne war warm und golden. Arabella legte einen Arm um Beulah und dachte, daß es lange her war, seit sie ein solches Glück empfunden hatte.

»Schneller... schneller!« rief Beulah, und nach einer Weile sah der Marquis lächelnd auf sie herab und sagte:

»Wenn ich die Pferde noch schneller traben lasse, werden ihnen Flügel wachsen, und sie fliegen über die Hekken.«

Er war gut gelaunt, und Arabella bemerkte, daß ihm auch der Umgang mit Beulah nun leichterfiel. Er sah seine Schwester nicht mehr mit jener merkwürdigen Miene an, die sie anfangs an ihm beobachtet hatte.

Der Marquis schien in keiner Weise unter dem Verlust der Gesellschaft Lady Sybils zu leiden. Arabella war sogar überzeugt, daß er erleichtert war, endlich die kapriziöse Schönheit loszusein. Sie bemerkte, daß er sein Heim von neuem erforschte und dabei feststellte, daß es für ihn eine Aufgabe darstellte.

Das Schloß hatte noch nie einen solchen Energieaufwand erlebt. Die Möbel und Fußböden glänzten wie Spiegel. Die Fenster waren sauber, und als Arabella sich umdrehte und zum großen steinernen Gebäude zurücksah, schien es so, als wäre es mit glitzernden Edelsteinen besetzt.

Nach außen hin war neues Leben in das Schloß eingekehrt, aber gleichzeitig barg es immer noch das dunkle und finstere Geheimnis, das früher oder später gelöst werden würde. Aber das ist nicht mein Problem, versuchte sie sich einzureden, und doch wußte sie, daß sie tief darin verstrickt war und sich nur davon befreien konnte, wenn sie wegging.

Nicht einmal, sondern ein dutzendmal hatte sie erwogen, dem Marquis die Wahrheit zu sagen. Dann erinnerte sie sich an Gentleman Jacks Gesicht und an die Drohungen, die er gegen die Familien der Dienstboten ausgestoßen hatte. Vielleicht würde er sogar Beulah töten. Sie wußte, daß dies keine leeren Worte waren. Er meinte es ernst. Und wenn es keine Möglichkeit gab, ihn und seine Bande gleichzeitig gefangenzunehmen, bevor er sich rächen konnte, mußte es irgend jemand büßen.

»Wohin fahren Sie uns?« fragte Arabella.

Sie bewunderte es, wie geschickt der Marquis mit den Pferden umging. Er fuhr besser als jeder, den sie bisher mit einem Zweiergespann hatte fahren sehen. Er war ein außergewöhnlicher Mann, dachte sie.

»Wir fahren auf eines meiner Güter«, sagte er. »Ich hatte keine Ahnung, daß das Leben auf dem Land so vielseitig sein kann. Die letzten paar Tage habe ich nichts anderes getan als gearbeitet. Ich habe mit meinen Bauern, Gutsverwaltern, Hirten und Knechten gesprochen, und doch gibt es noch so viel zu tun.«

»Es macht Ihnen Spaß«, sagte Arabella lächelnd.

»Wieso glaubst du das?«

»Weil jeder Mensch glücklich ist, wenn er eine Aufgabe hat«, erklärte Arabella. »Wenn man nichts zu tun hat, bekommt man Langeweile und wird unzufrieden.«

»Du bist sehr klug für dein Alter«, sagte der Marquis. »Aber du hast recht, die bisher glücklichste Zeit in meinem Leben verbrachte ich bei meinem Regiment. Wir waren ständig unter Druck und hatten keine Zeit, uns um irgend etwas anderes zu kümmern als ums Überleben.«

»Ich wüßte gern etwas über Ihr Leben bei der Armee. Wenn ich ein Mann wäre, wollte ich Soldat sein. Aber leider wurde ich als Mädchen geboren.«

Der Marquis lachte.

»In zwei, drei Jahren wirst du es nicht bedauern, eine Frau zu sein. Du wirst eine Schönheit, kleine Arabella, hat dir das noch niemand gesagt? Deine Haut ist weiß, das Haar rotgolden – du wirst alle Männer beunruhigen.«

Arabella wollte aufbrausend erwidern, daß sie kein Verlangen danach hätte, das Interesse der Männer auf sich zu lenken, als die Worte des Marquis ihr klarmachten, daß er von ihrem gesellschaftlichen Rang keine Ahnung hatte.

Vermutlich hatte man ihm mitgeteilt, ein Mädchen aus dem Dorf sei in das Schloß gekommen, um mit Beulah zu spielen.

Eigentlich hätte er erkennen müssen, daß sie gebildet war und die Manieren und das Auftreten einer Hochgeborenen hatte, dachte Arabella. Sie hatte sich ein wenig gefürchtet, als der Marquis sie zu der Ausfahrt eingeladen hatte, daß sie jemandem begegnen könnten, der sie erkannte: ein Jäger, der mit Sir Lawrence bekannt war, oder ein alter Freund ihrer Mutter. Denn ihr Elternhaus, in dem sie ihre Kindheit verbracht hatte, stand keine fünfundzwanzig Meilen vom Schloß entfernt.

Aber sie waren bisher niemandem begegnet, und deshalb sagte Arabella mit fröhlicher Stimme:

»Ich werde wahrscheinlich nicht viele attraktive Männer kennenlernen, wenn ich im Schloß bleibe.«

»Ja, es ist einzig und allein für Beulah da«, sagte der Marquis. »In meiner Jugend wurde das Schloß von Besuchern überschwemmt. Meine Mutter gab gern Gesellschaften und Bälle.«

»Das klingt sehr steif«, sagte Arabella.

»Nein, meine Mutter machte aus allem ein Vergnügen. Natürlich habe ich an all diesen Festlichkeiten nicht teilgenommen, denn es gab für mich immer Wichtigeres zu tun.«

»Ich glaube, wenn man sein eigenes Haus hat, warten stets ein Dutzend Aufgaben auf einen«, sagte Arabella.

»Ja, so kommt es mir allmählich auch vor«, sagte der Marquis lächelnd, »und ich frage mich, was aus meinem Londoner Haus wird, wenn ich zu lange hierbleibe.«

»Gefällt es Ihnen in London?« fragte Arabella.

»Das dachte ich bisher«, erwiderte der Marquis. »Es ist sehr anregend, und es gibt immer etwas Interessantes zu erleben.«

»Was zum Beispiel?« fragte Arabella.

Der Marquis lachte.

»Du bist sehr neugierig. Ich nehme an, wenn ich dir von Pferderennen, Glücksspielen und Hahnenkämpfen erzählen würde, wärest du schockiert.«

»Keineswegs«, sagte Arabella. »Das alles sind die Beschäftigungen vornehmer Herren.«

»Und was hältst du von Bällen, von Theater und großen Empfängen mit schönen Frauen?« fragte der Marquis.

»Gefällt Ihnen das?« fragte Arabella verächtlich.

»Natürlich. Die Damen von St. James sind sehr attraktiv, Arabella.«

»Wie Lady Sybil?« fragte Arabella boshaft.

»Ja, wie Lady Sybil«, erwiderte der Marquis. »Hast du sie bewundert?«

»Nein. Sie schlug Ihr Pferd mit der Reitpeitsche auf den Kopf. Ich wollte, ich hätte sie dafür schlagen können.«

Der Marquis sah sie an.

»Du bist offenbar gefährlich, wenn du wütend bist«, sagte er lachend. Und dann kam ihm ein Gedanke. »Arabella, sag mir die Wahrheit: Hast du die Katze absichtlich in Lady Sybils Zimmer gebracht?«

Diese Frage kam unerwartet, und Arabella spürte, wie sie errötete.

»Antworte mir, Arabella!«

Arabella schwieg, und der Marquis nahm eine Hand von den Zügeln und legte sie auf Arabellas Schulter, damit sie ihn ansah.

»Fassen Sie mich nicht an!« sagte sie scharf. Sie vergaß, daß kein Kind eine solche Bemerkung machen würde, und sie sah sein überraschtes Gesicht.

Der Marquis brachte die Pferde zum Stehen. Er drehte sich im Sitz um und sah Arabella an. Sie hatte den Hut abgenommen, das Haar fiel ihr locker auf die Schultern. Er sagte nichts, sondern dachte nur, wie reizend dieses seltsame Kind war. Aber gleichzeitig war er entschlossen, die Wahrheit zu erfahren.

»Ich warte, Arabella«, sagte er schließlich.

»Weiterfahren«, rief Beulah. »Pferde... weiterfahren... Schnell...«

»Nein, die Pferde müssen warten, bis Arabella mir geantwortet hat«, sagte der Marquis.

»Wir können hier nicht den ganzen Tag verbringen«, sagte Arabella trotzig.

»Doch, darauf lasse ich es ankommen«, erwiderte der Marquis. »Ich möchte die Wahrheit wissen, Arabella.«

Sie wandte ihm ihr Gesicht zu und sah ihm in die Augen.

»Also gut«, sagte sie. »Sie sollen die Wahrheit hören. Sie hat Ihr Pferd geschlagen. Ich sah es vom Fenster aus. Sie ist mit ihm ausgeritten, weil sie Sie ärgern wollte. Sie kann nicht reiten, und als das Pferd es merkte, spielte es ihr Possen. Nachdem sie abgestiegen war, hat sie es dafür grausam geschlagen.«

Arabellas Augen blitzten, und sie war erregt.

»Das hätte sie wirklich nicht tun sollen«, sagte der Marquis. »Ich danke dir, daß du mir ehrlich geantwortet hast, Arabella. Aber könntest du es künftig mir überlassen, meine Gäste hinauszuwerfen?«

»Hätten Sie das wirklich getan?« fragte Arabella. »Ich glaube, die gnädige Frau war entschlossen zu bleiben.«

»Du bist das ungewöhnlichste, altklügste Kind, das mir je begegnet ist«, sagte der Marquis. »Ich weiß nicht, ob ich mich über dich amüsieren oder dich bestrafen soll.«

»Weiter... weiter!« rief Beulah.

»Aber vielleicht ist die Frage schon entschieden«, sagte der Marquis. »Ja, Beulah, wir fahren weiter. Deine Freundin Arabella hat mir etwas zum Nachdenken gegeben.«

Arabella schwieg. Sie sah, daß sie an dem kleinen See vorbeifuhren, in dem sie am Tag der Ankunft des Marquis' gebadet hatte.

Er blickte zum See hinüber und sagte fröhlich:

»Würdest du gern schwimmen?«

Beulah fing das Wort auf.

»Ara...bella... schwimmen!« rief sie begeistert. »Beulah... planschen.«

»Möchtest du gern anhalten?« fragte der Marquis Arabella.

Sie errötete und schüttelte den Kopf.

»Nein«, murmelte sie.

Sie hörte ihn lachen und wurde verlegen. Vielleicht wäre es klüger gewesen, abzustreiten, daß sie das Kätzchen in Lady Sybils Schlafzimmer gebracht hatte, und den Marquis anzulügen, wie sie ihren Stiefvater immer angelogen hatte. Aber irgendwie war es ihr unmöglich gewesen, ihm nicht die Wahrheit zu sagen.

Sie fuhren weiter, und bald sah sie einen großen, breit

hingelagerten Gutshof mit Scheunen und Ställen vor sich liegen. Auf den Wiesen ringsum weidete goldfarbenes Vieh.

»Das ist die Eastcotes Farm«, sagte der Marquis. »Ich habe den Mann immer für einen meiner besten Bauern gehalten, und nun hat er mir mitteilen lassen, daß er kündigt. Ich kann das nicht verstehen.«

Der Marquis fuhr in den Gutshof ein, und ein großer, stämmiger Mann kam herausgeeilt.

»Guten Tag, Mylord. Ich habe nicht erwartet, daß Sie zu mir kommen. Ich dachte, Sie würden mich ins Schloß bitten.«

»Ich wollte selbst sehen, was nicht in Ordnung ist«, sagte der Marquis.

»Bitte, kommen Sie ins Haus. Meine Frau setzt Ihnen ein Glas kühles Bier vor.«

»Das ist genau das, was ich mir gewünscht habe«, sagte der Marquis. »Kommt, Kinder!«

Er sprang vom Zweispänner, als der Pferdeknecht, der auf der Rückseite gesessen hatte, den Kopf des Leitpferdes festhielt. Der Marquis nahm Beulah in die Arme, hob sie vom Wagen und stellte sie auf den Boden. Dann blickte er zögernd Arabella an. Sie sah auf ihn herab.

»Ich weiß, du wirst nicht gern angefaßt«, sagte er lächelnd, »aber wenn du herunterspringst, beschmutzt du dir im Schlamm dein hübsches Kleid.«

Wortlos stand Arabella auf, und er hob sie sehr sanft vom Wagen. Sie waren sich nur einen Augenblick nahe, aber statt der Abneigung, die sie erwartet hatte und die sie immer empfunden hatte, wenn ihr Stiefvater sie berührte, überkam sie jetzt ein angenehmes Gefühl der Sicherheit. Es war so, als bräuchte sie sich nun nie wieder zu fürchten.

Sie gingen in das große Gutshaus. Beulah und Arabella

bekamen frische Milch, und dem Marquis wurde ein großes, kühles, selbstgebrautes Bier vorgesetzt.

Die Zimmerdecken waren niedrig und ruhten auf dunklen, verwitterten Eichenbalken, die von alten Schiffen stammten. Es roch nach frisch gebackenem Brot. Mrs. Eastcote, eine beleibte, geschäftige Frau mit rosigen Wangen und einem Lächeln, das sie alle mütterlich umschloß, hieß sie willkommen.

»Es ist eine Freude, Sie wiederzusehen, Mylord«, sagte sie. »Es ist lange her, seit Sie das letztemal zu uns herausgeritten sind.«

»Und wenn ich es tat, setzten Sie mir immer eine große Scheibe von Ihren Fleischpasteten vor«, sagte der Marquis. »Backen Sie sie immer noch?«

»Aber natürlich, Mylord. Erst gestern ist eine fertig geworden. Wollen Sie etwas davon haben?«

»Ein so großzügiges Angebot kann ich nicht abschlagen«, sagte der Marquis.

»Ich habe auch etwas für die jungen Damen«, sagte Mrs. Eastcote und eilte in die Küche.

Der Marquis setzte sich in einen hohen Lehnsessel, der vor dem offenen Kamin stand.

»Nun, Eastcote«, sagte er, »was ist los?«

Der Mann wich seinem Blick aus.

»Ich möchte mich verändern, Mylord.«

»Das ist Unsinn, und Sie wissen es selbst«, erwiderte der Marquis. »Seit drei Generationen lebt Ihre Familie in diesem Haus. Ich erinnere mich noch an Ihren Vater. Und mein Vater sprach über Ihren Großvater und erzählte, was für ein großartiger Landwirt er war.«

»Es tut mir leid, Mylord, aber ich habe mich entschlossen«, sagte Eastcote.

Vor dem Fenster hörte man Kinderstimmen. Arabella, die auf der niedrigen, hölzernen Fensterbank saß, blickte durch die rautenförmigen Scheiben. Sie sah drei Kinder. Ein Mädchen war etwa sechzehn Jahre alt und hübsch. Es führte ein Kind von ungefähr sieben Jahren an der Hand. Ihm folgte in einiger Entfernung ein kleiner Junge, der ein oder zwei Jahre jünger war. Die Ähnlichkeit mit seinem Vater war unverkennbar.

»Hören Sie zu, Eastcote«, fuhr der Marquis fort. »Ich weiß, Sie haben schlimme Zeiten durchgemacht. Sheltham war kein guter Verwalter, und er wurde im Alter nachlässig. Wenn Sie Klagen haben, will ich alles in Ordnung bringen. Ich werde künftig häufig im Schloß sein. Ich hätte schon früher nach Hause kommen sollen, aber ich hatte meine Gründe, dies nicht zu tun.«

»Sie sind offen zu mir, Mylord, deshalb will ich es auch mit Ihnen sein. Ich muß gehen. Das ist der Grund.«

Der Marquis sah ihn erstaunt an. In diesem Augenblick kam Mrs. Eastcote mit einem vollbeladenen Tablett wieder. Sie brachte eine große Schweinspastete mit goldbrauner Kruste, einen saftigen Obstkuchen und frischgebackenes Brot, dessen Duft den Raum füllte, außerdem goldgelbe Butter und einen Topf selbstgekochter Erdbeermarmelade, der von ungeübter Hand beschriftet war.

Sie breitete ein schneeweißes Tischtuch auf dem Tisch aus und legte dann Teller und Besteck darauf.

»Marmelade!« rief Beulah. »Beulah möchte ... Marmelade!«

»Sag bitte«, korrigierte Arabella automatisch.

»Bitte ...« sagte Beulah. »Marmelade ... viel Marmelade.«

Mrs. Eastcote lächelte.

»Die sollst du haben, meine Kleine. Meine Kinder mögen das Brot auch frisch aus dem Ofen und dazu Erdbeermarmelade aus dem eigenen Garten. Die Marmelade hat sich wunderbar gehalten. Bald gibt es frische Erdbeeren.

Vielleicht nehmen Sie einen Topf Marmelade mit ins Schloß?«

»Aber sicher«, erwiderte Arabella.

»Und was möchtest du jetzt essen?« fragte Mrs. Eastcote.

»Ein kleines Stück Brot und etwas Butter«, sagte Arabella. »Ich habe erst vorhin zu Mittag gegessen.«

»Du siehst aus, als könntest du noch eine Mahlzeit vertragen«, sagte Mrs. Eastcote lächelnd. »Du bist zu mager.«

Als Mrs. Eastcote eifrig Brote bestrich, stand der Marquis auf und setzte sich an den Tisch.

»Mrs. Eastcote, vielleicht kann ich Ihnen etwas Vernunft einreden«, sagte er. »Warum wollen Sie das Gut verlassen?«

»Wir wollen es nicht verlassen, Mylord, und das ist so wahr wie das Evangelium. Wir müssen gehen. Solange die Kinder klein sind ... und Marlene ...«

»Das verstehe ich nicht«, sagte der Marquis.

»Nein, Mylord, das können Sie auch nicht verstehen, und wir dürfen Ihnen nicht mehr sagen, nicht in unserer abgelegenen Lage ...«

»Nimm dich in acht, Frau«, unterbrach sie ihr Mann. »Um der Liebe Jesu willen, nimm dich in acht.«

»Das tue ich ja!« sagte Mrs. Eastcote leidenschaftlich. »Aber Seine Lordschaft hat recht, es wird mir das Herz brechen, wenn wir alles verlassen müssen, was bisher unser Heim war, und ein gutes Heim noch dazu. Aber was sollen wir tun?«

Die Frau brach in Tränen aus und wischte sich mit der Schürze über die Augen. Dann ging sie hinaus.

»Was geht hier vor?« forschte der Marquis.

»Sie müssen mir verzeihen, Mylord«, sagte Eastcote schwerfällig, »aber mehr dürfen wir nicht sagen. Ja, wir haben schon zuviel gesagt. Meine Kündigung zum nächsten Quartalstag bleibt bestehen. Sie werden alles in bester Ordnung antreffen...«

Dem Mann stockte die Stimme, und dann ging auch er ohne ein Wort zu sagen aus dem Zimmer.

Der Marquis sah ihm verwirrt nach.

»Was bedeutet das, um Gottes willen?« fragte er.

Arabella dachte, daß dies der Augenblick war, in dem sie ihm die Wahrheit sagen sollte, doch dann hörte sie die Stimmen der Kinder. Wie konnte sie sprechen? Gentleman Jack würde herausfinden, daß die Eastcotes den Marquis mißtrauisch gemacht hatten, und er würde an Marlene und ihren kleinen Geschwistern seine schreckliche Rache nehmen.

Vielleicht war es auch mehr als die Angst, daß die Kinder getötet werden könnten. Marlene war ein hübsches Mädchen, und die Straßenräuber waren für ihr brutales Verhalten gegenüber den Dorffrauen bekannt. Arabella hatte häßliche Geschichten mitangehört, die die Dienstboten im Schloß erzählt hatten.

»Ich muß dem auf den Grund gehen«, sagte der Marquis, als spräche er mit sich selbst. »Ich muß sie zum Reden bringen.«

»Bitte, drängen Sie sie nicht«, sagte Arabella.

Der Marquis sah sie erstaunt an.

»Was weißt du darüber?« fragte er.

»Nichts, aber Sie sehen doch selbst, daß sie Angst haben. Sie fürchten sich vor etwas oder vor jemandem, und schon allein die Tatsache, daß sie über ihre Angst gesprochen haben, könnte sie einer schrecklichen Rache aussetzen.«

»Was willst du damit sagen?« fragte der Marquis.

Arabella wählte ihre Worte sorgfältig. »Ich weiß, daß Sie unermeßlichen Schaden anrichten könnten, wenn Sie die

Leute zwingen, über etwas zu sprechen, was sie ihrer Ansicht nach verschweigen müßten.«

»Aber es ist ganz unverständlich«, begehrte der Marquis auf. »Sie leben gern auf dem Gut. Sie sind hier immer glücklich gewesen. Du hast gesehen, daß Mrs. Eastcote schon bei dem Gedanken, dies alles zu verlassen, weinte. Ich habe allen meinen Pächtern einen Brief geschrieben und ihnen mitgeteilt, daß sie ein Jahr lang keine Grundrente bezahlen müssen, wenn sie Reparaturen haben, die schon lange hätten gemacht werden sollen. Und ich habe ihnen meine Hilfe angeboten, wenn sie große Ausgaben für neue Geräte, Vieh und Pferde haben sollten. Was kann ich mehr tun?«

»Das war großzügig von Ihnen«, sagte Arabella. »Ich weiß, daß die meisten Bauern hier in der Gegend Hilfe brauchen. Während des Krieges ging es ihnen gut, aber jetzt macht ihnen das Parlament das Leben schwer. Sie haben Probleme, ihr Getreide zu verkaufen.«

»Ich erinnere mich noch daran, wie mein Vater sagte, es sei immer das gleiche. Während des Krieges hätschelt die Regierung die Bauern, und in Friedenszeiten läßt man sie verhungern. Aber das erklärt nicht Eastcotes Entschluß. Woran kann es nur liegen?«

»Drängen Sie sie nicht«, bat Arabella noch einmal.

Der Marquis schob seinen Stuhl zurück. Er hatte die Schweinspastete nicht angerührt.

»Ich muß hinter das Geheimnis kommen«, sagte er.

Er sprach mit einer Entschlossenheit, die Arabella ängstigte. Was konnte er als einzelner Mann gegen das Entsetzen machen, das die ganze Gegend gepackt hatte? Sie sah nur allzu deutlich, wie Gentleman Jack und seine Bande die ganze Umgebung tyrannisierten. Sie suchten oft in den Gutshöfen Unterschlupf, denn sie brauchten ein Versteck, wenn es für sie zu gefährlich wurde. Und welcher Bauer konnte einer Bande von bewaffneten Männern die Tür weisen, die damit drohten, seine Kinder zu töten, wenn das Verlangen nach Unterschlupf abgelehnt wurde?

Es mußte einen Ausweg geben, dachte Arabella verzweifelt. Als sie zum Schloß zurückfuhren, erwog sie jeden möglichen Ausweg aus dieser schrecklichen Lage.

Der Marquis war ebenfalls in seine Gedanken vertieft. Nur Beulah verlangte unermüdlich, daß man rascher fuhr, bis sie endlich schläfrig wurde, ihren Kopf an Arabella lehnte und die Augen schloß.

»Wer könnte mich nur aufklären?« fragte der Marquis. »Du kommst aus dieser Welt. Du müßtest doch eine Vorstellung davon haben, was hinter dieser ganzen Geheimnistuerei steckt.«

»Ich kann es mir nicht denken«, log Arabella. »Vielleicht wäre es am besten, wenn Sie wieder nach London zurückkehren würden.«

»Warum sollte ich das?«

»Ich vermute, daß manche Leute Angst haben zu reden, weil jemand sie bedroht. Wenn Sie weg wären und man Ihre Spuren nicht verfolgen kann, würde man Ihnen vielleicht mitteilen, was los ist.«

»Manche Leute ...«, sagte er. »Was meinst du mit manchen Leuten? Willst du damit sagen, daß die Eastcotes nicht die einzigen sind, die Angst haben?«

»Ich weiß es nicht«, sagte Arabella hastig.

»Ich bin überzeugt, du weißt mehr, als du mir sagst«, erwiderte der Marquis.

Arabella schüttelte den Kopf, aber sie dachte dabei: Er läßt sich nicht leicht täuschen, ich muß vorsichtiger sein.

Sie fuhren vor dem Schloß vor.

Beulah wachte auf, und der Marquis hob sie vom Zweispänner. Dann blickte er Arabella an, die auf dem hohen Kutschbock wartete.

»Willst du immer noch allein absteigen?« fragte er in dem neckenden Tonfall, in dem ein Mann mit einem Kind spricht.

»Nein, Sie dürfen mir helfen«, sagte Arabella so, als erweise sie ihm einen Gefallen.

»Es ist mir eine Ehre!« sagte er und nahm sie in die Arme.

Sie hatte erwartet, daß er sie auf den Boden stellte, aber statt dessen behielt er sie in den Armen und sah sie an. Ihr rotgoldenes Haar lag dabei auf seiner Schulter.

»Ist es so schlimm?« fragte er. »Du bist so leicht wie eine Feder. Ich könnte dich auf den höchsten Turm tragen, ohne dabei tief Atem zu holen.«

»Bitte, stellen Sie mich hin!« sagte Arabella leise.

»Warum wirst du nicht gern angefaßt?« fragte der Marquis.

»Stellen Sie mich hin!« beharrte Arabella.

»Hat dir jemand weh getan?« fragte er. »Du bist so ein zierliches Mädchen. Ein Mann, der zu dir grausam ist, müßte zu der Sorte gehören, die gern einem Schmetterling die Flügel ausreißen.«

Der Marquis ging mit ihr die Stufen hinauf und betrat die große Halle. Beulah wurde bereits von George die Treppe hinaufgetragen. Sie versuchte, ihm zu erzählen, wie schnell sie gefahren wären.

»Ich trage dich, oder bist du schon so groß, daß du allein gehen kannst?« fragte der Marquis lachend.

Und plötzlich war Arabella wie in einer anderen Welt. Sie hatte das merkwürdige, unerklärliche Gefühl, daß es ihr nichts mehr ausmachen würde, wenn er sie die Treppe hinauftrug. Sie fühlte sich in seinen Armen frei von allen Ängsten, die im Schloß und seiner Umgebung lauerten.

Dann versuchte sie, sich gegen ihren Willen von ihm zu befreien. Sie kämpfte nicht gegen ihn persönlich, sondern gegen die Männer im allgemeinen, gegen Männer, die sie haßte und fürchtete.

Sie ist wie ein Singvogel, der sich im Netz verfangen hat, dachte der Marquis und stellte sie auf die unterste Stufe der großen Treppe.

»Ich weiß nicht, was ich von dir halten soll«, sagte er. »Ich sollte dich wegen deines Verhaltens gegenüber Lady Sybil tadeln, und ich bin überzeugt, daß du über die Eastcotes mehr weißt, als du mir sagen willst. Aber wenn ich mich jetzt auch zufriedengebe, Arabella, so bin ich doch entschlossen, hinter das Geheimnis zu kommen.«

Arabella erschrak bei dem Gedanken daran, daß ihnen jemand zuhören könnte, irgend jemand, der Gentleman Jack verriet, was der Marquis gesagt hatte.

Mit einem ängstlichen Ausruf lief sie die Treppe hinauf und ließ den Marquis mit einer überraschten Miene zurück.

Als Arabella in ihr Zimmer kam, preßte sie die Hände an die Schläfen. Angenommen, nur angenommen, es gab jemandem im Schloß, der Gentleman Jack erzählte, was hier gesprochen worden war. Miß Harrison, die zu faul war, ihr Zimmer zu verlassen, würde es nicht tun, aber einer der Diener oder ein Dienstmädchen. Es waren so viele Personen im Schloß, und nicht nur jene, die vor der Rückkehr des Marquis schon hier gewesen waren und für Gentleman Jack arbeiteten, sondern auch jene, die erst kürzlich aus dem Dorf eingestellt worden waren.

Wenn die Eastcotes, deren Gut einige Meilen vom Schloß entfernt lag, sich vor den Straßenräubern fürchteten, wie stand es dann mit jenen, die direkt hier wohnten? Arabella sah aus der Situation keinen Ausweg. Und doch wußte sie, daß früher oder später etwas geschehen mußte.

Arabella wusch sich das Gesicht und die Hände, kämmte sich das Haar und ging ins Kinderzimmer. Miß Harrison stand gerade von ihrem Mittagsschlaf auf.

»Hattet ihr eine schöne Ausfahrt, Kinder?« fragte sie.

»Fahren... schnell fahren... schnell!« sagte Beulah.

Miß Harrison gähnte. Sie interessierte sich offensichtlich nicht dafür, was sie erlebt hatten.

»Läute nach dem Tee«, befahl sie Arabella.

Kaum ertönte die Klingel, als Miß Fellows ins Zimmer kam.

»Ah, gut, daß Sie wach sind, Miß Harrison«, rief sie. »Ich habe Neuigkeiten, die Sie interessieren werden. Vor einer Stunde kam ein Bursche mit der Nachricht von Seiner Lordschaft. Wir werden heute abend den Obersten Richter zu Gast haben. Er ist auf dem Weg von Wiltshire nach London und hat einen Vorreiter geschickt. Er bat um die Erlaubnis, im Schloß zu übernachten.«

»Guter Gott! Wir werden von Gästen überflutet«, rief Miß Harrison entsetzt. »Zuerst der Marquis und Lady Sybil, und jetzt dieser Richter!«

»Der Oberste Richter war früher immer Gast im Schloß«, sagte Miß Fellows. »In den letzten Jahren war er natürlich nicht mehr hier. Woher weiß er, daß Seine Lordschaft im Schloß ist?«

»Ich denke, das spricht sich herum«, sagte Miß Harrison lakonisch.

»Mr. Turner freut sich jedenfalls«, sagte Miß Fellows. »Das gibt ihm die Möglichkeit, mit seinem Silber zu protzen. Ich habe den Westraum gerichtet. Natürlich auf Anordnung von Miß Matherson. Sie muß sich ja überall einmischen. Ohne abzuwarten, bis Seine Lordschaft von der Ausfahrt zurückkommt, schickt sie mir den Vorreiter und läßt mir ausrichten, wir müßten jederzeit bereit sein, Besuch zu empfangen.«

»Sie nimmt alles selbst in die Hand«, sagte Miß Harrison mißbilligend. »Ich hoffe nur, der Marquis wird sich über ihre Anmaßung ärgern.«

»Nein, das wird er nicht tun«, sagte Miß Fellows verdrießlich. »Er glaubt, alles, was die ›liebe Matty‹ tut, ist richtig.«

»Hoffentlich werden andere Leute ebenso erfreut sein«, sagte Miß Harrison. Lag hinter ihren Worten etwa ein Doppelsinn?

»Sie müssen es ihm sagen, nicht wahr?« fragte Miß Fellows leise.

»Natürlich sage ich es ihm. Ich habe das Gefühl, daß er heute nacht kommt.«

Sie sprachen so leise, daß Arabella gerade noch verstehen konnte, was sie sagten. Sie saß auf dem Fußboden und suchte in dem Spielzeugschrank nach einigen Bausteinen, die Beulah gern aufeinandersetzte.

»Ich muß jetzt wieder gehen. Ich dachte nur, Sie sollten es wissen«, hörte sie Miß Fellows sagen.

»Vielen Dank«, erwiderte Miß Harrison.

Miß Fellows verließ das Zimmer.

Gentleman Jack wird also heute kommen, dachte Arabella. Konnte dies der Augenblick sein, in dem sie dem Marquis sagen mußte, was vorging? Angenommen, sie täte es, was würde der Marquis machen?

Sie glaubte, daß er den Straßenräuber herausfordern würde. Sie sah die beiden Männer mit Pistolen in der Hand im Geiste vor sich.

Dann erinnerte sie sich an alles, was sie über die Straßenräuber gehört hatte – daß sie gute Schützen waren und daß sie jeden töteten, der töricht genug war, auf sie zu schießen, wenn sie eine Kutsche anhielten.

Sie hatte jemanden gekannt, der auf diese Weise gestorben war. Es war ein Freund ihres Vaters gewesen, ein

Mann, der gut schießen konnte, ein Mann, der zweifellos wußte, wie man mit einer Pistole umging. Er hatte eine Kugel in den Hals bekommen, und die Straßenräuber waren mit allem entkommen, was er bei sich trug. Seine Frau war ihrer Juwelen beraubt im Straßengraben zusammengebrochen, bis jemand zufällig vorbeikam und sie nach Hause brachte.

Arabella erinnerte sich noch genau an alles, was damals gesprochen worden war. Man hatte nach den Straßenräubern gefahndet, sie aber nicht gefaßt. Konnte es sein, daß man jetzt endlich daran dachte, das Schloß nach diesen Schurken zu durchsuchen?

Wie dumm waren die Behörden der Grafschaft, nicht zu erkennen, daß Gentleman Jack komfortabel leben wollte. Er hatte seinen Spitznamen erhalten, weil er stets elegant gekleidet war und weil die, die ihn sprechen gehört hatten, schworen, daß er tatsächlich wie ein Gentleman sprach.

»Er spricht keinen Dialekt, er ist groß, elegant und hat tadellose Manieren«, hörte sie ihren Vater zu ihrer Mutter sagen. »Er könnte sogar einer von unseren Freunden sein, Liebling, und die Räuberei als eine bequeme Art ansehen, seine Schulden zu bezahlen.«

»Du würdest dich niemals so verhalten«, hatte Arabellas Mutter gesagt. »Nein, mein Lieber, du wärst kein guter Straßenräuber.«

»Das einzige, was ich jemals stehlen wollte, warst du, mein Liebling, und das ist mir gelungen«, hatte Arabellas Vater geantwortet. »Du hättest einen reicheren und bedeutenderen Mann als mich heiraten können.«

»Ich habe den Mann geheiratet, den ich liebe. Was kann sich eine Frau mehr wünschen?«

Arabella fröstelte. Sie konnte die Erinnerung an die Vergangenheit kaum ertragen, wenn sie daran dachte, daß ihre Mutter nun Sir Lawrence ihres Vaters Stelle einnehmen ließ.

Wenn Gentleman Jack Sir Lawrence niedergeschossen hätte, wäre sie darüber sogar froh. Sir Lawrence war zu schlau gewesen. Er hatte alles bereitwillig abgeliefert, ohne auch nur den Versuch zu machen zu kämpfen. Er wußte nur zu gut, wie perfekt Gentleman Jack mit seiner Pistole umgehen kann.

Und nun kam der Oberste Richter ins Schloß. War dies der Augenblick, in dem sie sprechen konnte? Schließlich war Seine Lordschaft der einzige, der Druck auf die Behörden ausüben konnte, damit die Straßenräuber unschädlich gemacht wurden und Leute wie die Eastcotes in Frieden leben konnten.

Ich muß mir etwa ausdenken, sagte sich Arabella.

Ohne es zu bemerken, hatte sie aus den Bausteinen, die sie für Beulah aus dem Spielschrank genommen hatte, ein Schloß gebaut.

»Arabella, pack das Spielzeug weg und trink deinen Tee«, sagte Miß Harrison tadelnd. »Du bist zu alt zum Spielen. Du solltest wissen, was du zu tun hast, auch ohne daß man es dir sagt.«

Der Satz kam Arabella fast prophetisch vor.

Siebentes Kapitel

Später an diesem Abend ging Arabella in ihr Zimmer. Ein Diener hatte ihr einen Brief ihrer Mutter gebracht, während sie im Kinderzimmer beim Abendessen saß. Sie hatte den Brief vor Miß Harrison nicht geöffnet, sondern damit gewartet, bis sie allein war.

Jetzt war sie gespannt, was ihre Mutter ihr mitzuteilen hatte. Sie riß den Briefumschlag auf. Der Brief war enttäuschend kurz. Die saubere, schöne Handschrift ihrer Mutter war leicht zu entziffern, und Arabella las ihn rasch.

Meine Liebste – es ist sehr leer und einsam hier ohne Dich, aber ich bete darum, daß Du im Schloß glücklich bist und nicht an eine Rückkehr denkst. Dein Stiefvater war sehr zornig, daß Du ohne seine Erlaubnis fortgegangen bist. Es wäre höchst unklug, ihm zu begegnen, ehe sein Zorn verflogen ist. Ich fürchte, er wird darauf bestehen, Dich streng zu bestrafen. Wie ich gehört habe, ist Deine Tante krank. Deshalb kann ich sie nicht bitten, Dich bei sich aufzunehmen. Gib Dir alle Mühe, mein Liebes, mit Deiner jetzigen Umgebung zufrieden zu sein. Im Augenblick weiß ich keinen anderen Ort, wo Du Dich aufhalten könntest. Gott segne Dich, liebste Arabella, das ist die aufrichtige Hoffnung Deiner sehr besorgten, liebevollen

Mutter.

Arabella las den Brief zweimal durch. Dann schloß sie die Augen, um ihre Tränen zurückzuhalten. Sie konnte nicht nach Hause zurückkehren, und es schien keinen anderen

Ort zu geben, wo sie vor ihrem Stiefvater Schutz suchen konnte. Sie wußte, was es hieß, wenn Sir Lawrence zornig war. Sie wußte, daß er sie so lange schlagen würde, bis sie um Gnade flehte. Einmal hatte sie ihm getrotzt und ihre Schmerzensschreie unterdrückt, bis sie ohnmächtig wurde. Danach war ihr klar, daß es bei seiner überlegenen Kraft nur eine Frage der Zeit war, bis sie kapitulieren und tun mußte, was er von ihr verlangte.

Aber selbst, wenn sie um Gnade flehte, wußte er, daß sie trotzdem unbesiegbar war. Sie würde gegen ihn kämpfen, solange sie lebte und atmete.

Arabella wischte sich die Tränen aus den Augen. Sir Lawrence mochte sie von ihrem Elternhaus ausschließen, seine Brutalität mochte sie von ihrer Mutter trennen, aber sie würde trotzdem den Kopf hochtragen und ihn hassen.

Resolut steckte sie den Brief ihrer Mutter in die Schublade und zog sich um.

Sie hatte inzwischen beschlossen, hinunterzugehen und ihnen die Wahrheit zu sagen, sobald der Marquis und der Richter das Abendessen beendet hatten. Sie spürte, daß die jetzige Situation nicht länger andauern konnte. Der Marquis mußte über die Vorgänge im Schloß informiert werden, und wenn er es wußte, konnte ihn keiner besser beraten als der Oberste Richter.

Unter den Kleidern, die die Zofe ihrer Mutter für sie eingepackt hatte, befand sich eines, das Arabella immer auf Gesellschaften getragen hatte, als sie elf Jahre alt gewesen war, also vor beinahe sieben Jahren. Es hatte einen Spitzeneinsatz und eine blaue Schärpe. Als sie es jetzt im Schrank hängen sah, gefiel es ihr wieder, und sie hoffte, daß es ihr noch paßte.

Sie erinnerte sich daran, wie es genäht worden war und wie sich bewundernde Blicke auf sie gerichtet hatten, wenn sie es trug.

»Alle haben gesagt, Arabella sieht reizend aus«, hörte sie ihre Mutter stolz sagen.

»In ein paar Jahren werden sich die Damen von St. James vor ihr in acht nehmen müssen«, hatte ihr Vater lächelnd geantwortet.

Arabella fragte sich, was ihr Vater sagen würde, wenn er sie jetzt sehen könnte und wüßte, daß sie weit davon entfernt war, Komplimente einzuheimsen, und statt dessen in die Machenschaften einer mörderischen Straßenbande verstrickt war.

Sie seufzte. Manchmal vermißte sie ihren Vater auf unerträgliche Weise. Sie hatte das Gefühl, daß der Marquis ihm irgendwie ähnelte. Beide hatten fein geschnittene Züge. Sie hatten eine ungekünstelte Eleganz an sich, so daß sie nicht snobistisch erschienen, obwohl sie immer nach der neuesten Mode gekleidet waren. Beide hatten auch eine Freundlichkeit an sich, die Sir Lawrence Deane völlig abging, was ihr vom ersten Moment an aufgefallen war.

Dann dachte sie daran, daß sie alle Männer haßte, und der Marquis war schließlich auch ein Mann. Sollte sie Nonne werden?

Dann betrachtete sie ihr Spiegelbild und wußte, daß sie in Wirklichkeit nicht den Wunsch hatte, der Welt zu entsagen.

Plötzlich spürte sie eine Erregung in sich aufsteigen, ein abenteuerliches Gefühl! Es konnte Schwierigkeiten geben und sogar Gefahren, denen man ins Auge sehen mußte, aber sie mußte einen Weg finden, die brutale Gewalt zu besiegen.

Das Kleid, das sie gewählt hatte, war sehr eng. Es gelang ihr nur mit Mühe, es am Rücken zuzuknöpfen. Sie wirkte darin genau so alt, wie sie vorgab zu sein.

Sie zog sich einen Mittelscheitel und bürstete ihr rotgoldenes Haar, bis es schimmerte und in sanften Wellen über ihre Schulter fiel.

An dem Kleid war ein Haarband befestigt, mit dem ihre Mutter ungebärdige Locken gezähmt hatte, als sie elf Jahre alt gewesen war. Als eine letzte Konzession an die Eitelkeit steckte sie ihr Haar im Nacken auf und fand, daß der Kontrast des blauen Bandes zu ihrem Haar außerordentlich attraktiv war.

Sie wartete, bis die Herren aus dem Salon kamen, in dem sie Portwein tranken, um sich endlich in die Bibliothek zurückzuziehen. Arabella nahm eines der ausgeliehenen Bücher und ging auf Zehenspitzen durch den Korridor und die große Treppe hinab.

Die Wachskerzen in den silbernen Ständern und den großen Kristallkronleuchtern waren angezündet. Eine Schale mit Flieder stand auf der Konsole am Fuß der Treppe, und der Kamin, der nicht mehr in Gebrauch war, weil der Sommer schon fast angebrochen war, war mit duftenden Nelken, Lilien und Azaleen aus den Treibhäusern gefüllt.

Alles sah jetzt ganz anders aus als bei ihrer Ankunft. Sie blieb auf dem Treppenabsatz stehen und lauschte. Die Türen waren dick, aber sie glaubte, Stimmen in der Bibliothek zu hören, und als sie die Treppe hinabging, war sie sich dessen sicher.

George war in der Halle beschäftigt und lächelte sie freundlich an. Da er sich neuerdings vorzüglich benahm, scherzte er nicht mehr mit ihr, wie er es noch vor einer Woche getan hätte.

Arabella ging zur Bibliothekstür. Sie hörte den Marquis sprechen. Er redete außergewöhnlich laut, und sie vermutete, daß der Richter schwerhörig sein mußte. Sie öffnete die Tür.

Wie immer war sie begeistert von der Schönheit der Bibliothek mit ihrem enormen Reichtum an Büchern. Sie ging auf die beiden Männer zu, die neben dem Kamin saßen.

Als der Marquis sie sah, leuchteten seine Augen auf, und sie entnahm seiner Miene, daß ihr Kommen ihn von einem offensichtlich langweiligen Gespräch befreite.

»Arabella!« rief er. »Was für eine Überraschung zu dieser Stunde!«

»Entschuldigen Sie bitte die Störung, Mylord«, sagte Arabella leise. Sie machte einen Knicks. »Ich dachte, Sie seien im Salon. Ich wollte nur ein Buch gegen ein anderes austauschen.«

»Ich will dich Seiner Lordschaft vorstellen«, sagte der Marquis. Er stand auf, nahm Arabella bei der Hand und führte sie zum Richter.

Auf einen Blick sah Arabella, daß ihr Plan nicht zu verwirklichen war. Unmöglich, diesem alten Mann die komplizierte Situation im Schloß zu erklären. Sie hatte sich vorgestellt, der Oberste Richter wäre weise, wie es sein Beruf verlangte.

Aber der Mann, der vor ihr im Sessel saß, war alt und senil. Seine knochigen Hände ruhten auf einem Spazierstock mit einem Elfenbeingriff. Als er Arabella sah, kniff er die Augen zusammen, als fiele es ihm schwer, sie anzusehen.

»Das ist Arabella, Mylord«, sagte der Marquis so laut, daß es im Raum widerhallte. »Sie ist mein Gast.«

»Anabella, sagen Sie?« fragte der Richter mit einer hohen Stimme.

»Nein, Arabella, Mylord.«

»Ein hübsches Kind, ein sehr hübsches Kind«, sagte der Richter beifällig. »Ist das Ihre Schwester?«

»Nein, Mylord. Meine Schwester ist ... äh ... jünger. Es ist zu spät für sie. Sie ist nicht mehr auf.«

»Jünger, sagen Sie ... und dieses Mädchen ...?«

»Ist Arabella, Mylord.«

»Ein sehr hübsches Kind.«

»Kann ich mein Buch austauschen?« fragte Arabella den Marquis.

»Aber natürlich, laß mich sehen, was dich interessiert hat«, sagte er.

Er nahm ihr das Buch aus der Hand, und da fiel ihr ein, daß sie ein lateinisches Buch mitgebracht hatte. Nur einen Augenblick fürchtete sie, er könnte aufgrund ihrer Lektüre erraten, daß sie älter war, als sie aussah.

Aber der Marquis sah das Buch nur an und lachte.

»Du mußt es in der Eile mitgenommen haben«, sagte er. »Es hat dir bestimmt nicht viel genützt.«

»Nein, natürlich nicht, Mylord«, sagte Arabella. »Deshalb habe ich es auch wiedergebracht.«

»Du findest die Bücher, die ich gern gelesen habe, im dritten Regal dort beim Fenster«, sagte er.

»Vielen Dank, Mylord.«

»Ich zeige dir, wo sie stehen«, sagte er.

Er war offensichtlich froh, dem Richter entronnen zu sein.

»Hier sind sie«, sagte er. »Ich vermute, seitdem ich das letztemal hier war, hat niemand mehr ein Buch gelesen.«

Er fuhr mit den Fingern an den Buchrücken entlang.

»Dieses Buch hat mir besonders gefallen«, sagte er und zog einen Band heraus. Er suchte darin nach einer Illustration.

»Das ist sehr gut gezeichnet«, bemerkte Arabella.

»Was liest du am liebsten?« fragte der Marquis.

»Ich lese alles gern«, sagte Arabella. »Wenn man nach Lektüre ausgehungert ist, ist diese Bibliothek der schönste Platz auf der Welt.«

Sie berührte leicht das Buch, und ihre Augen leuchteten

vor Freude auf, weil sie wußte, daß niemand ihr untersagen würde, es zu lesen.

Plötzlich bemerkte sie, daß der Marquis nicht die Bücher, sondern sie ansah. Das Kerzenlicht spielte auf ihrem Haar, ihre Augen waren groß und glückstrahlend, und sie lächelte.

»Was bist du für ein merkwürdiges Kind«, sagte er. »Ich überlege mir dauernd, was du wohl denkst. Woran denkst du, Arabella?«

Einen Augenblick zögerte Arabella. Sollte sie es ihm jetzt sagen? Doch dann entschied sie sich dagegen.

Sie war seiner nicht sicher. Wie würde er sich verhalten, wenn er die Wahrheit erführe? Sie hatte das Gefühl, daß er unnötigerweise tapfer sein würde. Er würde die Straßenräuber angreifen und Gentleman Jack selbst gefangennehmen wollen. In diesem Fall würde er ohne Gnade von ihm getötet werden, das wußte Arabella.

Und was würde das nützen? Würde das irgend jemand im Schloß helfen, oder den Pächtern auf dem Gut wie den Eastcotes, die unter der Bedrohung von Gentleman Jack litten?

»Du wolltest etwas sagen?« fragte der Marquis.

»Nein«, sagte Arabella. »Eure Lordschaft sollte zu Ihrem Gast zurückkehren.«

Der Marquis lächelte verschmitzt.

»Das Gespräch mit ihm ist fast so schwer, wie wenn man über frischgepflügtes Land reitet«, klagte er, und Arabella lachte.

»Ich dachte nicht, daß er so alt ist«, flüsterte sie.

»Du brauchst nicht zu flüstern«, sagte der Marquis in seinem normalen Tonfall. »Seine Lordschaft konnte über den Eßtisch hinweg kein Wort von dem verstehen, was ich sagte.«

»Aber ist er als Oberster Richter nicht viel zu alt?«

»Er setzt sich Ende dieses Jahres zur Ruhe«, sagte der Marquis. »Alte Männer hängen an ihrem Amt. Sie genießen die Macht und machen nicht gern einem Jüngeren Platz, der in diesem Fall mindestens sechzig Jahre alt sein wird. Aber du hast noch kein Buch ausgewählt. Nimm dies hier!« Er hielt ihr ein Buch hin.

Sie warf einen Blick darauf und schüttelte den Kopf.

»Das habe ich schon gelesen.«

»Wirklich?« fragte er. »Ich habe es erst in Eton gelesen. Du mußt sehr frühreif sein. Oder bist du etwas ganz Entsetzliches... ein Blaustrumpf?«

»Ist das so etwas Entsetzliches?« fragte Arabella. »Ziehen Sie wirklich Frauen vor, die hinter ihren Fächern einfältig lächeln und Ihnen verliebte Blicke zuwerfen, weil Sie ein Mann sind?«

Der Marquis warf den Kopf zurück und lachte lauthals. Da erkannte sie, daß diese Worte aus dem Mund eines Kindes in der Tat sehr merkwürdig klingen mußten.

»Ich möchte jetzt gehen«, sagte sie rasch und nahm ein anderes Buch, ohne auch nur einen Blick darauf zu werfen. Sie machte einen kleinen Knicks und ging zur Tür.

»Nein, warte Arabella«, sagte er. »Bitte geh noch nicht weg. Bleib hier und bring mich zum Lachen. Ich bin begierig darauf, noch mehr von deinen Ansichten zu hören.«

»Ich sollte längst im Bett sein«, erwiderte Arabella. »Miß Harrison wäre sehr wütend, wenn sie wüßte, daß ich in der Bibliothek bin.«

»Kümmere dich nicht um Miß Harrison. Ich werde sie besänftigen. Außerdem habe ich den Verdacht, daß du ihr gar nicht gesagt hast, wo du hingegangen bist.«

Arabella lächelte ihn an. Sie konnte nicht anders. Sie mochte die Art, wie seine Augenwinkel sich in Falten legten, wenn er sich amüsierte. Er mochte leichtsinnig und sorglos mit seinem Besitztum umgegangen sein, aber man mußte zugeben, daß er sehr anziehend und charmant war.

»Dann warst du also unartig«, sagte der Marquis mit vorgetäuschtem Ernst. »Aber statt dich zu tadeln, wie ich es wahrscheinlich tun sollte, werde ich dir morgen einen Geheimgang zeigen, den niemand außer mir kennt.«

»Einen Geheimgang?« fragte Arabella erstaunt.

»Ja, es gibt einige im Schloß«, sagte der Marquis. »Aber einer, der mich am meisten fasziniert hat, führt direkt vom Kinderzimmer in den ersten Stock hinunter. Es ist kein besonders wichtiger Gang. Ein viel besserer liegt im Ostflügel und führt von den Türmen in den Keller hinab. Aber den kennt jeder. Die Geheimtreppe vom Kinderzimmer war für mich selbst sehr wichtig, weil ich dadurch der Obhut meines Kindermädchens entrinnen konnte und später meinen Lehrern, wenn sie dachten, ich läge schlafend im Bett.«

»Wo ist sie versteckt?« wollte Arabella wissen.

»Das sage ich dir nicht. Ich werde es dir zeigen, und du mußt mir feierlich versprechen, niemandem etwas davon zu erzählen. Ich habe sie selbst ganz zufällig entdeckt, als man mich einmal zur Strafe in meinem Zimmer eingeschlossen hat. Danach hoffte ich immer, daß ich die gleiche Strafe wieder bekommen würde.«

»Dann war die Strafe also keine Strafe«, sagte Arabella lächelnd.

»Genau«, sagte der Marquis. »Mit dem Ergebnis, daß ich ein eingefleischter und reueloser Sünder geworden bin, weil ich nie richtig bestraft wurde. Ich sehe es im Geist noch vor mir, wie ich die schmale Treppe hinabstieg und im ersten Stock wieder herauskam. Von dort ging es dann über die Hintertreppe und hinaus in den Garten. Ich bin auf diese Weise viele Dutzend Mal entkommen, und man hat mich nie erwischt.«

»Und jetzt wollen Sie Ihr Geheimnis mir anvertrauen?« fragte Arabella leise.

»Ja, morgen«, sagte der Marquis.

»Das ist sehr lieb von Ihnen. Gute Nacht, Mylord.«

Zu ihrem Erstaunen nahm der Marquis sie in die Arme und hob sie auf, so daß ihr Gesicht neben dem seinen war.

»Gibst du mir keinen Gute-Nacht-Kuß?« fragte er.

»Nein, natürlich nicht«, sagte Arabella und fügte in einer plötzlichen Panik hinzu: »Bitte stellen Sie mich wieder auf den Boden.«

In ihrer Stimme lag eine Dringlichkeit, die den Marquis überraschte. Er sah ihr in die Augen, und sie brachte es nicht fertig, den Blick abzuwenden.

»Du hast Angst«, sagte er. »Du erstaunliches kleines Mädchen, wovor hast du Angst?«

Er stellte sie sanft auf den Boden und sah sie besorgt an.

»Irgend jemand hat dich verletzt, Arabella. Kein Kind sollte so aussehen, wie du eben ausgesehen hast. Sag mir, wovor fürchtest du dich?«

»Ich hasse es, wenn man mich anfaßt«, erwiderte Arabella.

»Wenn ich dich anfasse, oder auch, wenn andere dich anfassen?«

»Wenn man mich anfaßt«, erwiderte Arabella. »Ich hasse Männer. Sie sind grausam und gemein, ich hasse sie!«

Sie sprach aggressiv und spürte Sir Lawrences Peitsche immer und immer wieder zuschlagen, bis sie halb bewußtlos war, und dann, wie er sie an sich zog, sie küßte, abtastete... wie sie sich wand und krümmte, um freizukommen, und doch wußte, daß sie in seiner Macht war.

»Arabella!«

Ihre finsteren Erinnerungen verflogen, als sie die

Stimme des Marquis' hörte. Sie erkannte, daß sie ihre Gefühle gezeigt hatte, ohne es zu wollen.

Er sah sie erstaunt und ängstlich an. Dann setzte er sich auf einen Stuhl, damit er nicht länger zu ihr herabblicken mußte. Seine Hände hingen herab, aber es kam ihr so vor, als streckte er sie ihr hin.

Sie wollte sich umdrehen und weglaufen, brachte es aber nicht fertig.

»Arabella, wer hat dir das angetan?« fragte er. »Welcher Mann hat dich so verletzt, daß du jetzt in jeden, der dir begegnet, einen möglichen Feind siehst? Ich bin ein Mann, aber ich bin auch dein Freund, Arabella. Ich möchte dir helfen.«

Einen Moment schloß Arabella die Augen, als wolle sie sich gegen die Zärtlichkeit und Freundlichkeit seines Gesichtes abschirmen.

»Es tut mir leid, Mylord«, sagte sie kühl. »Ich hätte so nicht sprechen sollen.«

»Du hast jedes Recht, so zu sprechen«, antwortete er. »Aber was ist geschehen, daß du so denkst? Hör mir zu, Arabella! Manche Männer sind gefühllos, aber nicht alle. Die meisten Männer sehen in einer Frau alles, was schön und edel ist.«

Arabella war erstaunt über die Zärtlichkeit in seiner Stimme.

»Ich wollte, meine Mutter lebte noch und könnte mit dir sprechen«, fuhr der Marquis fort. »Vielleicht kann ich als Mann deine Probleme gar nicht lösen. Aber ich will dir eines versprechen: Wenn dich irgend jemand in Wort oder Tat verletzten sollte, werde ich mich mit ihm auseinandersetzen. Ich will diese Angst nicht noch einmal in deinem Gesicht sehen. Glaubst du mir das, Arabella?«

Gegen ihren Willen sah sie ihm in die Augen. Mehrere Sekunden sagte keiner ein Wort. Dann drehte sich Arabella um und lief ohne zurückzublicken aus der Bibliothek.

Halb glaubte sie, sie habe den Marquis ihren Namen rufen hören, aber sie war sich dessen nicht sicher. Erst als sie in ihrem Zimmer war, bemerkte sie, daß ihr die Tränen die Wangen hinabliefen und ihr Herz wie rasend schlug.

Sie warf sich auf das Bett und versuchte nachzudenken. Aber sie konnte sich nur an die Freundlichkeit in seiner Stimme erinnern und an den zärtlichen Ausdruck seiner Augen. Nach langer Zeit fiel Arabella ein, daß sie ihr Vorhaben nicht erfüllt hatte. Sie mußte Hilfe aus London holen, sagte sie sich.

Langsam zog sie sich aus. Sie mußte sich dafür sehr viel Zeit gelassen haben, denn als sie ins Bett stieg und die Kerze ausblies, hörte sie die Uhr Mitternacht schlagen. Und in diesem Augenblick vernahm sie draußen im Korridor Schritte. Sie wußte, wessen Schritte es waren. Und doch mußte sie sich vergewissern.

Sie schlüpfte aus dem Bett, schlich zur Tür und öffnete sie leise. Die Schritte waren in Richtung zum Kinderzimmer gegangen. Sie hörte, wie eine Tür geschlossen wurde. Ohne zu bedenken, daß sie in Gefahr war, legte Arabella einen Umhang über ihre Schultern und schlich in den dunklen Korridor hinaus.

Die Wachskerzen, die dort noch brannten, gaben nur ein schwaches Licht. Barfuß stahl sich Arabella durch die offene Tür ins Kinderzimmer.

Sie hörte Gentleman Jacks Stimme und sah einen Lichtstrahl unter Miß Harrisons Zimmertür. Leise schlich Arabella über den mit Teppichen belegten Boden zur Tür.

»Gott sei Dank, daß du gekommen bist«, hörte sie Miß Harrison sagen. »Ich habe mich zu Tode geängstigt. Wo bist du so lange gewesen?«

»Ich war in Bedfordshire. Ich habe großartige Beute gemacht, mein Liebling. Hier ist ein Geschenk für dich. Wenn du es siehst, werden deine Augen strahlen wie ein Diamant.«

»Jack, hast du nicht gehört, was geschehen ist? Seine Lordschaft ist wiedergekommen!«

»Ja, ich weiß. Es hat ein Dutzend ängstliche Gesichter und besorgte Zungen gegeben, die mir die Nachricht überbracht haben, seit ich über die Grafschaftsgrenze kam.«

»Du solltest dich hier nicht mehr aufhalten«, sagte Miß Harrison. »Es ist gefährlich.«

Gentleman Jack lachte.

»Für wen ist es gefährlich?« fragte er. »Mach nicht solch ein besorgtes Gesicht. Überlaß die Dinge mir. Es kann sich als ein Glücksfall herausstellen, daß dieser junge Schnösel nach Hause auf seinen Misthaufen zurückgekommen ist. Du wirst ihn bald anders reden hören, das versichere ich dir.«

»Aber er bleibt hier!« rief Miß Harrison.

»Na und? Er wird dich heute abend doch nicht besuchen, oder?«

Er lachte heiser.

»Jack, warum sagst du so etwas? Miß Matherson wurde mit der Oberaufsicht betraut, und ich habe keine Ahnung, was im Haus vorgeht.«

»Miß Matherson wird diese Aufgabe nicht lange innehaben«, sagte er drohend. »Du wirst die Herrin sein, und zwar nicht nur die des zweiten Stockwerks.«

»Was meinst du damit?« fragte Miß Harrison.

»Ich habe meine Pläne.«

»Der Oberste Richter ist heute hier«, sagte Miß Harrison.

»Ja, ich weiß. Und ich weiß noch etwas anderes, was dich interessieren wird, meine Liebe. Er hat in seiner Kutsche tausend Goldsouvereigns, Geld, das die Stadt Bedford in London zur Bank bringen möchte. Sie dachten, es wäre in den Händen dieses senilen Mannes sicher. Bei Gott, sie werden ihren Fehler bald einsehen.«

»Willst du ihm das Geld abnehmen?«

»Was erwartest du?« fragte Gentleman Jack. »Glaubst du, ich lasse es mir durch die Finger gehen?«

»Willst du es hier tun?«

»Sei nicht so dumm, mein Täubchen«, erwiderte Gentleman Jack. »Du kannst mir ruhig ein bißchen gesunden Menschenverstand zutrauen. In der Nähe des Schlosses unternehme ich nichts. Dies hier ist unsere Festung, unser Platz, wo wir sicher sind, wie du weißt. Nein, der Richter Seiner Majestät wird unterwegs überfallen.«

Er lachte.

»Und soll ich dir noch etwas verraten? Es wird noch jemand bei ihm sein... jemand, den ich mir so bald wie möglich vom Hals schaffen will.«

»Wen meinst du?« fragte Miß Harrison.

»Wen sonst als den edlen Marquis selbst?« sagte Gentleman Jack höhnisch.

»Wie willst du das machen? Er wird schwerlich das Schloß verlassen«, warf Miß Harrison ein.

»Er wird morgen eine Notiz erhalten, daß seine Anwesenheit in London dringend erforderlich ist«, erwiderte Gentleman Jack. »Er wird nach seinem Zweispänner rufen, aber das Rad wird unerklärlicherweise gebrochen sein.«

»Und dann?«

»Dann wird er natürlich einen Platz in der Kutsche Seiner Lordschaft annehmen, und die schnappe ich mir.«

»Aber du wirst ihn nicht töten?« fragte Miß Harrison entsetzt.

»Nicht kaltblütig, meine Liebe«, antwortete Gentleman Jack. »Verdammt, diese Stiefel!«

Arabella hörte ein Geräusch auf dem Fußboden, das sie aufspringen ließ.

»Nein, ich habe nie einen Mann kaltblütig getötet, nicht einmal, wenn niemand zusieht. Das würde meinen Ruf ruinieren. Vergiß nicht, daß man mich Gentleman Jack nennt. Und dies nicht nur, weil ich wirklich ein Gentleman bin, sondern weil ich mich auch wie einer benehme und nur in Notwehr schieße. Wie du sehr gut weißt, trifft mein Blei rascher als das aller anderen. Wer kann mir daran die Schuld geben?«

»Dann wird der Marquis sterben?« fragte Miß Harrison ängstlich. »Und was wird dann mit uns, Jack?«

»Ich habe meine Pläne«, erwiderte Gentleman Jack großspurig. »Ich habe große Pläne, Olive, Pläne für dich und für mich. Pläne für die Zukunft.«

»Was hast du vor?« fragte Miß Harrison gespannt.

»Du wirst es zur rechten Zeit erfahren. Möchtest du, daß ich die ganze Zeit weiterrede? Als ich kam, dachte ich, du freust dich, mich zu sehen.«

»Das tue ich auch, das weißt du. Und ich habe dich mehr als alles andere vermißt. Liebster, ich fürchte mich. Ich fürchte mich für dich und für mich. Wenn etwas schiefgeht, wenn sie dich erwischen – was soll ich dann tun?«

»Sie kriegen mich nicht!« prahlte Gentleman Jack. »Komm, Olive, küß mich, anstatt dir deinen hübschen kleinen Kopf zu zerbrechen.«

Arabella entfernte sich von der Tür. Sie hatte genug gehört. Sie mußte den Marquis warnen.

Sie schlüpfte durch die offene Tür in den Korridor, der zur Treppe führte. Plötzlich blieb sie wie angewurzelt stehen und zog sich in die Schatten zurück.

Dort stand jemand!

Es war ein Mann, der den Hut tief in die Stirn gezogen hatte. Er trug hohe Reitstiefel und hatte eine Pistole im Gürtel stecken.

Arabella schlich den Korridor zurück. Vor ihrer Zimmertür hielt sie inne und ging noch ein paar Schritte weiter. Der Korridor bog hier ab, und dort, neben der Hintertreppe, sah sie einen weiteren Mann.

Gentleman Jack ging heute nacht kein Risiko ein. Er hatte Wächter postiert, und Arabella war klar, daß es keine Möglichkeit gab, an ihnen vorbeizukommen.

Achtes Kapitel

Arabella warf sich in der Dunkelheit schlaflos in ihrem Bett hin und her und überdachte noch einmal alles, was sie gehört hatte – Schritt für Schritt, Wort für Wort. Schließlich kam sie zu dem Schluß, daß sie den Marquis nun doch nicht warnen mußte, nachdem sie Gentleman Jack mit Miß Harrison belauscht hatte.

Offensichtlich war der Marquis in Sicherheit, solange er Gentleman Jack nicht herausforderte.

Es war schwer zu glauben, daß der Straßenräuber einen Ehrenkodex kannte, aber er hatte gesagt, daß er einen Mann nicht kaltblütig töten würde, nicht einmal, wenn niemand ihm dabei zusah. Arabella betete darum, daß er sein Wort halten möge.

Jetzt mußte sie irgendwie den Marquis daran hindern, mit dem Richter nach London zu fahren.

Sie war überzeugt, wenn sie ihn warnte und zu bleiben bat, würde er dies ablehnen. Er wäre der Meinung, es sei seine Ehrenpflicht, Gentleman Jack gegenüberzutreten, und er konnte sogar optimistischerweise glauben, daß viele Leute, die ihm auf dem Besitztum dienten, ihn gegen die Straßenräuber unterstützen würden.

Unglücklicherweise ist er zu lange weggewesen, dachte Arabella, und wenn diejenigen, die im Schloß dienten, auch loyal sein mochten, so hatten die Familienbande und die Zuneigung zu ihrem eigenen Fleisch und Blut stets den Vorrang.

Daß Gentleman Jack raffiniert war, stand fest, denn er hatte bei jedem, den er terrorisieren wollte, eine verletzliche Stelle gefunden: Der Bauer Eastcote fürchtete um seine Familie, Mrs. Coombes um ihren schwachsinnigen Sohn, der alte Jacobs um seine Enkelin. Und es gab noch Dutzend andere, die Gentleman Jack durch bloße, unverhüllte Angst beherrschte.

Doch so sehr sie alles sorgfältig gegeneinander abwog, ihr kam kein Vorwand in den Sinn, unter dem sie den Marquis am Verlassen des Schlosses hindern konnte. Hier war wieder trügerischer Boden. Der Bursche, der ihm die Nachricht überbrachte, daß er nach London kommen müsse, und der Stallknecht, der sagen würde, daß das Rad des Zweispänners gebrochen sei, müßten ebenfalls in die Verschwörung verwickelt sein.

Es war ein Gewirr mit unendlich vielen Knoten und einer Vielzahl von Komplikationen, die immer erschreckender wurden, je mehr man sich mit ihnen befaßte.

Es dämmerte schon, als Arabella einen Entschluß faßte.

Sie stand auf und zog sich an, und als sie ihr Zimmer verließ, traf sie George, der mit einem Frühstückstablett durch den Korridor kam.

»Guten Morgen, Miß Arabella«, sagte er fröhlich.

»Guten Morgen, George. Weißt du, um wieviel Uhr der Richter nach London aufbricht?« fragte sie.

»Wollen Sie ihm einen Abschiedskuß geben? Nun, er bekommt sein Frühstück um halb neun. Seine Kutsche ist für halb zehn Uhr bestellt.«

»Danke, George«, sagte Arabella. Sie ging in das Kinderzimmer und stellte fest, daß Beulah noch nicht aufgestanden war, aber aufrecht in ihrem Bett saß und mit ihren Kätzchen spielte.

»Ich ziehe dich an«, sagte Arabella. »Wir haben heute morgen etwas Aufregendes zu tun.«

»Aufregend?« fragte Beulah mit großen Augen.

»Ja«, sagte Arabella, »und es ist dazu noch ein Geheimnis.«

Das war ein magisches Wort für Beulah.

»Geheimnis!« rief sie. »Noch ein... Geheimnis... Beulah mag... Geheimnis.«

»Ich mag Geheimnisse«, korrigierte Arabella automatisch.

Beulah war fertig angezogen, als Rose kam, um sie zu wecken.

»Ich habe Beulah angekleidet, weil wir heute zeitig ausgehen wollen«, sagte Arabella.

»Das ist nett. Wirst du Seiner Lordschaft ›Auf Wiedersehen‹ sagen?« fragte Rose. »Man hat uns eben gesagt, daß er nach London fährt.«

»Das kommt unerwartet, nicht wahr?« sagte Arabella vorsichtig. »Gestern hat er noch nichts davon gewußt.«

»Nein, ein Bursche brachte ihm heute in aller Frühe eine Nachricht.«

»Ein Bursche aus London?« fragte Arabella.

»Ich glaube ja. Jedenfalls fährt Seine Lordschaft weg. Ich hoffe nur, daß er wiederkommt. Er ist so stattlich. Mein Herz fängt jedesmal wie wild zu schlagen an, wenn ich ihn sehe. Und auch die Diener halten ihn für einen famosen Kerl.«

Arabella fragte sich, was Rose sagen würde, wenn sie wüßte, daß der Marquis sehr wahrscheinlich noch vor dem Ende des Tages tot sein würde. Würde sie versuchen, es zu verhindern? Oder wäre sie wie die anderen, zu ängstlich, um irgend etwas anderes zu tun als zu schweigen, wie Gentleman Jack es von ihnen verlangte?

Um acht Uhr gab es das Frühstück im Kinderzimmer. Miß Harrison erschien erst zwanzig Minuten später. Inzwischen war Beulah beinahe mit dem Essen fertig, obwohl sie entsetzlich langsam aß.

»Ich habe Beulah versprochen, daß sie die Kutsche des Obersten Richters und die Vorreiter sehen darf, die nach London aufbrechen«, sagte Arabella, als Miß Harrison sie tadelte, weil sie ohne sie zu frühstücken begonnen hatten.

Die Gouvernante war noch müde und deshalb an diesem Morgen besonders schlecht gelaunt. Ohne den Frühstückstisch auch nur eines Blickes zu würdigen, ging sie zu ihrem Schrank und nahm eine Flasche Cognac heraus.

Ein Weinglas wäre fast umgefallen. Dann kam sie an den Tisch zurück und knabberte ein paar Delikatessen aus den Silberschalen.

»Um wieviel Uhr bricht der Richter auf?« fragte sie.

»Um halb zehn«, erwiderte Arabella. »Ich dachte, Beulah könnte die Kutsche besser sehen, wenn ich mit ihr ein Stück weit die Einfahrt hinuntergehe.«

»Mach dir doch keine Umstände«, sagte Miß Harrison. »Winke einfach und mache einen Knicks.«

Ihr dunkles Haar fiel ihr über die Schultern und ließ sie ungewöhnlich sinnlich aussehen. Arabella fragte sich, wie eine Frau überhaupt einen Mann wie Gentleman Jack als Liebhaber haben konnte.

»Heute früh will ich mich einmal ausruhen«, sagte Miß Harrison. »Wenn du mit Beulah hinausgehst, kannst du mit ihr draußen bleiben. Ich kann heute kein Geräusch im Kinderzimmer gebrauchen, wenn ich schlafen will.«

»Nein, natürlich nicht«, sagte Arabella. »Können wir jetzt gehen?«

»Rufe jemanden, der Beulah die Treppe hinunterträgt«, sagte Miß Harrison.

Sie stand auf, gähnte laut, ging noch einmal zum Schrank und griff nach der Cognacflasche.

Arabella führte Beulah vom Tisch weg, nahm ihre Haube und trug sie bis zum oberen Treppenabsatz. Sie fragte sich gerade, ob sie versuchen konnte, das Kind selbst die Treppe hinunterzutragen, als George erschien.

»Wo geht ihr hin?« fragte er. »Ihr seid früh auf heute morgen. Sicher habt ihr irgendeinen Streich vor.«

»Hotta... sehen... Hotta... sehen«, sagte Beulah.

»Sie liebt Tiere, nicht wahr?« sagte George zu Arabella.

»Ja, und deshalb dachte ich, sie würde gern zusehen, wie der Oberste Richter nach London aufbricht.«

»Seine Lordschaft fährt mit ihm«, sagte George vertraulich. »Ihr könnt auch ihm Lebewohl winken.«

»O wirklich?« fragte Arabella unschuldig. »Warum fährt er nicht mit seinem eigenen Zweispänner?«

»Wie ich gehört habe, ist etwas mit einem der Räder nicht in Ordnung. Seine Lordschaft fluchte wie ein Seemann, als Mr. Turner ihm die Nachricht aus den Stallungen brachte. Ich glaube, die Fahrt wird ihm nicht sehr gefallen, wenn er die ganze Zeit den Alten anschreien muß.«

»Nein, bestimmt nicht«, sagte Arabella. »Taube Leute sind sehr schwierig.«

»Er wird sich damit abfinden müssen«, sagte George grinsend. »Der alte Herr sagte: ›Sie kommen mit mir, mein Junge, meine Kutsche ist groß genug für zwei.‹ Ihr hättet das Gesicht Seiner Lordschaft sehen sollen. Aber es blieb ihm nichts anderes übrig als zuzustimmen.«

»Wann hat sich das alles abgespielt?« fragte Arabella.

»Als die beiden Herren zum Frühstück herunterkamen«, erwiderte George. »Ich war gerade in der Halle, als Mr. Turner Seiner Lordschaft mitteilte, daß er nicht mit seinem Zweispänner fahren kann. Als ich den Wagen gestern abend sah, kam er mir noch ganz in Ordnung vor.«

»Was kann mit ihm geschehen sein?« fragte Arabella.

»Wenn ich das wüßte«, sagte George.

Wie genau alles geplant war, überlegte Arabella.

Gentleman Jack hatte wirklich jedes einzelne Detail genau durchdacht. Oder hatte ihm Turner dabei geholfen?

Der Butler steckte doch nicht etwa mit in der Verschwörung? Verzweiflung stieg in Arabella auf. Es kam ihr vor, als wären sie und der Marquis von Feinden umzingelt, von Eingeborenen, von denen jeder vergiftete Pfeile trug. Sie wollte von George nicht noch mehr hören und ging mit Beulah hinunter zur Brücke.

Sie wollte ein gutes Stück vom Schloß entfernt sein, und dies bedeutete, daß sie eine beträchtliche Strecke zurücklegen mußten. Es zeigte sich bald, daß Beulah es niemals zu Fuß schaffen würde.

Deshalb nahm Arabella sie auf den Arm. Beulah war schwer und wollte nicht getragen werden.

»Beulah... laufen«, verlangte sie.

»Ich muß dir etwas verraten«, versuchte Arabella sie abzulenken. »Es ist ein Geheimnis! Ein sehr wichtiges Geheimnis. Ich möchte, daß du mir hilfst.«

»Geheimnis... Beulah mag... Geheimnis«, antwortete das Kind.

»Ja, ich weiß. Und meines ist ein sehr großes Geheimnis«, sagte Arabella. »Hör mir zu, Beulah. Es ist sehr wichtig.«

Es fiel ihr schwer, zu sprechen und gleichzeitig Beulah zu tragen. Aber irgendwie brachte es Arabella fertig. Sie überquerte die Brücke und erreichte die großen Eichenbäume, die eine über zwei Meilen lange Allee bildeten.

Die Bäume verbargen zum Teil das Schloß. Nach einer Weile verließ sie die Straße und ging über den Rasen im Park. Schließlich setzte sie Beulah im Gras nieder und sagte ihr noch einmal, was sie zu tun habe.

»Und vergiß nicht, Beulah, du mußt die Augen zumachen und ganz still liegen, wenn du mich kommen hörst.

Es ist ein Geheimnis, vergiß es nicht. Ein Geheimnis zwischen dir und mir.«

Beulah nickte.

»Geheimnis...«, sagte sie. »Beulah... macht... Augen zu.«

Arabella blickte zum Schloß hinüber. Sie konnte sehen, daß sich vor dem Haupteingang eine Kutsche in Bewegung setzte. »Vergiß nicht, Beulah«, erinnerte Arabella sie noch einmal, »schließe deine Augen.«

Arabella lief zurück zur Straße, so rasch das hohe Gras es ihr erlaubte. Als sie die Kutsche über die Brücke rattern hörte, stellte sie sich mitten auf die Straße und winkte mit den Armen. Einen Augenblick fürchtete sie, der Kutscher würde nicht anhalten, aber sie blieb, wo sie war, bis die Pferde dicht vor ihr ruckartig zum Stehen gebracht wurden.

Der Marquis steckte den Kopf aus dem Kutschenfenster.

»Was ist los? Warum halten wir an?« fragte er, ehe er Arabella sah.

»Auf der Straße steht ein Mädchen«, sagte der Kutscher unnützerweise.

Arabella lief zur Kutschentür. »Es ist wegen Beulah, Mylord, sie ist gestürzt. Ich glaube, sie ist bewußtlos. Bitte kommen Sie und helfen Sie mir.«

»Natürlich«, sagte der Marquis.

Der Diener sprang vom Kutschbock und öffnete ihm die Tür.

»Was ist los? Was ist los?« rief eine nörgelnde Stimme im Innern der Kutsche.

Der Marquis, der schon halb ausgestiegen war, drehte sich zu ihm um.

»Ich fürchte, meine Schwester hat sich verletzt, Mylord.«

»Sollen wir warten?«

Der Marquis zögerte.

»Beulah liegt in einiger Entfernung von hier«, sagte Arabella aufgeregt.

Da sagte der Marquis:

»Nein, ich will Sie nicht warten lassen. Leben Sie wohl, Mylord. Es tut mir wirklich leid, daß ich Sie nicht nach London begleiten kann.«

Er stieg vollends aus der Kutsche.

»Weiterfahren!« rief er dem Kutscher zu und trat beiseite, als die Pferde losliefen und die Räder Staub aufwirbelten.

Zwei Vorreiter mit Perücken unter ihren spitzen Hüten trieben ihre Pferde an, damit sie vor die Kutsche kamen. Als die Kavalkade davonfuhr, nahm der Marquis Arabellas Hand.

»Was ist geschehen?« fragte er ruhig. »Ist Beulah verletzt?«

»Ich weiß nicht«, erwiderte Arabella.

»Weshalb seid ihr beide hier draußen?« fragte der Marquis erstaunt.

Arabella wollte keine Fragen beantworten und zog deshalb kindlich an der Hand des Marquis.

»Beeilen wir uns! Sie liegt hier drüben auf dem Rasen.«

Sie gingen rasch zwischen den Bäumen hindurch. Arabella sprach laut, damit Beulah sie hörte.

»Es war so ein schöner Tag«, sagte sie, »und Beulah wollte so gern die Pferde sehen. Sie liebt Pferde.«

Arabellas Stimme hatte die gewünschte Wirkung. Als sie bei Beulah ankamen, lag diese mit geschlossenen Augen im Gras.

»Da ist sie«, sagte Arabella.

»Ist sie gefallen?« fragte der Marquis.

»Ja, ich glaube, sie muß über einen Baumstumpf gestolpert sein«, erwiderte Arabella, und als sie sah, daß Beulahs Lippen zuckten, wußte sie, daß sie rasch etwas tun mußte.

»Vielleicht feuchten Sie Ihr Taschentuch an«, sagte sie zum Marquis und deutete auf den See, der unter ihnen lag.

»Das will ich tun.« Er warf seinen Hut auf den Boden und lief über das Gras.

Er war sehr elegant gekleidet, dachte Arabella. Er trug einen maßgeschneiderten Mantel aus dunkelblauem Kord, und Quasten baumelten an seinen Schaftstiefeln hin und her, wenn er ging.

Beulah öffnete die Augen.

»Beulah weiß... Geheimnis.«

»Du bist sehr klug«, flüsterte Arabella.

»Beulah planscht... im See!« rief sie aufgeregt.

»Nein, jetzt nicht«, antwortete Arabella. »Warte, bis Seine Lordschaft wiedergekommen ist.«

»Beulah... weiß... eins... zwei... drei... Geheimnisse«, sagte Beulah.

»Ja, aber du darfst nicht darüber sprechen«, ermahnte sie Arabella, »sonst sind es keine Geheimnisse mehr.«

Der Marquis kehrte mit einem feuchten Taschentuch zurück.

»Es scheint ihr besser zu gehen«, bemerkte er.

»Sie war von dem Sturz bewußtlos«, sagte Arabella, »aber wenn sie sich eine Weile ausruhen kann, bin ich sicher, daß sie sich rasch wieder erholt.«

»Wir sollten lieber ins Schloß zurückkehren und einen Arzt holen«, schlug der Marquis vor.

»Beulah... will... planschen«, sagte das Kind.

»Ich kann keine wirklich ernsthafte Verletzung an ihr entdecken«, sagte Arabella. »Anfangs war ich sehr besorgt, aber sie scheint sich nun schnell erholt zu haben.«

»Er... holt«, echote Beulah.

Der Marquis lachte.

»Ich glaube, du warst schwimmen«, sagte er.

Beulah sah ihn mit großen Augen an.

»Dieses Wort kennt sie noch nicht«, sagte Arabella. »Gehen wir mit ihr zum Teich hinunter. Je eher sie vergißt, was geschehen ist, um so besser.«

»Beulah... planschen.«

Der Marquis hob sie hoch.

»Dann komm mit!«

Er trug sie über den Rasen. Dann setzte er sie zwischen den Gänseblümchen am Wasser ab und suchte einige flache Steine. Er ließ sie über das Wasser flitzen. Dann legte er sich neben einer Eiche ins Gras.

»Ich muß zugeben, daß es hier im Sonnenschein ausgesprochen angenehm ist, obwohl du mir in der feinen Gesellschaft zweifellos geschadet hast.«

»Ich? Wieso?« fragte Arabella.

»Ich bekam heute früh eine Nachricht, der Prinzregent und Lady Hertford wünschten mich heute nachmittag im Meridale House zu sehen. Es wird ungeheuer schwierig sein, Seiner Königlichen Hoheit zu erklären, daß ich etwas anderes zu tun hatte.«

»Wird Seine Königliche Hoheit verärgert über Sie sein?«

»Wahrscheinlich pikiert und verärgert«, erwiderte der Marquis. »Prinny ist auf alles eifersüchtig, was die Köpfe seiner Untertanen beschäftigt, es sei denn, man denkt an ihn selbst.«

»Das hört sich sehr selbstsüchtig an«, bemerkte Arabella.

Der Marquis lachte.

»Das nennt man Majestätsbeleidigung«, sagte er. »Wenn du so sprichst, bringt man dich in den Tower und schlägt dir den Kopf ab.«

Arabella lachte amüsiert. Der Marquis sagte rasch:

»Ach richtig, das hatte ich ganz vergessen. Du bist die gebildete junge Dame, die an solch einen Unsinn nicht glaubt.«

»Es gibt heutzutage genügend Gefahren, auch ohne daß man fürchten muß, enthauptet zu werden«, bemerkte Arabella. »Haben Sie schon von den Straßenräubern gehört, die ganz Hertfordshire unsicher machen? Glauben Sie, daß der Oberste Richter wohlbehalten in London ankommt?«

Der Marquis, der mit unter dem Kopf verschränkten Armen dalag, blickte auf.

Sie saß ruhig neben ihm, und er sah ihre Silhouette gegen den blauen Himmel.

»Natürlich kommt Seine Lordschaft gut an«, sagte er zuversichtlich. »Wer hat dich mit einem solchen Unsinn geängstigt?«

»Leider ist es kein Unsinn«, sagte Arabella.

»Ich habe von diesen Männern gehört. Aber ich habe diese Geschichten immer für sehr übertrieben gehalten. Die Leute sagen, sie seien auf den Londoner Straßen von Räubern überfallen worden, aber mich hat bis jetzt noch niemand belästigt.«

»Aber ich versichere Ihnen, die Straßenräuber von Hertfordshire sind gefährlich«, sagte Arabella. »Man spricht schon lange von ihren Verbrechen.«

»Ein Straßenräuber tut besser daran, zu mir nicht ›Geld oder Leben!‹ zu sagen«, meinte der Marquis. »Ich würde ihn ohne Zögern erschießen.«

Arabella seufzte. Das war genau die Antwort, die sie von ihm erwartet hatte. Gentleman Jack würde ebenso rasch feuern – und töten.

»Haben Sie Ihre Pistole dabei?« fragte sie neugierig.

Der Marquis lachte.

»Jetzt, wo du es erwähnst, fällt mir ein, daß ich sie in der Kutsche Seiner Lordschaft habe liegenlassen. Auch gut! Vielleicht ist sie ihm eine Hilfe.«

»Seine Hand ist alt und zu zittrig«, sagte Arabella wegwerfend.

»Du bist ein blutrünstiges Mädchen«, sagte der Marquis. »Du glaubst so halb, daß er von euren Straßenräubern angehalten wird. Wenn du eine Wette abschließen möchtest, dann wette ich fünfhundert Sterling gegen eine Gänseblümchenkette, daß er sicher in London ankommt.«

Eine leichte Art, fünfhundert Pfund zu verdienen, dachte Arabella.

»Die Gänseblümchenkette ist für Beulah«, erklärte sie. »Ich bin dagegen, daß Damen wetten.«

»Meine Freunde wären sicher anderer Meinung«, sagte der Marquis.

»Alles Wetten und Spielen ist Wahnsinn«, sagte sie gereizt und mußte daran denken, wie die Schulden ihres Vaters dazu geführt hatten, daß ihre Mutter mittellos dastand, als er starb.

»Eine Puritanerin!« neckte sie der Marquis. »Willst du uns um alle Vergnügungen bringen?«

»Ist es das einzige Vergnügen, daß Sie sich vorstellen können?« fragte Arabella. »Geld auf die Tische werfen, das man sinnvoller nützen könnte, um anderen Menschen zu helfen oder ihre Armut zu lindern? Irgend jemand muß dabei immer leiden.«

Der Marquis schwieg einen Augenblick. Dann sagte er:

»Du hast recht, natürlich hast du recht. Verdammt, ich hätte nicht gedacht, daß ich in meinem eigenen Park eine Standpauke gehalten bekomme.«

»Entschuldigen Sie bitte«, sagte Arabella.

»Du brauchst dich deshalb nicht zu entschuldigen«,

sagte er. »Es ist so erfrischend wie unerwartet. Du bist voller Überraschungen, Arabella. Ich schwöre, ich habe noch kein Mädchen wie dich kennengelernt.«

Sie musterte ihn von oben bis unten.

»Du bist sehr schön, Arabella«, sagte er leise. »Ich frage mich, was einmal aus dir werden wird. Im Augenblick siehst du wie ein kleiner Engel aus, der vom Himmel gefallen ist. Aber wie bald wirst du deine Reinheit und Unschuld verloren haben.«

In seinen Worten lag etwas, das Arabella erröten ließ. Als die Farbe in ihre Wangen stieg, wandte sie den Kopf ab.

Als spüre er, daß er zu viel gesagt hatte, fuhr er in einem gleichgültigeren Tonfall fort:

»Ich will dir sagen, was wir jetzt tun. Ich gehe zum Schloß und schaue, ob ich ein Fahrzeug finde, mit dem wir ausfahren können. Vielleicht haben sie inzwischen den Zweispänner repariert, und wenn nicht, muß ein Gig oder etwas Ähnliches in den Stallungen sein. Mein Vater hatte viele Fahrzeuge... Der Himmel weiß, was mit ihnen geschehen ist.«

»Beulah würde sicher gern ausfahren«, sagte Arabella.

»Ich bin gleich wieder da«, sagte der Marquis und stand auf. »Ich muß auch dem Prinzregenten Nachricht geben, daß unvorhergesehene Familienangelegenheiten mich daran gehindert haben, ihn in London zu sehen.«

»Wird er das verzeihen?« fragte Arabella.

»Er wird es verzeihen müssen«, erwiderte der Marquis und zwinkerte. »Wenn ich hier bin, kann ich nicht in London sein, so einfach ist das. Sogar Beulah würde es verstehen.«

»Beulah... will... Steine«, rief das Kind, als es seinen Namen hörte.

»Ich suche welche für dich«, sagte Arabella.

»Kommt dann am besten langsam zur Straße«, schlug der Marquis vor. Er ging rasch weg.

Arabella sah ihm nach, bis er die Brücke überquerte, und schickte im stillen ein Dankgebet zum Himmel.

Die Straßenräuber würden auf ihn warten, aber vorerst war er ihnen entkommen. Arabella dachte, daß sie Miß Harrison eine Erklärung über das abgeben mußte, was geschehen war. Sie mußte vermeiden, daß Gentleman Jack Verdacht schöpfte. Er mußte glauben, das Verhalten des Marquis sei durch nichts anderes als seine echte Sorge um seine Schwester ausgelöst worden.

Das Schloß ragte imposant und unbezwingbar über die Bäume hinaus, und es war schwer zu glauben, daß darin Gefahr lauerte. Es war nicht verwunderlich, daß die Berichte über die Straßenräuber den Marquis nicht beeindruckten. Niemand konnte sich auch nur in seinen wildesten Träumen vorstellen, was vorging, wenn er nicht wie Arabella Gentleman Jacks brutale, gnadenlose Worte über seine mörderischen Absichten selbst gehört hatte.

Einen Augenblick verschwammen die Butterblumen, das Wiesenschaumkraut, die Wasserlilien und der Hahnenfuß und sogar das Schloß selbst vor ihren Augen, und langsam ging sie mit Beulah zur Straße und erreichte sie lange, ehe der Marquis mit einem Wagen zurückkam. Als Arabella schon zu fürchten begann, es wäre etwas dazwischengekommen, hörte sie Pferdehufe und sah den Marquis mit seinem Zweispänner und den Braunen zwischen den Deichseln den Weg entlangkommen.

Beulah lächelte und war ganz aufgeregt.

»Hotta-Hotta... Pferde«, sagte sie. »Beulah... fahren... Pferde.«

Der Bursche sprang ab und hob zuerst Beulah und dann Arabella auf den Kutschbock.

Arabella blickte den Marquis an. Er sieht ein wenig

verärgert aus, dachte sie. Aber er lächelte sie an und sagte:

»Es muß dir sehr lange vorgekommen sein.«

»Ich dachte schon, Sie hätten uns vergessen«, antwortete Arabella.

»Nein, das könnte mir nicht passieren«, sagte er ernst.

»Und der Wagen ist repariert?«

»Ja, das sagte man mir. Ich werde ihn meinen Oberkutscher in London prüfen lassen, wenn ich hinfahre. Ich habe das unangenehme Gefühl, daß der Wagen in Ordnung war.«

Er fährt großartig, dachte Arabella. Die Pferde waren ausgeruht, und im Augenblick war es schwer, sich zu unterhalten. Sie hatte noch nie einen Mann erlebt, der seine Pferde so gut beherrschte.

Sie fuhren einige Meilen sehr rasch, und Beulah quietschte vor Vergnügen, während der Marquis schweigsam war. Arabella genügte es, die Baumhecken anzusehen, rosaroter und weißer Hartriegel bedeckte sie mit einem farbigen Mantel, und in den Gräben wuchs gelbe Iris, und die Kastanienblüten standen wie große Kerzen an den Bäumen.

Als sie wieder nach Hause kamen, bedauerte Arabella, daß sie in die Realität zurückkehren mußten. Die Fahrt war wie ein Zauber gewesen, man hatte dabei nicht zu sprechen brauchen, sie waren auch so einander nahe gewesen und eins auch mit den Pferden.

Der Marquis fuhr am Haupteingang des Schlosses vor. Ein Diener eilte herbei, half Arabella beim Absteigen, dann trug er Beulah hinein. Arabella wartete einen Augenblick und sah zum Marquis auf.

»Danke«, sagte sie leise. »Es war eine wundervolle Ausfahrt.«

»Wir sehen uns beim Abendessen«, sagte er und berührte die Pferde leicht mit der Peitsche, damit sie anfuhren.

Der Pferdeknecht stand schon bereit, den Wagen in die Stallungen zu fahren, aber jetzt mußte er laufen, weil der Marquis selbst an der Vorderfront des Schlosses entlang zu den Ställen fuhr, die hinter dem Westflügel lagen.

Wir werden also zusammen essen, dachte Arabella. Das war eine unerwartete Einladung. Sie fragte sich, was Miß Harrison davon halten würde.

Der Diener hatte Beulah schon die Treppe hinaufgetragen. Arabella folgte ihm in die Halle – und blieb erstaunt stehen, denn Miß Harrison kam in einem Reisemantel die große Treppe herab.

Ihr folgte Rose mit einer Tasche in der Hand und einem Schal über dem Arm. Die Gouvernante sprach wütend auf Miß Matherson ein, die mitten in der Halle stand. Sie trug einen seidenen Schurz und hatte die Hände hinter dem Rücken gefaltet.

»Wenn Sie glauben, ich verlasse das Haus durch die Hintertür wie eine Dienstmagd, dann irren Sie sich. Sie werden froh sein, daß Sie mich los sind, aber ich komme wieder, und dann werden Sie es alle büßen... jeder einzelne von Ihnen!«

Miß Harrisons Miene war zornverzerrt.

»Sie teuflische, alte Intrigantin!« fuhr sie mit kreischender Stimme fort. »Ich glaube, Sie haben alles ausgeheckt! Denken Sie daran, Sie werden eher zum Teufel geschickt, als Sie glauben.«

»Der Wagen wartet an der Seitentür, Miß Harrison«, sagte Miß Matherson ruhig.

Miß Harrison zögerte einen Augenblick, als ob sie vorhabe, ihre Stellung zu verteidigen. Dann warf sie den Kopf zurück und rauschte mit einem Fluch, den Arabella nie von einer Frau erwartet hätte, durch die Halle und dann den Korridor hinab, der zur Anrichte führte.

Miß Matherson sah ihr mit blassem Gesicht nach.

»Auf was wartest du noch, James?« fragte sie. »Bring Lady Beulah hinauf ins Kinderzimmer. Miß Arabella, bitte folgen Sie mir.«

Arabella ging mit Miß Matherson die Treppe hinauf in ihren Salon. Miß Matherson schloß die Tür hinter ihnen.

»Leider hat es Schwierigkeiten gegeben, Miß Arabella«, sagte sie leise. »Seine Lordschaft hat Miß Harrison fristlos entlassen.« Miß Matherson machte ein besorgtes Gesicht. »Er kam vorhin ins Schloß und traf Miß Harrison im Kinderzimmer an. Sie war nicht angezogen und ...«

Miß Matherson fiel es schwer, die richtigen Worte zu finden.

»... und sie hatte zu viel Cognac getrunken«, ergänzte Arabella.

»Ich fürchte, Sie haben ihre Schwäche bemerkt«, sagte Miß Matherson.

»Und deshalb hat Seine Lordschaft sie entlassen?« fragte Arabella.

Miß Matherson nickte.

»Das wird für uns alle Schwierigkeiten geben«, sagte sie leise. »Seine Lordschaft hat mich gebeten, eine Gouvernante zu suchen. Vielleicht ist zufällig eine im Dorf, andernfalls muß ich nach London schicken. Ich kann Sie nur bitten, Miß, Ihr Bestes für Lady Beulah zu tun, bis wir jemanden gefunden haben.«

Arabella holte tief Luft.

»Sie wissen, daß wir im Moment keine Fremden im Schloß haben dürfen, Miß Matherson.«

Miß Matherson sah sie ängstlich an.

»Ich muß Ihnen die Wahrheit sagen«, sagte Arabella. »Ich bin nicht das, was ich vorgebe zu sein. Ich bin fast achtzehn Jahre alt. Mein kindliches Aussehen kommt nur daher, daß ich krank war und so abgemagert bin, daß man mich für ein Kind halten kann. Aber ich bin kein Kind, und ich weiß genau, was hier vorgeht.«

»Sie wissen das von... ihm?«

»Ich habe von ihm gehört, und ich habe ihn gesehen«, sagte Arabella. »Sie wissen so gut wie ich, daß der Marquis in Lebensgefahr ist.«

»Nein, nein!« rief Miß Matherson und schlug die Hände vor das Gesicht.

»Wir brauchen Hilfe, aber das wird nicht einfach sein«, sagte Arabella. »Gentleman Jack will heute die Kutsche des Obersten Richters überfallen. Vielleicht tut er es in diesem Augenblick.«

»Nein, nein!« stöhnte Miß Matherson.

»Ich weiß, daß dieser furchtbare Mann Sie alle in seiner Gewalt hat.«

»O nein!« stöhnte Miß Matherson.

»Ich hätte schon lange Seiner Lordschaft sagen sollen, was hier vorgeht«, klagte Miß Matherson mit gebrochener Stimme. »Aber ich habe ihn so viele Jahre lang nicht gesehen, und ich war nicht sicher, was er tun würde.«

»Das ist nicht Ihre Schuld«, tröstete sie Arabella. »Aber wir müssen sehr vorsichtig sein. Gentleman Jack will Seine Lordschaft aus der Welt schaffen.«

Miß Matherson konnte nicht einmal weinen, als sie das hörte. Sie senkte nur den Kopf, und ihre Hände zitterten.

»Wenigstens brauchen Sie keine neue Gouvernante für Beulah zu suchen. Können Sie für mich ein Kleid auftreiben, das meinem wahren Alter entspricht?«

Als ob diese Bitte Miß Matherson aus ihrem Elend befreite, hörte diese auf zu zittern und sagte ruhig:

»Ja, natürlich kann ich das, Miß Arabella. Wir haben noch fast die ganze Garderobe der gnädigen Frau. Die Sachen werden ein bißchen zu lang für Sie sein, aber das kann ich leicht ändern. Zum Glück war sie sehr schlank.«

Miß Matherson ging mit Arabella durch das Badezimmer in das ehemalige Schlafzimmer der Marquise. Der Raum war sonnendurchflutet, und sie öffnete auf der anderen Seite die Tür eines kompletten Ankleidezimmers. Hier standen an sämtlichen vier Wänden Schränke, alle mit einer langen Spiegeltür.

Miß Matherson öffnete die Schränke, und ein ganzes buntes Kaleidoskop kam zum Vorschein.

Arabella nahm zarten, süßen Lavendelduft wahr und ein exotisches Parfüm, das sie nicht kannte.

»Die gnädige Frau war der Mode immer voraus«, sagte Miß Matherson stolz. »Sie hat hier den neuen Empirestil eingeführt, lange ehe die Leute in der Nachbarschaft etwas davon wußten. In London leitete sie den Trend für farbige Musselins ein. Sehen Sie, Miß, dieses Kleid hier trug sie auf ihrem letzten Ball.«

Miß Matherson deutete auf ein Kleid aus blaßrosa Seidenflor, bestickt mit Diamanten und Perlen. Es war eine Robe für eine Königin.

»Es ist sehr schön«, sagte Arabella. »Ich würde mich freuen, wenn Sie mir einmal alle diese wunderbaren Kleider zeigen könnten. Aber wenn Sie jetzt etwas ganz Einfaches für mich fänden, etwas, das zu einer Gouvernante paßt...«

Eine Stunde später zog der Marquis ungeduldig seine goldene Uhr aus der Westentasche.

»Sagen Sie Miß Arabella, daß ich auf sie mit dem Essen warte.«

»Ich glaube, die junge Dame ist in wenigen Augenblikken hier«, erwiderte der Butler. »Soviel ich weiß, hat sie Lady Beulah zu Bett gebracht.«

»Ißt Beulah nicht mit uns?«

»Nein, Mylord«, erklärte Turner. »Ich habe von Miß Matherson erfahren, daß Lady Beulah nach der Ausfahrt von heute morgen ein wenig müde war. Sie hat deshalb im Kinderzimmer ein leichtes Mahl zu sich genommen und wurde dann zu Bett gebracht.«

»Sehr vernünftig«, sagte der Marquis. »Aber es ist schon spät, Turner, ich bin hungrig.«

»Sehr wohl, Mylord. Hier kommt Miß Arabella.«

In seiner Stimme klang Überraschung mit, die dem Marquis nicht entging, und er blickte hoch und sah sie einen Augenblick verwundert an.

Sie trug ein Gewand aus blaßgrünem Musselin mit einem gerüschten weißen Halstuch, das um ihre Schultern lag. Das Kleid zeichnete ihre Figur ab und enthüllte Kurven, die man vorher in ihrer Kinderkleidung nicht wahrgenommen hatte.

Sie hatte das Haar nach der letzten Mode hochgesteckt. Es war eine Kopie der Frisur ihrer Mutter, wie diese sie in der letzten Saison in London getragen hatte.

Arabella blieb an der Tür stehen, und beiden schien es eine Ewigkeit zu dauern, während der niemand sprach.

Endlich sagte der Marquis ruhig:

»Dann habe ich mich an jenem ersten Tag also doch nicht geirrt, als ich Sie über dem See auf dem Felsen stehen sah.«

Arabella hatte sich alles mögliche vorgestellt, was er sagen würde, wenn er ihr Äußeres so verändert fand, aber nicht diese Worte. Das Blut stieg ihr in die Wangen. Es ließ sie sehr jung und sehr verletzbar erscheinen, aber gleichzeitig auch sehr fraulich.

»Der Doktor hielt mich für so jung, damit ich eine Spielgefährtin für Beulah sein konnte. Aus persönlichen Gründen nahm ich die Aufgabe an«, sagte sie einfach.

»Es erschreckte und überraschte mich die ganze Zeit, daß Sie noch ein Kind waren... Sie waren so intelligent, so interessant. Aber warum spielen Sie jetzt nicht mehr das Kind?«

»Weil ich Sie um einen Gefallen bitten möchte«, erwiderte Arabella.

»Und zwar?« fragte er.

Sie ging mit großen, ängstlichen Augen auf ihn zu.

»Ich möchte, daß Sie mir erlauben, an Stelle von Miß Harrison Beulahs Gouvernante zu werden.«

»Wie haben Sie diese schlampige Trinkerin überhaupt ertragen?« fragte er. »Warum haben Sie mir nichts gesagt?«

»Das stand mir nicht zu«, erwiderte Arabella. »Ich war ein Kind, denken Sie daran, und war hier, um mit Beulah zu spielen.«

»Matty wußte es auch! Alle Dienstboten müssen es gewußt haben!« rief der Marquis ärgerlich. »Wie konnten sie es zulassen, daß eine so unerträgliche Frau in meinen Diensten stand? Ich kann es nicht verstehen. Früher hätte niemand eine solche Person im Schloß geduldet.«

»Sie waren lange weg«, erinnerte ihn Arabella.

»Ja, viel zu lange, das sehe ich jetzt. Aber ich hätte gedacht, sie würden aus Hochachtung vor meinen Eltern, wenn nicht aus Dankbarkeit für die Art, wie sie behandelt worden waren, seitdem sie hier gearbeitet haben, verhindern, daß eine derartige Person in engen Kontakt mit einem Mitglied der Familie kommt.«

»Es wäre interessant zu wissen, wer Miß Harrison eingestellt hat.«

»Ich habe gehört, es war Sheltham«, sagte der Marquis. »Er muß betrunken gewesen sein. Aber ob betrunken oder nüchtern, solch eine Person gehört nicht in einen anständigen Haushalt.«

»Vielleicht gab es... Gründe für ihn, sie nicht zu entlassen«, sagte Arabella zögernd.

Der Marquis sah sie fragend an.

»Was für Gründe? Genau so etwas sagte auch Matty. Was steckt hinter all dieser Geheimnistuerei? Was geht hinter meinem Rücken vor, worüber niemand sprechen will? Kennen Sie die Wahrheit?«

Arabella schwieg, und er fuhr fort:

»Aber ja, auch Sie wollen mich täuschen wie alle anderen. Ich hielt Sie für ein Kind, und jetzt sehe ich, daß Sie eine junge Frau sind. Wie alt sind Sie?«

»Ich... ich bin fast... achtzehn«, erwiderte Arabella.

»Also alt genug, um den Unterschied zwischen Gut und Böse zu kennen«, sagte der Marquis.

»Ich war nicht in der Lage, etwas in dieser Angelegenheit zu unternehmen«, protestierte Arabella.

Der Marquis sah sie einen Augenblick nachdenklich an. Dann sagte er: »Sie haben recht. Es ist nicht Ihre Schuld. Und Sie wollen hierbleiben?«

»Ich möchte das Schloß nicht verlassen«, sagte Arabella. »Bitte lassen Sie mich für Beulah sorgen. Sie vertraut mir, und ich glaube sogar, daß sie eine gewisse Zuneigung zu mir gefaßt hat. Ich könnte ihr auf eine Weise helfen, wie es bisher noch niemandem gelungen ist.«

»Gut, wenn Sie das wollen«, sagte der Marquis.

»Danke, vielen Dank. Ich fürchtete schon, Sie würden mich für zu jung halten.«

Der Marquis verzog leicht die Lippen. Und dann lachte er plötzlich.

»Arabella, Sie sind unverbesserlich«, sagte er. »Sie würden jeden Mann um den kleinen Finger wickeln. Wer hat Ihnen solche Tricks beigebracht?«

»Niemand«, erwiderte Arabella bescheiden. »Ich muß mit dieser Begabung geboren sein.«

»Ich weiß nicht, was ich von Ihnen halten soll«, sagte der Marquis. »In einem Augenblick sind Sie ein Engel, und im nächsten ein sehr herausfordernder kleiner Teufel. Aber was immer Sie auch sind, inzwischen bin ich außerordentlich hungrig. Ich könnte einen ganzen Ochsen verzehren. Und ich hoffe nur, man hat einen für uns geschlachtet.«

Er wandte sich zur Tür, und Arabella sagte zögernd:

»Eine Gouvernante ißt nicht im Speisezimmer, Mylord. Wäre es nicht richtiger, wenn ich ins Kinderzimmer hinaufginge?«

»Wen würde das beeindrucken?« fragte der Marquis. »Arabella, ich sehe, Sie sind eine merkwürdige und ganz außergewöhnliche Gouvernante. Aber wie dem auch sei, Sie essen mit mir im Speisezimmer. Das ist ein Befehl!«

Seine Stimme klang amüsiert. Und in seiner Miene lag etwas, das Arabella die Augen niederschlagen ließ.

»Sehr wohl, Mylord«, sagte sie.

Neuntes Kapitel

Da sie nach so langer Zeit endlich nichts mehr zu verbergen hatte, war das Mittagessen für sie ein besonders angenehmes Mahl.

Arabella konnte sich später nicht daran erinnern, was sie von den unzähligen Silbertellern gegessen hatte, die ihr von Dienern mit gepudertem Haar und eleganter Livree angeboten wurden.

Sie war überwältigt von dem Reichtum an goldenen Verzierungen, die den großen Tisch in der Baronial Hall schmückten, wo die Normannen einst Recht gesprochen und zusammen mit ihrer riesigen Dienstbotenschaft gespeist hatten.

Merkwürdigerweise kam es Arabella so vor, als wäre sie mit dem Marquis allein, trotz der vielen Diener und obwohl Turner sie bediente. Zum erstenmal konnte sie mit dem Marquis von gleich zu gleich sprechen, ohne stets daran zu denken, daß sie ja ein Kind sein mußte.

»Ich muß jetzt hinaufgehen und nachsehen, ob Beulah schon wach ist«, sagte sie.

Der Marquis stand zögernd auf.

»Ich will mir heute nachmittag einige Pferde ansehen. Es ist eine Verabredung, die ich getroffen hatte, bevor ich die Nachricht aus London bekam. Nun will ich sehen, ob ich ein paar anständige Tiere bekomme.«

»Wie heißt der Pferdehändler?« fragte sie.

»Hanson«, erwiderte der Marquis. »Kennen Sie ihn?«

»Ja«, antwortete Arabella. »Er ist ehrlich und vertrauenswürdig. Wenn er sagt, ein Tier ist ein gutes Pferd, dann braucht man nicht zu fürchten, daß ihm später der Atem ausgeht.«

»Daß Sie die Leute hier im Ort kennen, ist unbezahlbar«, sagte der Marquis.

Arabella wechselte rasch das Thema. Sie wollte nicht, daß er sich dafür interessierte, wer sie war und woher sie kam. Im Hintergrund lag immer ihre Angst, daß Sir Lawrence Erkundigungen über sie einziehen könnte, und wenn er hörte, daß der Marquis im Schloß wohnte, würde er sie zweifellos nach Hause holen.

Sie verließen zusammen den Speisesaal und gingen in die Halle.

»Danke für die Einladung zum Essen«, sagte Arabella leise.

»Wollen Sie heute mit mir zu Abend essen?« fragte der Marquis.

Sie zögerte.

»Sie können mich nicht zu einem einsamen Mahl verurteilen«, sagte er.

»Es ist unschicklich, als Gouvernante unten zu speisen«, sagte Arabella mit einem kleinen Lächeln.

»Es ist auch nicht schicklich, als Gouvernante so auszusehen wie Sie«, erwiderte der Marquis. »Außerdem dachte ich, wir könnten uns nach dem Essen ein paar Bücher in der Bibliothek ansehen. Ich habe jetzt den Verdacht, daß das lateinische Buch doch kein Versehen war.«

»Ich kann ein wenig lateinisch lesen«, gab Arabella zu.

»Sie haben so viele Fähigkeiten, es wäre gut, wenn Sie anfangen, mich zu unterrichten.«

»Ich glaube, daß Eure Lordschaft noch eine Menge lernen könnten.«

Sie lief die Treppe hinauf, aber als er ihren Namen rief, blieb sie stehen.

»Arabella!«

»Ja, Mylord?«

Er blickte zu ihr herauf, und sie sah etwas in seinen Augen, das sie unerklärlicherweise schüchtern machte. »Werden Sie mit mir essen?«

»Ist das eine Bitte Euer Lordschaft oder ein Befehl?« fragte sie.

»Beides«, erwiderte er. »In aller Bescheidenheit bitte ich Sie darum. Aber wenn Sie ablehnen, erteile ich Ihnen einen Befehl.«

»Gut, Mylord, dann werde ich mit Ihnen essen.«

Sie lief die Treppe vollends hinauf und sagte sich dabei, daß sie ihm nur deshalb versprochen hatte, das Abendessen mit ihm einzunehmen, weil es wichtig war, daß er nicht nach London fuhr und dort Vergnügungen suchte, sondern im Schloß blieb und sich nicht langweilte.

Aber gleichzeitig war sie bei dem Gedanken daran auch erregt. Sie hatte niemals vorher mit einem Mann allein gespeist, und sie fragte sich, was ihre Mutter wohl dazu sagen würde.

Sie konnte sich vorstellen, daß Lady Deane es mißbilligen würde. Aber ihre Mutter kannte ja die Umstände nicht, in denen sie sich befand.

Er muß im Schloß bleiben, dachte Arabella und überlegte, was für eine Ausrede sie das nächstemal vorbringen konnte, wenn er nach London fahren wollte.

Sie trat ins Kinderzimmer, wo Miß Matherson und zwei Dienstmädchen Beulahs Spielzeug auf dem Fußboden zu einem Haufen auftürmten und ihre Kleider aus dem Ankleideraum in ihr Schlafzimmer trugen.

»Sie ziehen nach unten, Miß Arabella«, erklärte Miß Matherson. »Das Kinderzimmer und die Schlafzimmer hier oben haben eine gründliche Frühjahrsreinigung nötig. Es ist für Sie und Lady Beulah das Beste, wenn Sie unten sind, während wir hier die Möbel hinausstellen.«

Arabella und Miß Matherson tauschten einen verständnisvollen Blick aus. Arabella war ihr für ihr Feingefühl dankbar. Sie hätte sich davor gefürchtet, allein in dem Teil des Schlosses mit Beulah zu schlafen, zu dem Gentleman Jack Zugang hatte.

»Danke«, sagte sie.

Die beiden Dienstmädchen trugen das Spielzeug hinaus, und als Arabella mit Miß Matherson allein war, sagte sie:

»Ich habe Sie im ersten Stock untergebracht, Miß Arabella. Nicht weit von Seiner Lordschaft. Wenn Sie sich ängstigen sollten, rufen Sie. Ich bin sicher, er wird Sie hören. Und auf jeden Fall sind seine Hunde in der Nähe. Sie bellen, wenn sich jemand dem Zimmer Seiner Lordschaft nähert.«

Arabella wußte, daß in Miß Mathersons vertrauensvoller Versicherung auch eine verborgene Angst um den Marquis lag.

»Ich habe dem Marquis heute früh erklärt, Lady Beulah habe sich verletzt«, sagte Arabella. »Wie können wir nach London eine Nachricht schicken, damit man uns Schutz herschickt?«

Miß Matherson machte ein ängstliches Gesicht.

»Wenn Gentleman Jack davon erfährt...«, begann sie.

»Das ist ja die Schwierigkeit. Er darf nichts davon erfahren, bis es für ihn zu spät ist«, sagte Arabella.

»Wir können keinen Burschen schicken«, flüsterte Miß Matherson. »Er hat sie alle in seiner Gewalt.«

Arabella ging zum Fenster und sah zum See hinunter. Einen Augenblick später kam der Marquis aus dem Schloß. Er bestieg einen tänzelnden Hengst, den der Bursche nur schwer bändigen konnte. Der Marquis beruhigte das temperamentvolle Pferd und ritt die Einfahrt hinauf. Er sah stattlich aus, und Arabella wünschte, sie könnte mit ihm reiten. Plötzlich hatte sie das Verlangen, auf einem Pferd zu sitzen, den Wind auf ihren Wangen zu spüren und über den weichen Torf zu galoppieren.

»Ich habe eine Idee«, sagte sie erregt und wandte sich an Miß Matherson. »Gibt es in der Garderobe der gnädigen Frau ein Reitkostüm?«

»Ja, natürlich«, sagte Miß Matherson.

»Könnten Sie es für mich richten? Es tut mir leid, daß ich so viel von Ihnen erbitte. Aber wenn ich Seine Lordschaft dazu bringen könnte, daß ich ausreiten darf, könnte ich vielleicht dem Netz der Straßenräuber entgehen und bis nach London durchkommen.«

»Sie dürfen kein Risiko eingehen«, sagte Miß Matherson.

»Wir alle riskieren unser Leben«, erwiderte Arabella. »Und ich bin überzeugt, Gentleman Jack würde keinen Augenblick zögern, jeden einzelnen von uns umzubringen, wenn es ihm möglich wäre. Aber der Marquis ist unser dringendstes Problem, denn aus einem Grund, den ich nicht kenne, will Gentleman Jack ihn töten.«

Miß Mathersons Hände zitterten.

»Ich werde das Reitkostüm für Sie ändern, Miß. Ich habe den Dienstmädchen schon befohlen, eine Anzahl Kleider zu kürzen, die Sie sicherlich brauchen werden.«

»Es tut mir leid, daß ich das Eigentum der gnädigen Frau benütze«, sagte Arabella. »Aber ich kann nicht nach Hause schreiben und um meine eigenen Kleider bitten.«

»Selbst wenn Sie es könnten, wäre es überflüssig«, erklärte Miß Matherson. »Ich habe viele Kleider gefunden, die Ihnen gut stehen werden, und ich weiß, daß es der gnädigen Frau recht wäre, wenn Sie sie tragen.«

»Darf ich sie mir später ansehen?« fragte Arabella. »Es mag vielleicht unschicklich sein, daß ich mich trotz der

Sorgen dafür interessiere, aber ich bin ganz aufgeregt bei dem Gedanken daran, so viele schöne Kleider tragen zu dürfen. Die Kinderkleider, aus denen ich längst herausgewachsen bin, wurden mir allmählich über.«

»Sie waren ein hübsches Kind«, sagte Miß Matherson lächelnd. »Aber jetzt sind Sie eine sehr schöne junge Dame.«

»Sie schmeicheln mir«, sagte Arabella lachend.

Sie ging in Beulahs Zimmer. Das Kind war wach und setzte gerade einem Kätzchen eine Haube auf, die einer ihrer Puppen gehörte.

»Sei vorsichtig«, mahnte Arabella, »du tust ihm sonst weh.«

Sie nahm das Kätzchen vom Bett, und als Beulah protestierte, sagte sie rasch:

»Beeil dich und steh auf. Heute nachmittag gibt es viele Abenteuer. Du verläßt dieses Zimmer und bekommst unten ein großes Bett in einem der Gästezimmer.«

»Gehen ... weg?« fragte Beulah.

»Wir ziehen einfach hinunter«, sagte Arabella. »Sie wollen dieses Zimmer saubermachen, und vielleicht ziehst du eines Tages wieder hier herauf. Inzwischen bekommst du ein neues Kinderzimmer und ein neues Schlafzimmer. Ist das nicht lustig?«

Beulah schmollte.

»Beulah ... hier bleiben ... hier ... ist ... Geheimnis«, sagte sie schließlich.

»Hier ist das Geheimnis?« fragte Arabella. Sie nahm das Kinderkleid vom Stuhl und zog es Beulah über den Kopf. »Vielleicht können wir das Geheimnis mitnehmen?«

»Beulah ... sagt ... niemand ... Geheimnis.«

»Nein, wenn es ein Geheimnis ist, darfst du nicht darüber sprechen«, sagte Arabella. »Aber wenn du es mit hinunternehmen willst, könntest du es vielleicht in den

Armen tragen, während ich die Augen schließe, damit ich es nicht sehe?«

Das Kind lief auf die andere Seite des Zimmers.

»Beulah... Geheimnis... hier«, sagte sie und deutete auf ein weißes Paneel in der Wand.

Das Kinderzimmer lag im ältesten Teil des Schlosses, wo die Wände sehr dick und fast völlig mit alten Holzpaneelen getäfelt waren, die auf die Zeit Heinrichs VIII. zurückgingen.

Um das Kinderzimmer und Beulahs Zimmer heller zu gestalten, war die Holztäfelung übermalt worden, aber dort, wo die Farbe abgesprungen war, konnte man sehen, daß die Täfelung ursprünglich aus Eichenholz bestand.

»In der Wand?« fragte Arabella. »Ein Geheimnis kann nicht in der Wand sein!«

»Geheimnis... hier!« beharrte Beulah.

Arabella hatte plötzlich eine Idee. Vielleicht lag hier die Geheimtreppe, die der Marquis als Kind benutzt hatte. Er hatte ihr versprochen, sie ihr zu zeigen. Es wäre amüsant, wenn sie sie schon vorher entdecken würde.

»Wo ist das Geheimnis?« fragte sie.

»Hier... hier!« Beulah deutete darauf.

Arabella bückte sich und betrachtete die Schnitzerei genauer. Wenn es eine Geheimtreppe gab, dachte sie, würde die Öffnung zu einer solchen hinter den geschnitzten Blüten verborgen sein. Sie betastete eines der Ornamente und dann ein anderes.

»Beulahs... Geheimnis... hier!« sagte das Kind und deutete darauf.

Arabella berührte eine Schnitzerei weiter oben. Plötzlich klickte es, und wie sie erwartet hatte, schwenkte ein Teil der Holztäfelung nach innen.

»Beulah... Geheimnis...«, rief das Kind und sprang

vor Freude auf und ab und klatschte in die Hände. »Schön... schön. Beulah... sagen... niemand.«

Arabella hielt den Atem an. Die Tür führte nicht unmittelbar auf eine schmale Treppe, wie sie erwartet hatte, sondern zuerst auf einen kleinen Treppenabsatz, auf dem eine fantastische Menge Schmuck lag: Diamanten, Rubine, Smaragde, Perlen, und unzählige Beutel aus Samt, Leder und Satin.

Auch Leinwandsäcke lagen da, aus denen goldene Sovereigns heraussahen und im Licht schimmerten, das vom Fenster herüberfiel.

Kein Wunder, daß Miß Harrison sich geängstigt hatte. Hier lag die Beute von Hunderten von Raubüberfällen, Diebstählen und vielleicht Morden.

Wahrscheinlich wird Beulah Miß Harrison gesagt haben, daß sie Gentleman Jack gesehen hatte, als er seine Beute versteckte, dachte Arabella. Die Gouvernante wußte, daß Beulah in Lebensgefahr war, wenn dies herauskam. Gentleman Jack hatte sicherlich kein Gespräch mit Beulah geführt. Es wäre jedoch für sie tödlich, wenn er erführe, daß sie von seinem Versteck wußte.

Arabella wagte es nicht, länger hinzusehen. Sie schloß rasch das Paneel. »Hör zu, Beulah«, sagte sie, »das ist ein wunderbares Geheimnis. Aber es ist ein Geheimnis, und wir dürfen mit niemandem darüber sprechen. Mit niemandem! Du darfst es keinem sagen.«

»Beulah... sagt... keinem«, wiederholte Beulah. »Beulah... hat... versprochen.«

»Hier ist dein Geheimnis sicher«, sagte Arabella und wußte, daß das Kind den Schatz nicht zurücklassen wollte. »In ein oder zwei Tagen kommen wir wieder, du und ich, und tragen das ganze Geheimnis hinunter.«

Es war die einzige Möglichkeit zu erreichen, daß das Kind nicht über das sprach, was es zurückließ.

»Komme... wieder«, sagte Beulah glücklich.

»Ja, natürlich«, stimmte Arabella zu. »Aber du sagst niemandem etwas davon, verstehst du? Es ist ein Geheimnis, Beulah!«

Das Kind nickte, und Arabella nahm eine von Beulahs Lieblingspuppen.

»Wir lassen Caroline hier, damit sie das Geheimnis bewacht. Ist das eine gute Idee?«

»Caroline... bewacht... Geheimnis«, wiederholte Beulah.

»So ist es«, stimmte Arabella zu. »Und jetzt gehen wir nach unten.«

Sie nahm Beulah an der Hand und führte sie durch das Kinderzimmer.

Rose, die den Korridor entlangkam, nahm Beulah in die Arme.

»Komm, sieh dir dein neues Zimmer an«, sagte sie. »Du wirst wie eine Prinzessin wohnen, mit einem großen, großen Himmelbett ganz für dich allein.«

»Beulah... Prinzessin«, wiederholte Beulah glücklich.

Einen Augenblick kam es Arabella vor, als schwanke alles um sie herum. Nahmen die Überraschungen und Schocks niemals ein Ende?

Es war sehr geschickt von Gentleman Jack gewesen, die Geheimtreppe als Versteck für sein Vermögen zu benützen, das von Nacht zu Nacht größer wurde.

Sie hatte sich oft gefragt, was mit der Beute der Straßenräuber geschah. Nachdem ihre Mutter beraubt worden war, hatte Sir Lawrence Spekulationen über die Juweliere angestellt, die leichtsinnig genug waren, die Diebesbeute von den Straßenräubern aufzukaufen, denn viele von diesen Schmuckstücken waren in der Branche bekannt. Hier war die Antwort darauf. Die auffallenden Juwelen behielt Gentleman Jack zurück, bis er sie dringend benötigte oder es klug fand, das Land zu verlassen. Sie hatte oft gehört, daß es Verbindungen zwischen den Straßenräubern und den Schmugglern gab. Während die Schmuggler Cognac, Tee und andere hoch besteuerte Güter aus Frankreich nach England brachten, transportierten sie goldene Sovereigns und Juwelen über den Kanal, die auf dem Kontinent frei gehandelt werden konnten.

Vielleicht sollte ich nach den Rubinen meiner Mutter sehen, dachte Arabella. Doch dann schauderte sie bei dem Gedanken daran, daß sie die Beute des Straßenräubers berühren mußte, die durch Drohungen erpreßt worden war und oft Leuten gehörte, die sich den Verlust ihres kostbaren Besitzes nicht leisten konnten.

Eines enthüllte Beulahs Geheimnis: Gentleman Jack würde in das Schloß kommen, sobald er Geld brauchte. Er hatte selbst gesagt, daß Schloß sei sein Heiligtum, das er nicht verlieren wollte.

Das Zimmer, daß Miß Matherson als neues Kinderzimmer ausgewählt hatte, war schön, und nachdem Arabella die Schlafzimmer besichtigt hatte, ging sie mit Beulah in den Garten.

Sie besuchten den Goldfischteich und den Kräutergarten, aber diesmal war vom Marquis nichts zu sehen. Der Kräutergarten aber war jetzt gepflegt. Drei Gärtner waren am Werk, jäteten Unkraut und pflanzten Blumen an Stellen, wo die alten Kräuter abgestorben waren.

»Es sind einjährige Pflanzen«, erklärte ein Gärtner Arabella. »Nächstes Jahr pflanzen wir Sträucher und Kräuter, die die gnädige Frau immer gewünscht hat.«

»Es wird sehr schön aussehen«, sagte Arabella. »Und sie sind auch nützlich. Mit Kräutern kann man viele Krankheiten heilen. Meine Mutter hat immer Kräuter benützt, wenn einer von uns krank war.«

»Ja, sie sind gut gegen Koliken und rauhen Hals«, sagte

der Alte. »Sie werden nächstes Jahr jedes Kraut finden, das eine Dame sich in ihrer Vorratskammer nur wünschen kann.«

Ich weiß nicht, ob ich dann noch hier bin, dachte Arabella mit wehmütigem Herzen.

Plötzlich wurde ihr bewußt, daß sie in einer sehr kurzen Zeit das Schloß lieben gelernt hatte. Trotz der Intrigen, des Geheimnisses, der Gewalt, die seine dicken Mauern umschlossen, hatte es etwas an sich, das ihr ein Gefühl des Schutzes vermittelte wie kein anderes Haus zuvor.

Sie bewunderte nicht nur seine Großartigkeit, sondern konnte auch verstehen, weshalb diejenigen, die früher hier gelebt hatten, nie wieder anderswo wohnen wollten. Ein Gefühl der Zugehörigkeit überkam einen. Es war fast so, als würde man im Schloß ein Teil seiner Geschichte.

»Die Kraft unseres Schlosses wird der Belagerung höhnisch trotzen«, zitierte Arabella laut und schwieg sofort, als ihr einfiel, daß im Falle des Meridale Schlosses der Feind innerhalb seiner Mauern war.

Beulah war müde, und Arabella trug sie zum Schloß zurück. Sie spielte mit ihr im Kinderzimmer, bis es für Beulah Zeit war, zu Bett zu gehen.

Als Rose kam, um das Kind zu baden, ging Arabella zu Miß Matherson.

»Kommen Sie herein, Miß Arabella«, sagte sie, als Arabella die Tür ihres Zimmers öffnete.

Sie saß an einem Tisch beim Fenster und nähte den Saum eines Gewandes. Sie schnitt den Faden ab und hielt Arabella das Kleid hin.

»Ist das für mich?« fragte Arabella.

»Ja, Sie sollen es heute abend tragen«, antwortete Miß Matherson.

Es war ein Gewand aus weichem hellgrünem Seidentaft. Das Mieder war mit kleinen Diamanttropfen bestickt. Die hohe Taille wurde von Bändern in der gleichen Farbe gehalten.

»Es ist herrlich!« rief Arabella.

»Der Stoff wurde während des Krieges aus Frankreich nach England geschmuggelt«, sagte Miß Matherson. »Niemand darf natürlich etwas so Unpatriotisches zugeben, aber er wurde in einem Geschäft in der Bond Street angeboten, und die gnädige Frau konnte nicht widerstehen.«

»›Es war sehr verwerflich von mir, ihn zu kaufen, Matty‹, sagte sie zu mir. ›Aber wenn ich ihn nicht genommen hätte, hätte es jemand anderes getan, und ich möchte Seiner Lordschaft zuliebe schön aussehen. Er hat im Augenblick genug Sorgen, auch ohne daß er durch seine verschwenderische Frau belastet wird.‹«

»Ich bin sicher, das war sie nie gewesen«, sagte Arabella.

»Nein, wirklich nicht«, erwiderte Miß Matherson. »Die gnädige Frau war wie der Sonnenschein, heiter, schön, makellos. Der verstorbene Marquis vergötterte sie wie wir alle.«

Miß Matherson sprach mit solcher Wärme über sie, daß Arabella gerührt war.

»Sind Sie sicher, daß sie nichts dagegen hätte, wenn sie wüßte, daß ich ihre Kleider trage?« fragte Arabella leise. »Sie haben sie so sorgfältig aufbewahrt. Es ist ein Sakrileg, wenn ich die Kleider trage.«

»Sie sind schön und ihrer würdig«, sagte Miß Matherson einfach.

Arabella beugte sich vor und küßte die alte Frau auf die Wange.

»Sie sind so freundlich zu mir«, sagte sie.

»Ich muß weinen, wenn Sie so sprechen, Miß«, sagte

Miß Matherson. »Sie sind es, die freundlich zu uns ist. Sie haben das Schloß verwandelt, seit Sie herkamen, und Sie haben mir Mut gegeben, und Beulah macht ungeahnte Fortschritte. Sie spricht jetzt ganz vernünftig. Und Seine Lordschaft hat uns mindestens für den Augenblick von diesen schrecklichen Schurken befreit.«

»Warum haben Sie nicht gleich etwas unternommen, als Gentleman Jack hierherkam?« fragte Arabella.

Miß Mathersons Miene veränderte sich zu Arabellas Überraschung vollständig. Es war plötzlich so, als verschlösse sie sich.

»Wir wollen nicht mehr darüber sprechen, Miß. Kommen Sie und sehen Sie sich die Kleider an, die ich für Sie ausgesucht habe.«

Sie ging voraus ins große Schlafzimmer.

»Ich habe die jugendlichsten Kleider ausgewählt«, sagte Miß Matherson. »Die gnädige Frau war neununddreißig Jahre alt, als sie... als sie starb.«

»So jung«, rief Arabella.

»Ja. Sie hat geheiratet, als sie noch nicht achtzehn Jahre alt war.«

»So alt wie ich«, sagte Arabella lächelnd.

»Seine Lordschaft kam im Jahr darauf zur Welt.«

»Dann gibt es eine große Lücke zwischen Seiner Lordschaft und Lady Beulah«, sagte Arabella.

»Ja«, bestätigte Miß Matherson. »Wenn Sie jetzt bitte die Gewänder ansehen und mir sagen wollen, welche Ihnen nicht gefallen.«

»Sie gefallen mir alle«, sagte Arabella.

Ein Gewand war schöner als das andere. Sie waren aus Crêpe, aus Seidentaft und Musselin, und sie waren wie die Blüten an den Sträuchern im Garten. Die Mode hatte sich nur wenig geändert, seitdem ihre Besitzerin sie erworben hatte, und was Arabella anbetraf, mußte lediglich die Taille etwas schmäler gemacht und die Rocksäume um mehrere Zoll gekürzt werden.

Das Reitkostüm entlockte Arabella einen Entzückensschrei. Es war aus tiefblauem Samt, an der Vorderseite mit Borten besetzt, ein Gewand, von dem jede Frau nur träumen konnte.

»Ich werde den Marquis fragen, ob ich morgen mit ihm ausreiten darf«, sagte Arabella. »Oh, Miß Matherson, wie kann ich Ihnen nur für all das danken?«

»Nennen Sie mich Matty«, sagte die alte Zofe.

»Es wird mir eine Ehre sein«, erwiderte Arabella. »Jetzt muß ich wieder zu Beulah gehen.«

»Ich lege das Kleid in Ihr Zimmer, und später komme ich und richte Ihnen das Haar. Sie sollen beim Abendessen mit Seiner Lordschaft schön aussehen.«

»Sie wollen, daß er sich meiner nicht schämt«, sagte Arabella lächelnd.

Als sie zum Abendessen hinunterging, sah sie an der Miene des Marquis, daß niemand sich ihrer schämen mußte. Sie war ein wenig verlegen, denn das blaue Kleid zeichnete ihre Figur ab. Es ließ sie zierlich erscheinen, betonte aber jede Linie ihres Körpers.

Nun, da sie von ihrem Stiefvater befreit war, ließ die Spannung nach, und ihre Magerkeit war nicht mehr so auffällig. Und da sie sich wohl fühlte, ging sie aufrecht und erschien größer.

Ihr Gesicht war noch mager, das kleine Kinn spitz, und ihre Augen waren groß in ihrem weißen Gesicht. Es war in der Tat ihre Haut, die dem Marquis am meisten auffiel. Sie ist so zart wie die Blütenblätter einer Magnolie, dachte er, und sie ist atemberaubend schön in dem blauen Kleid mit dem rotgoldenen Haar.

Arabella machte wortlos einen Knicks. Er verbeugte sich und nahm ihre Hand. Sie zuckte zusammen, als seine

Lippen ihre Haut berührten. Dann sagte Turner, das Essen stünde bereit, und er bot ihr seinen Arm.

Das Abendessen verlief nicht so ungezwungen wie das Mittagessen. Plötzlich entstanden Gesprächspausen, wenn der Marquis Arabellas Blick mit dem seinen festhielt. Es waren keine Worte notwendig, weil sie einander auch schweigend verstanden. Als sie sich schließlich allein in die Bibliothek zurückzogen, war Arabella plötzlich unbehaglich zumute.

»Es ist besser, wenn ich jetzt zu Beulah hinaufgehe«, sagte sie.

»Haben Sie ein Mädchen bei ihr gelassen?« erkundigte sich der Marquis.

»Ja, Rose ist im Kinderzimmer, und Beulahs Zimmertür steht immer ein wenig offen«, sagte Arabella.

»Dann können wir annehmen, daß Sie benachrichtigt würden, falls Sie oben dringend gebraucht würden.«

Arabella ging unruhig durch das Zimmer zu einem der Bücherregale.

»Ist es Ihnen so unbehaglich in meiner Nähe, Arabella?« fragte der Marquis.

Sie kehrte ihm den Rücken zu und antwortete nicht.

Nach einem Augenblick sagte er:

»Bekomme ich keine Antwort?«

Sie drehte sich halb um, so daß er ihr Gesicht sah, als sie zögernd sagte: »Ich glaube ... mir ist unbehaglich, weil ich allein ... mit Eurer Lordschaft bin.«

»Hatten Sie früher noch nie allein mit einem Mann gegessen?« fragte der Marquis.

Arabella schüttelte den Kopf.

»Dann ist es eine Ehre für mich, daß ich der erste bin«, sagte der Marquis. »Es ist seltsam, einem so schönen und unschuldigen Menschen gegenüberzustehen. Ich hatte nicht gedacht, daß es solch eine Frau noch gibt.«

»In London nicht«, fauchte Arabella.

»Warum hassen Sie die Stadt?« fragte der Marquis amüsiert. »Könnte es sein, daß Sie eifersüchtig darauf sind? Ich versichere Ihnen, Arabella, das brauchen Sie nicht zu sein. Unter den Schönen bei Almack ist keine, die Ihnen das Wasser reichen kann.«

»Sie verspotten mich, Mylord«, antwortete Arabella.

»Guter Gott, glauben Sie mir nicht?« fragte der Marquis. »Haben Sie noch nie in den Spiegel gesehen? Sie sind schön, Arabella. Wunderschön. Wenn Sie in das Carlton House kämen, würde der Prinzregent Sie anschwärmen. Es ist ein Verbrechen gegen die Natur, daß Sie hierbleiben, gewürdigt höchstens durch einen Blick von den Bauernburschen und von mir.«

Arabella antwortete nicht. Sie drehte sich wieder zu den Büchern um.

»Kommen Sie zu mir, Arabella«, bat er. »Ich bin es müde, gegen Ihren Hinterkopf zu sprechen. Kommen Sie!«

Arabella zögerte, aber dann ging sie langsam auf ihn zu. Das Kerzenlicht schimmerte auf ihrem Haar, und ihr eng anliegendes Kleid enthüllte ihre ganze Anmut.

Sie blieb vor ihm stehen und sah ihn ängstlich an.

Und plötzlich war er es, der sich umdrehte und ihr den Rücken zukehrte. Er legte die Hände auf den Kaminsims.

»Sie müssen fort, Arabella.«

»Fort«, wiederholte sie erschrocken.

»Ja, Sie müssen nach Hause zurückkehren oder dorthin, woher Sie kamen. Sie können nicht länger hierbleiben.«

»Warum schicken Sie mich fort?« fragte Arabella. »Was habe ich getan? Ich kann nicht nach Hause.«

»Sie müssen«, sagte der Marquis und sah sie immer noch nicht an. »Ich lasse morgen früh eine Kutsche für Sie bereitstellen.«

»Aber warum?« fragte Arabella. »Habe ich Sie verletzt? Was habe ich falsch gemacht?«

Der Marquis antwortete nicht.

Nach einem Augenblick sagte Arabella:

»Ich kann nicht nach Hause. Ich kann nicht!«

»Aber Sie müssen«, sagte der Marquis.

»Warum? Bitte erklären Sie es mir. Warum?«

Ihre Stimme klang flehentlich, und jetzt endlich drehte sich der Marquis um.

»Können Sie es nicht verstehen, Arabella?« fragte er. »Ich kann Sie nicht hier behalten, ohne Sie zu lieben. Aber Sie sind noch so jung und unschuldig. Ich spiele unbedenklich mit einer Frau, die raffiniert ist und weiß, was sie tut. Aber ich werde Sie niemals verführen! Ich begehre Sie, aber ich weiß auch, daß Sie nicht für mich bestimmt sind.«

Arabella sah ihn an. Ihre Augen waren sehr groß. Und dann, als sie das Feuer in seinen Augen sah, wußte sie, weshalb diese merkwürdige Schüchternheit sie befallen hatte und ihr Herz wie wild schlug.

Ihre Blicke trafen sich.

»Sehen Sie mich nicht so an«, bat der Marquis mit einer vor Leidenschaft heiseren Stimme. »Sie wissen nicht, wie schön Sie sind und was Sie mir bedeuten. Ich möchte Sie berühren, Arabella. Ich möchte Sie küssen. Aber dann werden Sie mich hassen. Vielleicht wäre dies das beste, denn dann wären Sie bereit zu gehen.«

Er trat einen Schritt näher und berührte sie, und merkwürdigerweise fürchtete sie sich nicht.

»Arabella!« sagte er mit belegter Stimme. Und plötzlich, als wäre eine Kette unter ihrer Anspannung gebrochen, nahm er sie in die Arme.

Sein Mund fand den ihren, und er zog sie fest an sich. Seine Lippen erweckten etwas Lebendiges und Unbezähmbares in ihr, es war wie eine Flamme, die tief in ihrem Innern züngelte, so daß sie sich nicht bewegen oder ihm widerstehen konnte. Ja, sie hatte nicht einmal den Wunsch, dies zu tun. Wir sind eins! Eins! dachte sie.

Sie spürte, wie sein Kuß noch leidenschaftlicher wurde, und konnte sich immer noch nicht bewegen.

Plötzlich ließ er sie los, so daß sie beinahe gefallen wäre. Sie hielt sich an einer Stuhllehne fest.

»Jetzt wissen Sie es«, sagte er. »Gehen Sie! Gehen Sie, solange ich Sie noch gehen lassen kann.«

Arabella legte langsam die Finger an ihren Mund. Sie spürte eine seltsame Erregung, die immer noch in ihr aufstieg, fast so, als durchliefe ein Feuer ihren ganzen Körper.

Der Marquis ging an das andere Ende der Bibliothek.

»Gehen Sie, Arabella«, bat er. »Worauf warten Sie?«

Sie bewegte sich nicht. Ja, sie war unfähig, es zu tun. Er kam zurück, und sie sah in seinem Gesicht einen Ausdruck, der sie zittern ließ.

»Ich liebe Sie, Arabella. Ich liebe Sie! Es kommt mir nicht darauf an, wer Sie sind oder was Sie sind. Ich habe mich im ersten Moment, in dem ich Sie auf dem Fels auf der anderen Seite des Sees stehen sah, in Sie verliebt. Sie waren so unwahrscheinlich schön! Das schönste Wesen, das ich je in meinem Leben gesehen habe. Und als Sie in das Wasser tauchten, war es so, als ob eine Nymphe aus einer anderen Welt durch die Luft flog und in das silberne Wasser sprang.«

Er holte tief Luft.

»Da wußte ich, daß ich etwas gesehen hatte, was nur wenigen Männern zu sehen vergönnt ist... die vollkommene Schönheit. Und als ich erfuhr, daß Sie noch ein Kind waren, war ich verwirrt. Ich konnte nicht glauben, daß ich falsch gesehen hatte, und doch überzeugten Sie mich. Aber ich konnte an nichts anderes mehr denken als an diesen Augenblick der Schönheit.«

Der Marquis legte seine Hände vor die Augen, als wolle er alles andere aus seiner Erinnerung auslöschen. Leise fuhr er fort:

»Dann traf ich Sie im Garten, und danach dachte ich an nichts anderes mehr als an das kleine Mädchen im oberen Stock. Ich sagte mir, daß Sie mich belustigt haben und daß Sie anders waren als andere Kinder. Ich wurde unwiderstehlich zu Ihnen hingezogen.«

Er hielt inne und fuhr dann mit tiefer Stimme fort:

»Als Sie heute zum Mittagessen in den Salon kamen, war mir klar, daß ich mein ganzes Leben lang auf Sie gewartet habe.«

Der Marquis schwieg, und jetzt streckte Arabella ihm ihre Hände hin. Sie zitterten, aber sie hielt sie ihm lächelnd hin.

»Weshalb sind Sie erregt?« fragte sie.

»Oh, Arabella, hat es je jemanden gegeben wie Sie?«

Er nahm sie in die Arme und küßte sie. Er küßte ihren Mund, ihre Augen, ihre Wangen, ihre Stirn, den Puls, der an ihrem weißen Hals pochte, und ihre Schultern.

»Ich liebe dich, ich liebe dich«, wiederholte er. »Mein Liebling, meine kleine Geliebte, von der ich glaubte, daß ich sie niemals finden würde.«

Er preßte sie fest an sich und sagte mit einer Stimme, die heiser vor Schmerz war:

»Arabella, ich muß dich wegschicken, denn ich kann dich niemals heiraten.«

Zehntes Kapitel

Arabella saß an ihrem Schreibsekretär in ihrem Zimmer und entwarf einen Brief. Sie warf ein halbes Dutzend angefangene Blätter weg, ehe sie schließlich mit ihren Zeilen zufrieden war.

Dann adressierte sie das Schreiben an das Innenministerium in Westminster, schüttete Sand darüber und versiegelte es. Sie stand auf, zerriß die Blätter, die sie weggeworfen hatte, in winzige Stückchen, ehe sie alle unter das Holz in dem nicht angezündeten Kamin schob.

Was immer auch geschah, niemand im Schloß durfte wissen, wem sie geschrieben hatte.

Sie war noch lange wach gelegen, nachdem sie den Marquis verlassen hatte, und sie war zu dem Schluß gekommen, daß der geeignete Mann, an den sie sich wegen der Straßenräuber und der Notwendigkeit militärischen Schutzes wenden konnte, im Innenministerium war.

Es bestand die Möglichkeit, daß jemand das Schloß besuchte, durch den sie den Brief heimlich nach London befördern lassen konnte. Miß Matherson hatte gesagt, daß manchmal Dienstboten im Meridale House gebraucht wurden. Das würde bedeuten, daß der Gepäckwagen aus London kam, um ihre Sachen abzuholen.

Arabella hatte noch keine genauen Pläne, aber sie wußte, daß es klug war, wenn sie den Brief für alle Fälle bereithielt, damit sie ihn nicht hastig und unüberlegt schreiben mußte.

Sie verstaute den Brief in ihrem Handtäschchen, das Miß Matherson ihr als Accessoires zu einem Tageskleid gegeben hatte. Es war aus grünem Samt und mit einem Seidenband in der gleichen Farbe verziert.

Arabella betete darum, daß es nicht lange dauern würde, bis er sich auf dem Weg nach London befand. Sie trat an das Fenster und sah in die anbrechende Morgendämmerung hinaus. Es war noch sehr früh. Sie nahm den Schal ab, den sie sich über die Schultern gelegt hatte, und ging wieder zu Bett. Sie ließ das Fenster offenstehen. Die frische Morgenluft berührte ihre Wangen und schmeichelte der Haut, die ihr am Abend zuvor unter der Leidenschaft des Marquis gebrannt hatte.

Sie schloß die Augen und hörte ihn sagen:

»Ich kann Sie nicht heiraten.«

Einen kurzen Augenblick war es ihr so vorgekommen, als hätte er sie geschlagen. Mit einer Stimme, die sie kaum als die ihre wiedererkannte, fragte sie:

»Bin ich nicht hochgeboren genug, Mylord?«

Er sah sie an.

»Wie können Sie so etwas denken! Ich weiß nicht, wer Sie sind und wo Ihre Eltern leben, aber ich weiß, wenn Sie mir Ihre Hand reichen würden, wäre ich zutiefst geehrt. Ja, ich wäre Ihrer nicht würdig.«

»Dann verstehe ich es nicht«, sagte Arabella.

»Meine liebste, kleine Liebe, ich habe Sie verletzt«, sagte er. »Ich sagte einmal, daß dies so wäre, als ob man einem Schmetterling die Flügel ausreißt. Sie sind so zart, so zerbrechlich und von so vollkommener Schönheit.«

Seine Stimme hatte alle Rauhheit verloren und war tief und zärtlich.

»Sie bringen mich wieder in Versuchung, Arabella. Es fällt mir schwer, an irgend etwas anderes als an Sie zu denken, wenn ich in Ihre Augen blicke. Wie gern würde ich Sie küssen. Können Sie nicht verstehen, daß Sie mich foltern? Wenn Sie nicht gehen wollen, muß ich fort.«

»Nein, nein!« sagte Arabella rasch und dachte an die Gefahr, in der er sich befand, wenn er den Schutz des Schlosses verließe.

»Das dürfen Sie nicht tun! Nicht meinetwegen. Wenn Sie es mir nur erklären würden, damit ich es verstehen kann.«

»Warum ich Sie nicht heiraten kann?« fragte der Marquis. »Ist das nicht offensichtlich?«

»Nein«, erwiderte Arabella und sah ihn verwirrt und fragend an.

»Nicht, wenn Sie Beulah ansehen?« fragte er.

»Ach so, Beulah!« sagte Arabella.

»Ja«, erwiderte er. »Glauben Sie, ich möchte der Vater eines Kindes sein, das so ist wie sie? Angenommen, es wäre mein Sohn, der Erbe meines Titels und meiner Besitztümer...«

»Es ist sehr unwahrscheinlich...«, begann Arabella.

»Warum sagen Sie das? Es liegt im Blut der Belmonts, auf das ich so stolz war. Ich habe meine Familiengeschichte studiert. Der erste aus unserem Geschlecht, der Bedeutung erlangte, war Schatzmeister unter Heinrich VIII. Der General, der die Armeen von Charles II. kommandierte, war mein Vorfahr. Mein Ururgroßvater hat zusammen mit Marlborough gekämpft. Es waren alles großartige Männer, auf die jede Familie stolz sein kann.«

»Beulah ist eine Ausnahme.«

»Wirklich?« fragte der Marquis. »Wie sollen wir wissen, welche Geheimnisse vor den Historikern verborgen geblieben sind. Wie soll ich wissen, ob nicht eine lange Linie von Mißgeburten von Vater zu Sohn weitervererbt wurde?«

In seiner Stimme lag ein solcher Schmerz, daß Arabella ihre Hand auf seinen Arm legte.

»Sie dürfen sich nicht so quälen. Ich kann nicht glauben, daß dies die Wahrheit ist.«

»Sie können aber auch nicht beweisen, daß es eine Lüge ist«, sagte der Marquis.

Er wandte sich ab.

»Verstehen Sie jetzt, warum ich nicht nach Hause kommen wollte?« fragte er.

»Weil Sie Angst hatten, Beulah anzusehen«, sagte Arabella.

»Ja, ich hatte Angst. Ich, der ich für meine Tapferkeit in der Schlacht ausgezeichnet wurde, der den Soldaten Napoleons ohne Furcht entgegentrat, war ein elender Feigling, Arabella, als es darum ging, diesem armen Wesen da oben gegenüberzutreten.«

»Hatten Sie sie vorher schon einmal gesehen?«

»Ich bin Ihnen die ganze Geschichte schuldig«, sagte der Marquis. »Ich wollte niemals darüber sprechen. Aber Sie müssen verstehen, warum unsere Liebe nichts anderes als ein Traum sein kann... den Sie rasch vergessen müssen.«

»Das werde ich niemals können«, sagte Arabella.

»Ich liebe Sie für diese Worte, aber hören Sie meine Geschichte. Dann werden Sie mich vielleicht verachten, so, wie ich mich selbst verachte.«

»Setzen wir uns«, sagte Arabella und zog ihn zum Sofa, das neben dem Kamin stand. Seine Miene war plötzlich verstört.

»Ich war in Oxford«, begann er, »als ich erfuhr, daß mein Vater sich bei einem Unfall schwer verletzt hatte. Als ich nach Hause kam, traf ich ihn schwerkrank an. Ich bot an, hierzubleiben, aber meine Mutter lehnte es ab, weil sie es für besser hielt, daß ich meine Studien fortsetzte. Ich war damals zwanzig Jahre alt und stand kurz vor dem Abschluß.

Ich kehrte zum nächsten Semester nach Oxford zurück. In den Ferien kam ich wieder nach Hause und stellte fest, daß der Gesundheitszustand meines Vaters sich noch verschlechtert hatte und meine Mutter unter der Anspannung litt. Sie war mit ihren Nerven am Ende. Sie weinte oft. Natürlich schob ich dies ihrer Sorge um meinen Vater zu.«

Der Marquis hielt inne und fuhr dann unter großer Anstrengung fort: »Die Ärzte hatten nicht mehr viel Hoffnung, daß sich sein Zustand bessern würde. Trotzdem war es ein schrecklicher Schock, als ich die Nachricht von seinem Tod erhielt.«

Er hörte auf zu sprechen. Dann sagte er mit heiserer Stimme:

»Schon wenige Stunden nach meiner Heimkehr ahnte ich, daß meine Mutter in anderen Umständen war. Ich fragte sie nicht danach, sondern sprach statt dessen mit Matty, die es mir bestätigte. Ich war verwundert darüber, daß meine Mutter es mir nicht selbst sagte.«

In seiner Stimme lag ein solcher Schmerz, daß Arabella wieder seinen Arm berührte.

»Vielleicht bilde ich es mir ein«, fuhr er fort, »aber es schien zum erstenmal eine Barriere zwischen uns zu existieren. Wir waren uns immer so nahe gewesen. Vielleicht ist eine Verbindung zwischen Mutter und Sohn immer anders als zwischen den anderen Familienmitgliedern. Jedenfalls fühlte ich mich verletzt und ausgestoßen.

Die Beerdigung fand am nächsten Tag statt. Meine Mutter brach am Grab zusammen. Wir trugen sie ins Schloß zurück, und in dieser Nacht wurde Beulah geboren. Sie war eine Frühgeburt, wie man mir sagte.«

Der Marquis schlug die Hände vor das Gesicht. Arabellas ganzes Wesen strömte ihm zu, aber sie fand keine Worte des Trostes.

»Sie müssen alles wissen«, sagte der Marquis nach einer Weile. »Als ich noch ein kleiner Junge von fünf oder sechs Jahren war, zeigte mir ein Schafhirt auf unserem Besitztum ein Lamm, das mit zwei Köpfen auf die Welt gekommen war. Er dachte, es würde mich amüsieren. Aber es wurde einem übel, wenn man es ansah, selbst Erwachsenen. Für mich war es entsetzlich.

Ich erinnere mich daran, daß mir sehr schlecht wurde. Ich lief ins Schloß und versteckte mich in meinem Zimmer. Ich wollte niemandem sagen, was mich aufgeregt hatte, nicht einmal meiner Mutter. Noch Monate danach litt ich unter Alpträumen, in denen ich abstoßende, groteske Wesen sah, und ich konnte nicht entrinnen.«

»Sie armer, kleiner Junge«, murmelte Arabella.

»Vielleicht hat meine Abscheu gegen Mißbildungen dazu geführt, daß sie mir immer wieder begegneten. Ich habe viele Männer gesehen, die von Kanonenkugeln zerfetzt wurden, und empfand mit ihnen ein tiefes Mitleid. Aber wenn ich in einen Zirkus oder zu den Rennen gehe, wo ich ein Teil der Menge bin, taucht stets ein Verkrüppelter oder geistig Gestörter auf, der mich an mein Erbgut erinnert – an Beulah, meine nächste Verwandte.«

»Sie dürfen so nicht denken«, sagte Arabella. »Das arme kleine Wesen ist harmlos und bemitleidenswert.«

»Ich habe die Geschichte dieser Unglücklichen studiert«, erwiderte der Marquis. »Sie können jahrelang harmlos sein, und plötzlich werden sie eine Gefahr für ihre Umgebung. Sie können auch vollkommen irr werden, so daß man sie in Verwahrung geben muß. Die einzige Hoffnung ist die, daß sie gewöhnlich nicht sehr alt werden.«

Arabella stieß einen Entsetzensschrei aus.

»Glauben Sie mir, ich habe mir große Mühe gegeben, um für Beulah alles Menschenmögliche zu tun«, fuhr er fort. »Ich kam nicht nach Hause, weil ich es nicht ertragen konnte, sie anzusehen. Aber ich habe Anweisungen gegeben, daß man gut für sie sorgt. Vor zwei Jahren, als ich von Frankreich zurückkam, sprach ich mit vielen Ärzten. Sie sagten alle, man könnte nichts für sie tun.«

»Aber Sie dürfen sich davon nicht Ihr Leben zerstören lassen!« sagte Arabella flehentlich.

»Mein Leben zerstören«, wiederholte der Marquis. »Glauben Sie, daß ich mich selbst für normal halte, wenn in meinem Blut dieser Makel ist? Wenn Sie meinen Vater hätten sehen können – er war so stattlich, gesund und männlich. Ich bewunderte ihn mehr als jeden anderen Mann, und doch hat er dieses gehirnlose kleine Wesen mit seinem verkrüppelten, grotesken Körper gezeugt.«

»Wie kann Gott so etwas zulassen?« fragte Arabella.

»Gott? Ich frage mich, ob er sich darum kümmert. Ich habe gebetet, Arabella, ja, ich habe auf Knien darum gefleht, daß irgendein Mißverständnis vorliegen möge, daß das, was mir die Hebamme an jenem Tag zeigte, nachdem Beulah geboren worden war, nur ein Irrbild meiner Fantasie wäre. Ich betete darum, ich möge das Opfer einer Halluzination sein. Aber Beulah war kein Geschöpf meiner Fantasie, sondern ein menschliches Wesen.«

Arabella umfaßte die Hand des Marquis.

»Könnten wir ihre Angst nicht gemeinsam bekämpfen?«

Der Marquis hob ihre Hand an seine Lippen.

»Ich liebe Sie«, sagte er. »Ich liebe Sie. Sie sind so sanft, so verständnisvoll. Aber niemand kann mir helfen, Arabella. Das wußte ich schon an dem Tag, an dem Beulah geboren wurde und ich aus dem Schloß floh.«

Und nun sah Arabella einen Schmerz in seinen Augen, der sie fast zum Weinen brachte.

»Ich konnte in diesem Augenblick nicht mit ihr sprechen«, sagte der Marquis. »Als ich später hörte, daß sie gestorben war, wußte ich, daß ich mir das niemals vergeben werde.«

»Sie hat es gewiß verstanden«, versuchte Arabella ihn zu trösten.

»Sie konnte mich in jener Nacht nur für einen gefühllosen Unmenschen halten«, sagte der Marquis. »Ich war ihr Sohn, und statt ihr zu helfen, dachte ich in diesem Augenblick selbstsüchtig nur an mich.«

»Es war verständlich«, sagte Arabella beruhigend.

»Nein, es war verwerflich von mir. Ich kehrte nicht nach Oxford zurück, sondern reiste nach London und schloß mich meinem Regiment an. Mein Vater hatte für mich Vorbereitungen getroffen, daß ich einen Posten übernehmen konnte, sobald ich meine Studien abgeschlossen hatte. Ich suchte den Colonel auf, und dieser sagte mir, das Regiment bräche in zwei Tagen nach Portugal auf. Ich fuhr mit. Später, als ich hörte, daß meine Mutter tot war, gab ich die Schuld daran mir. Mir wurde klar, daß ich sie im Stich gelassen hatte, als sie mich am meisten gebraucht hätte.« Er holte tief Luft. »Jetzt wissen Sie, was für eine Sorte Mann ich bin. Ein Mann, der Ihrer Liebe nicht wert ist, Arabella. Vergessen Sie mich!«

»Schauen Sie mich an«, sagte Arabella leise.

Er sah in ihre blauen Augen und las in ihnen Verständnis, Mitgefühl und eine Liebe, die ihn einhüllte.

»Ich liebe Sie, weil Sie mir die Wahrheit gesagt haben«, sagte Arabella. »Ich liebe Sie mehr, als ich je geglaubt hätte, jemanden auf der Welt lieben zu können.«

Der Marquis zog sie an sich und verbarg sein Gesicht an ihrem Hals.

Sie konnte sich jetzt vieles erklären, was er ungesagt gelassen hatte. Die Nächte, in denen er wachgelegen sein mußte, in denen er sich selbst gehaßt hatte, gelähmt bei dem Gedanken daran, was seine Mutter gelitten haben mußte, und dabei war er sich bewußt, daß er die Vergangenheit nicht mehr rückgängig machen konnte.

»Es wird alles gut«, hörte sie sich leise sagen. »Ich bin sicher, Ihre Mutter hat es verstanden. Sie hat Sie geliebt, so wie Sie sie geliebt haben, und deshalb hat sie verstanden, wie Ihnen zumute war, als sie das Kind sahen.«

»Nein, ich habe sie im Stich gelassen. Vielleicht werde ich jede Frau im Stich lassen, die ihr Leben an das meine bindet. Deshalb müssen Sie mich verlassen. Ich darf Ihnen nichts bedeuten.«

»Ich werde Sie nicht verlassen«, sagte Arabella ruhig.

»Aber Sie müssen!« Er ließ sie los. »Sie müssen einen anständigen Mann finden, der Sie heiratet und ihnen gesunde, kräftige Kinder schenkt.«

»Sie müssen die Vergangenheit abstreifen«, sagte Arabella. »Sie dürfen Ihr Leben nicht mit solchen Gedanken und Ängsten zerstören.«

»Glauben Sie, ich hätte das nicht versucht? Ich konnte es für eine Weile vergessen, als ich kämpfte, und nachdem ich von Frankreich zurückgekehrt war, habe ich mich in die Vergnügungen des Stadtlebens gestürzt. Die Leute nennen mich den ›lustigen Marquis‹, wußten Sie das?«

»Ich habe davon gehört«, sagte Arabella.

»Meine Freunde werden Ihnen erzählen, daß ich sehr fröhlich sein kann, wenn ich eine Menge Wein getrunken habe.«

Seine Lippen zuckten zynisch.

»Aber wenn ich allein bin, tauchen die Erinnerungen daran auf, wer und was ich bin.«

»Sie dürfen sich nicht für den Rest des Lebens dieser Depression hingeben«, sagte Arabella.

Der Marquis stand auf.

»Das werde ich auch nicht tun! Es wird immer Frauen

wie Lady Sybil geben, die mir helfen, die Zeit zu vertreiben. Es wird immer französischen Cognac geben und grüne Spieltische. Sie dürfen mich nicht bemitleiden, Arabella. Es wird mir relativ gut gehen, aber ich werde allein sein.«

»Und deshalb wollen Sie mich nicht«, sagte Arabella zögernd.

»Sie nicht wollen«, wiederholte der Marquis. »Sie wissen, daß ich Sie will. Sie wissen, daß Sie das schönste, vollkommenste Wesen sind, das ich jemals kennengelernt habe. Sie sind die Frau, von der jeder Mann hofft, daß er sie eines Tages findet. Und weil Sie so vollkommen sind, könnte ich es nicht ertragen, wenn Sie sich abgestoßen von mir abwenden würden.«

»Das würde ich niemals tun«, sagte Arabella.

»Mein Liebling, Sie sind noch so jung. Sie wissen nicht, wie Ihnen zumute wäre, wenn Sie ein Kind... mein Kind... zur Welt brächten, das wie Beulah aussähe.«

Arabella schwieg, denn dazu konnte sie in der Tat nichts sagen. Der Marquis lachte rauh.

»Sehen Sie, es gibt keine Antwort. Gehen Sie jetzt schlafen, Arabella. Es ist schon spät. Morgen wollen wir zusammen versuchen, einen vernünftigen Entschluß zu fassen, was wir tun können.«

»Ich werde Sie nicht verlassen«, sagte Arabella.

»Sie können nicht bleiben«, erwiderte der Marquis, »denn wenn Sie bleiben, könnte ich meine Selbstbeherrschung vergessen, und ich könnte vergessen, daß Sie vollkommen und edel sind, und nur sehen, daß Sie eine Frau sind, eine Frau, nach der ich mich sehne, Arabella, mit jedem Atemzug sehne.«

»Ich kann nicht gehen«, flüsterte Arabella.

Sie stand auf, und ihr Gesicht war sehr blaß.

Der Marquis sah sie an, und ihre Blicke hielten einander

fest, als wären sie durch ein magnetisches Band vereinigt, das nicht zerstört werden konnte.

»Ich liebe Sie«, murmelte er, »und ich möchte Sie küssen, Arabella, von diesem wunderbaren feurigen Haar bis hinunter zu ihren Füßen. Ich möchte Sie küssen, und wenn Sie nicht gehen, könnte ich vergessen, daß ich Ihr Gastgeber bin. Gehen Sie und vergessen Sie einen Mann, der Ihrer unwürdig ist.«

Arabella spürte, daß er nahe am Zusammenbruch war. Und da sie ihn liebte, wußte sie auch, daß sie nun gehen mußte.

Leise sagte sie: »Ich gehe, weil Sie mich darum bitten, aber glauben Sie nicht, daß ich aufgebe oder die Schlacht für verloren halte. Ich werde für Sie und mit Ihnen kämpfen. Vielleicht haben Sie recht, vielleicht ist dies nicht die richtige Zeit und der richtige Ort.«

Sie trat neben ihn und hob ihr Gesicht zu dem seinen – eine kindliche, vertrauensvolle Geste, die ihn berührte.

Er nahm sie in die Arme, und seine Lippen berührten zärtlich ihren Mund. Sie löste sich von ihm, ging zur Tür und wußte, daß er ihr nachsah.

»Gute Nacht, und denken Sie an nichts anderes als an unsere Liebe.«

Erst als sie in ihrem Zimmer war, bemerkte sie, daß sie weinte. Die Tränen liefen ihr ununterbrochen die Wangen herab bei dem Gedanken daran, was er durchgemacht hatte, und sie weinte auch um ihretwillen, denn sie erkannte, daß es für ihr Problem keine Lösung gab. Außerdem quälte sie der Gedanke an die Straßenräuber. Vielleicht hatte Miß Harrison Gentleman Jack inzwischen getroffen und ihm gesagt, daß sie entlassen worden war. Wie würde er sich rächen? fragte sich Arabella ängstlich. Angenommen, er käme ins Schloß und schösse sie alle nieder. Angenommen, er ermordete den Marquis?

Arabella glaubte jedoch, daß dies für Gentleman Jack ein zu direkter Akt wäre, weil dafür früher oder später die Vergeltung kommen würde. Ein Mann vom Range des Marquis konnte nicht aus der Welt geschafft werden, ohne daß es einen Riesenskandal gab, der unweigerlich damit enden würde, daß Gentleman Jack vor den Richter kam.

Nein, er würde subtilere Methoden anwenden, dachte sie, und ihre einzige Hoffnung war es, daß sie rechtzeitig Nachricht nach London geben konnte.

Sie mußte vor Übermüdung eingeschlummert sein, denn sie wurde früh von dem Dienstmädchen geweckt.

Arabella zog sich rasch an und ging ins Kinderzimmer, wo sie Beulah schon fast fertig angekleidet antraf.

Das Frühstück stand auf dem Tisch, und als das Kind gegessen hatte, überkam Arabella ein glühendes Verlangen, den Marquis zu sehen. Sie mußte wissen, was er heute tat, was für Pläne er hatte, und dabei schwang immer die Furcht mit, daß er beschlossen haben könnte, nach London zu fahren.

Sie nahm Beulah die Kätzchen ab, die zum Frühstück Milch und kleine Fischstückchen bekamen, und trug Beulah die Treppe hinunter.

In der Halle traf sie James.

»Hat Seine Lordschaft schon gefrühstückt?« fragte sie.

»Ja, aber er ist noch im Eßzimmer, Miß«, erwiderte James.

Arabella lenkte Beulahs unstete Schritte zum Eßzimmer. Als sie vor der Tür stand, hielt sie inne, denn sie wußte, daß es nicht der Brauch und beinahe eine Zudringlichkeit war. Aber gleichzeitig wußte sie auch, daß solche Formalitäten zwischen ihr und dem Marquis keine Rolle spielten. Sie öffnete die Tür.

Der Marquis stand auf, als er sie sah. Er wirkte müde und abgespannt und hatte tiefe Augenringe, aber sein ganzes Gesicht leuchtete auf, als er sie ansah.

»Arabella!« rief er. »Eben habe ich an Sie gedacht und mich gefragt, ob ich Sie wohl sehen würde, bevor ich ausreite.«

Arabella trat mit Beulah ein. »Sag guten Morgen, Beulah«, sagte sie zu dem Kind.

»Beulah ... will ... Pfirsich«, sagte Beulah, nachdem sie die große Schale mit den Treibhauspfirsichen auf dem Eßtisch gesehen hatte.

»Geben Sie ihr einen«, sagte der Marquis. »Turner, holen Sie ein Kissen für Beulah, bitte.«

Das Kissen wurde gebracht, und Beulah wurde auf einen Stuhl an der Tafel gehoben. Arabella setzte sich neben sie.

»Sie braucht einen Latz«, sagte sie zu dem Butler.

»Ich lasse im Kinderzimmer einen holen«, erwiderte Turner.

Arabella wählte einen Pfirsich aus und schälte ihn auf einem Sèvres-Teller in Blau und Gold und benutzte dazu ein goldenes Dessertmesser mit einem Perlmuttgriff.

»Sie wollten mir etwas sagen«, drängte der Marquis und sah Arabella fragend an.

»Ja, Mylord, ich wollte Sie fragen, ob ich ausreiten darf«, sagte Arabella.

»Aber natürlich«, sagte der Marquis, »wie gedankenlos von mir, daß ich nicht selbst schon daran gedacht habe. Ich bin sicher, daß Sie ausgezeichnet reiten.«

»Ich glaube schon«, sagte Arabella mit einem Lächeln, das Ihren Worten den Hochmut nahm. Sie spielte immer noch mit der Idee, daß sie selbst nach London reiten könnte, und dafür war es vor allem wichtig, daß sie Zugang zu den Pferden des Marquis bekam, so daß die Stallknechte nicht mißtrauisch wurden.

»Wann reiten wir zusammen aus?« fragte der Marquis begierig. »Heute? Jetzt?«

»Ich dachte, Sie hatten andere Pläne«, sagte Arabella.

Es klopfte an die Tür, und Miß Matherson kam in das Eßzimmer. Sie machte vor dem Marquis einen Knicks und brachte einen gestickten Latz an den Tisch.

»Es tut mir leid, daß es so lange gedauert hat, Miß Arabella«, sagte sie, »aber die Latze waren verlegt worden, als wir die Sachen aus dem alten Kinderzimmer hinunterbrachten. Endlich habe ich einen gefunden. Rose räumt jetzt die Schubladen auf, so daß es das nächstemal nicht mehr so lange dauern wird.«

»Vielen Dank...«, sagte Arabella, als plötzlich die Tür des Zimmers aufgerissen wurde und ein Mann hereinkam.

Arabella sah ihn erstaunt an. Sie hatte noch nie einen eleganter gekleideten Mann gesehen. Sein Reitmantel war olivgrün, seine Halsbinde kunstvoll gebunden, seine Kniehosen ohne eine einzige Falte und seine Reitstiefel glänzten derartig, daß man sich in ihnen spiegeln konnte.

»Ein Rekord! Ein Rekord, mein lieber Junge! In fünfundfünfzig Minuten von Mayfair nach Meridale, was hältst du davon?«

»Richard!« rief der Marquis. »Ich habe dich nicht erwartet.«

»Dessen bin ich mir wohl bewußt«, erwiderte Richard Huntington. »Du wolltest mich ja auch nicht einladen, weißt du noch? Aber ich bin hier mit einer Botschaft des großen Zampano selbst. Kein anderer als unser allseits geliebter Regent wünscht heute abend im Carlton House deine Anwesenheit, damit du Paulo de Collalto beim Essen kennenlernst und ihn anschließend singen hörst.«

»Nun, wie...«, begann der Marquis, aber er wurde von einem Schrei Beulahs unterbrochen.

»Tut weh...«, schrie das Kind.

Matty versuchte gerade, Beulah den Latz umzubinden, und murmelte:

»Tut mir leid, Beulah.«

»Hier ist dein Pfirsich«, sagte Arabella, die plötzlich bemerkte, daß sie mit offenem Mund den Neuankömmling angestarrt hatte und daß Beulah auf den Pfirsich wartete.

»Entschuldigung«, sagte der Marquis. »Ich hätte dich vorstellen sollen. Aber dein plötzliches Auftauchen hat mich überrascht. Arabella, dies ist Captain Richard Huntington, ein sehr lieber Freund von mir. Miß Arabella...«

Der Marquis hielt inne, und ein gequälter Ausdruck trat in sein Gesicht. Arabella erkannte, daß er, obwohl sie sich nun bald eine Ewigkeit kannten und so vieles zwischen ihnen geschehen war, keine Ahnung hatte, wie sie hieß.

»...Russel«, sagte sie rasch und hielt Richard Huntington die Hand hin.

»Und das ist meine Schwester«, sagte der Marquis mit unnatürlich lauter Stimme.

Richard Huntington verbeugte sich, aber sein Gesichtsausdruck veränderte sich nicht, und Arabella dachte: er ist nicht überrascht, er wußte, was ihn erwartet.

»Richard, ich möchte dir noch eine sehr liebe Freundin der Familie vorstellen, von der ich dir erzählt habe: Miß Matherson. Sie ist im Schloß, so lange ich mich zurückerinnern kann.«

Richard Huntington streckte ihr die Hand hin. »Ich habe viel von Ihnen gehört, Miß Matherson, und Sie würden erröten, wenn ich Ihnen alle schmeichelhaften Dinge wiederholen würde, die Seine Lordschaft über Sie erzählt hat, als wir gegen die Franzosen kämpften.«

»Vielen Dank, Sir«, sagte Miß Matherson und machte einen Knicks.

»Turner, bitte bringen Sie für Captain Huntington eine Kleinigkeit zum Essen und zum Trinken.«

»Eine Kleinigkeit?« rief Richard Huntington. »Ich könnte einen ganzen Ochsen verspeisen.«

»Und die entsprechende Menge dazu trinken, nehme ich an?« fragte der Marquis. »Warst du wirklich in fünfundfünfzig Minuten hier?«

»Ich übertreibe nicht«, versicherte Richard Huntington. »In genau fünfundfünfzig Minuten, und darin ist noch ein kleiner Aufenthalt eingeschlossen, als ich nach dem Weg fragte. Ich habe das Pferd ausprobiert, das ich letzten Monat gekauft habe. Wenn du dich erinnerst, hast du es damals mißbilligt, Julius, aber ich habe dich widerlegt. Es ist ein Klassepferd!«

»Du sagtest etwas von Prinny«, sagte der Marquis.

»Ja, das darf ich nicht vergessen. Ich habe Prinny gestern abend gesehen, und er schickt dir den äußerst dringenden Befehl, heute abend mit ihm zu speisen und diesen italienischen Burschen kennenzulernen.«

»Ein Italiener speist im Carlton House? Hat Prinny den Verstand verloren?«

»Nein, überhaupt nicht. Es ist eine sehr interessante Geschichte. Dieser Mann hätte als Italiener im Krieg gegen uns kämpfen sollen, aber er haßte Napoleon, und deshalb wurde er Spion!«

»Was!« rief der Marquis.

»Ja, er hat viel für uns getan. Irgendwie schaffte er es immer, die Informationen den britischen Befehlshabern zu überbringen. Er stammt aus guter Familie. Ja, er ist in Wirklichkeit der Herzog von Collalto, aber er hatte das Gefühl, daß sein Adelstitel seine Tätigkeit behinderte, und deshalb wählte er den Gesang zu seinem Beruf – er hat offenbar eine herrliche Stimme, und dies bedeutete, daß er überall in Italien auftreten konnte – vor den Truppen, bevor sie in den Kampf gingen, in Rom vor dem Hof und sogar in Frankreich, wo er vor der Kaiserin sang.«

»Er muß ein geschickter Mann sein, sowohl auf dem einen, als auch auf dem anderen Gebiet.«

»Es heißt, er sei während des Krieges zweimal nach England gekommen«, fuhr Richard Huntington fort. »Er schmuggelte Waren herein und hinaus, und Napoleon hat davon nie etwas gemerkt.«

»Du nimmst mich wohl auf den Arm, Richard«, meinte der Marquis.

»Nein, es stimmt schon, denn Prinny will ihm heute einen Orden verleihen. Auf jeden Fall will dich Seine Königliche Hoheit ebenfalls beim Abendessen sehen und möchte, daß du dir danach den Gesang anhörst. Was mich anbetrifft, so könnte ich auf das Gejaule verzichten.«

»Du warst immer schon ein Kulturbanause, Richard«, sagte der Marquis lächelnd. »Es tut mir leid, aber ich muß mich bei Prinny entschuldigen. Ich bin hier im Augenblick zu sehr beschäftigt, um nach London zu kommen.«

»Hat dich das Landleben gepackt?« fragte Richard Huntington. »Es wird viel Staub aufwirbeln im Carlton House, aber ich kann es dir nicht verdenken.«

Er blickte zu Arabella hinüber, und sie errötete, während sie sich mit Beulah beschäftigte, die die Pfirsichstückchen von ihrem Teller auf das Tischtuch schob.

Plötzlich bemerkte der Marquis, daß Matty aufmerksam verfolgte, was Richard Huntington sagte. Man brauchte Matty nicht mehr, nachdem sie Beulahs Latz gebracht hatte, aber sie schien von dem, was sie hörte, fasziniert zu sein.

»Ich denke, das ist alles, Matty«, sagte der Marquis und

gab ihr damit zu verstehen, daß sie gehen konnte. Sie machte einen Knicks und verließ das Zimmer.

»Dann kehrst du also nicht an den Busen der Gesellschaft zurück«, bemerkte Captain Huntington und bediente sich großzügig von einer Platte mit Lammkoteletts.

»Nein«, sagte der Marquis, »nachdem ich jetzt hier bin, kann ich gar nicht mehr begreifen, daß mich all diese Vergnügungen nicht gelangweilt haben. Du solltest der Abwechslung halber auch einmal das Landleben ausprobieren.«

»Ich habe es oft genug versucht«, erwiderte Richard Huntington. »Ich fand es deprimierend und langweilig, besonders wenn es regnet.«

Er trank seinen Wein, den der Butler ihm nachschenkte, und fügte hinzu:

»Aber wenn die Dinge so weitergehen, werde ich unter der besseren Gesellschaft bald allein sein. Der Regent spricht davon, daß er sich nach Brightelmstone zurückziehen will, und wenn es eines gibt, was ich verabscheue, dann ist es dieses orientalische Zuckergußgebäude, das er dort baut. Tony Lowther ist auch schon auf sein Besitztum in Dorset gefahren, und ich zweifle daran, ob wir ihn je wiedersehen.«

»Tony ist tatsächlich nach Hause gefahren?« fragte der Marquis überrascht. »Das ist eine ausgezeichnete Nachricht.«

»Ich dachte mir, daß du dich darüber freust«, sagte Richard. »Aber meine Gefühle, was frische Luft und knusprige Lammkoteletts anbetrifft, werden von einer unserer Freundinnen geteilt, die in die Stadt zurückgekehrt ist.«

Das Gesicht des Marquis verhärtete sich.

»Du meinst Lady Sybil?« fragte er.

»Getroffen, alter Junge«, rief Richard Huntington. »Sie erzählt alle möglichen geringschätzigen Dinge über dich, und das mit dem ganzen Gift, für das sie so berühmt ist.«

»Das interessiert mich nicht«, sagte der Marquis stirnrunzelnd.

»Sie sagte sogar, sie würde jemanden schicken, der dich herausfordert«, fuhr Richard Huntington fort. »Der letzte Stutzer, an den sie sich hängte, ist dein alter Freund Sir Mercer Heron.«

Der Marquis lachte.

»Wenn es je einen Weichling gegeben hat, dann ist es Heron«, sagte er. »Falls mich jemand erschießt, dann ist es bestimmt nicht er.«

»Das dachte ich mir«, sagte Richard Huntington zufrieden und nahm sich eine große Portion Kalbfleisch mit Trüffeln.

»Noch ein Glas Rotwein?« schlug der Marquis vor. »Du wirst deine ganze Kraft brauchen, alter Junge, wenn du so schnell wieder nach London zurückreiten willst, wie du hergekommen bist. Bleibst du zum Mittagessen?«

»Nein, ich muß sofort wieder aufbrechen. Außerdem möchte ich mich niemandem aufdrängen, bei dem ich unwillkommen bin.«

»Rede kein dummes Zeug, Richard«, sagte der Marquis. »Du weißt, weshalb ich damals nicht wollte, daß du mitkommst.«

Er warf einen Blick auf Beulah.

»Du solltest vor deinem ältesten Freund keine Geheimnisse haben«, sagte Richard Huntington. »Besonders, wenn sie nicht von der geringsten Bedeutung sind.«

»Für dich nicht«, antwortete der Marquis rasch. »Aber für andere Leute.«

»Lady Sybil hat es überall hinausposaunt«, sagte Richard. »Wir wissen, daß sie ein boshaftes Klatschweib ist.

Aber was sie gesagt hat, spielt für deine wahren Freunde nicht die geringste Rolle, Julius. Und wenn du etwa glaubst, du habest keine, dann bist du im Irrtum.«

Arabella überkam eine Welle der Zuneigung für den jungen Mann, der all die Dinge sagte, von denen sie wollte, daß der Marquis sie hörte. Das wird ihn trösten, dachte sie. Er hatte offensichtlich versucht, die Behinderung seiner Schwester geheimzuhalten.

Beulah hatte den Pfirsich aufgegessen, und Arabella hob sie vom Stuhl.

»Mit Ihrer Erlaubnis, Mylord, mache ich mit Beulah jetzt einen Spaziergang«, sagte sie zum Marquis.

»Ja, natürlich, Arabella«, sagte er, und in seinen Augen lag ein Ausdruck, der Richard Huntington nicht entging.

Sie führte das Kind zur Tür. Als sie hinausging, hörte sie Richard Huntington sagen:

»Guter Gott, Julius, das ist das reizendste Wesen, das ich je gesehen habe. Wer ist das?«

Sie wartete die Antwort des Marquis nicht ab, sondern ging mit Beulah in die Halle und überlegte sich, wie sie Richard Huntington allein sprechen könnte, um ihm den Brief zu geben, der in ihrer Handtasche war. Der Mann war ihr vom Himmel geschickt worden, dachte sie. Wenn er über die Felder nach London zurückkehrte und die Hauptstraße vermied, würde er nicht auf die Straßenräuber stoßen.

Als sie in die Halle kamen, sah Beulah George und lief auf ihn zu. Er war ihr Favorit.

Arabella hörte nicht, wie Miß Matherson näherkam, und bemerkte sie erst, als sie neben ihr stand. Sie hatte einen Brief in der Hand.

»Entschuldigen Sie, Miß Arabella«, sagte Miß Matherson leise, »aber wenn Sie eine Möglichkeit sehen, noch einmal mit Captain Huntington zu sprechen, würden Sie ihn bitten, diesen Brief dem italienischen Sänger Signor Paulo de Collalto zu geben?«

»Ja, natürlich«, sagte Arabella überrascht. »Aber...«

»Sagen Sie Captain Huntington, es sei von größter Wichtigkeit, daß der Herr ihn so rasch wie möglich bekommt«, flüsterte Miß Matherson.

Arabella nahm den Brief.

»Ja, das will ich gern tun«, sagte sie. »Kennen Sie...«

Doch Miß Matherson hatte sich schon umgedreht und ging sehr rasch den Korridor entlang, und Arabella hatte das Gefühl, daß sie nicht gesehen werden wollte.

Elftes Kapitel

Arabella verweilte in der Halle und war verlegen, weil sie eine Ausrede nach der anderen fand, um das Schloß nicht verlassen zu müssen.

Sie schickte George nach oben und ließ Rose um ein anderes Paar Schuhe für Beulah bitten, unter dem Vorwand, daß die Schuhe, die das Kind trug, zu dünn wären. Als die Schuhe gebracht wurden, nahm sie sich viel Zeit, um sie Beulah anzuziehen. Sie spielte mit Beulah, scherzte mit ihr, so daß die Minuten verstrichen, bis sie zu ihrer Erleichterung die Stimmen des Marquis und Richard Huntingtons hörte, als sie aus dem Eßzimmer kamen.

»Es tut mir leid, daß ich nicht hierbleiben kann, Julius«, sagte Richard Huntington, »zumal du es dir mit deiner Gastfreundschaft anders überlegt hast. Aber Prinny wäre ernstlich gekränkt, wenn keiner von uns beiden auf seiner Abendgesellschaft erscheinen würde.«

»Leg ein gutes Wort für mich ein«, sagte der Marquis. »Ich möchte nicht gern in Ungnade sein, wenn ich wieder nach London komme.«

»Und wann wird das sein?«

»Ich habe noch keine Pläne«, erwiderte der Marquis, »aber du kannst Mercer Heron sagen, ich stehe ihm zur Verfügung, wann und wo er es wünscht.«

»Das reicht, um ihn über den Kanal zu treiben, er weiß, daß du ein Spitzenmann im Pistolenschießen bist.«

»Es wäre mir ein großes Vergnügen, ihn zu durchlöchern«, sagte der Marquis. »Aber ich glaube, er wird mich nie herausfordern.«

»Da hast du recht. Und jetzt muß ich mich verabschieden. Aber zuerst möchte ich noch, daß du dir mein Pferd ansiehst. Es ist die zweihundert Guineen wert, die ich dafür ausgegeben habe.«

Sie gingen zur Tür. In diesem Augenblick kam Arabella vom Fuß der großen Treppe.

»Verzeihen Sie, Mylord«, sagte sie zum Marquis, »aber Miß Matherson läßt fragen, ob es Ihnen wohl möglich wäre, eine kurze Nachricht ins Meridale House zu senden und darum zu bitten, daß man einiges von Ihrer Garderobe herschickt. Miß Matherson dachte, wenn Captain Huntington nach London zurückkehrt, könnte er vielleicht so gut sein und ihre Anweisungen mitnehmen.«

Es war der einzige Vorwand, der ihr einfiel, um Huntington allein zu sprechen. Der Marquis runzelte die Stirn und sagte verdrießlich:

»Also gut, aber ich kann nicht begreifen, weshalb Matty nicht selbst an Timpson schreibt.« Er ging zur Bibliothek. »Es dauert nur ein paar Augenblicke, Richard.«

Richard Huntington wollte ihm folgen, aber Arabella berührte ihn leicht am Arm.

»Einen Augenblick!« flüsterte sie. »Bitte warten Sie!«

Er sah sie überrascht an.

Der Marquis schloß die Bibliothekstür hinter sich, und Arabella drückte Richard Huntington die zwei Briefe in die Hand.

»Würden Sie bitte so freundlich sein, diese auch im Meridale House abzuliefern?« sagte sie mit lauter Stimme. Sie wußte, daß die Diener zuhörten. »Sie sind beide von größter Wichtigkeit, und die Post ist langsam und unzuverlässig.«

»Aber natürlich«, sagte Richard Huntington freundlich. Dann las er die Adresse auf dem obersten Briefumschlag, und er hob die Augenbrauen.

»Öffnen Sie ihn, wenn Sie das Schloß verlassen haben«, flüsterte Arabella, »aber bitte nicht vorher.«

Er sah sie interessiert an, als sie laut sagte:

»Es ist sehr wichtig, daß diese Briefe ihre Empfänger so bald wie möglich erreichen.«

Richard Huntington starrte sie an, als glaube er, sie spiele ihm einen Streich. Als er den bittenden Ausdruck in ihren Augen sah, steckte er die Briefe in seine innere Manteltasche. »Sie werden sofort überbracht«, versprach er.

In diesem Moment kam der Marquis mit seiner Notiz in der Hand aus der Bibliothek.

»Es ist wirklich nett von dir, daß du als Botenjunge fungierst«, sagte er.

»Immer zu Diensten«, lächelte Richard Huntington.

Er verbeugte sich vor Arabella, und mit der Hand auf der Schulter seines Freundes ging er durch die Vordertür und dann die Treppe hinab zu seinem Pferd.

»Komm mit und sieh dir das Pferd an«, sagte Arabella zu Beulah.

Sie wußte, daß sie sich höchst ungewöhnlich benahm, aber gleichzeitig fürchtete sie, Richard Huntington könnte dem Marquis etwas sagen, was eine Erklärung erforderte.

»Es ist ein schönes Tier«, bemerkte der Marquis. »Da hast du einen guten Kauf gemacht, Richard.«

»Wenn du an jenem Tag bei Tattersal gewesen wärst, hättest du mich überboten«, sagte Richard Huntington lachend. »Morgen findet wieder ein Verkauf statt, wer weiß, was ich mir ohne deine Konkurrenz alles anschaffen kann.«

»Ich werde im nächsten Monat meinen Stall auffüllen«, sagte der Marquis, »also schnappe mir nicht die besten Pferde weg, bevor ich zurückkomme.«

Richard Huntington war eben im Begriff, sein Pferd zu besteigen, als er sagte:

»Ich hätte es fast vergessen! Auf dem Weg hierher erkundigte ich mich bei einem Reiter, ob ich den richtigen Weg eingeschlagen hatte. Es war ein großer Mann, ein Wichtigtuer. Ich habe den Eindruck, daß er hier in der Gegend ein Krösus ist. Er sagte, er hätte eine Stieftochter hier im Schloß. Er sprach sehr geringschätzig über dich und dein Schloß.«

»Wie hieß er?« fragte der Marquis.

»Deane – Sir Lawrence Deane«, erwiderte Richard Huntington. »Kennst du ihn?«

»Ich glaube nicht«, antwortete der Marquis.

»Nun, seine Stieftochter muß bei dir irgendwo in der Ahnengalerie versteckt sein«, sagte Richard Huntington.

Mit diesen Worten schwang er sich in den Sattel. Der Bursche ließ das Pferd los, und es begann sofort zu tänzeln. Richard Huntington sah seinen Freund an.

»Spiel nicht zu lange den Landwirt, mein Lieber. In London ist es stocklangweilig ohne dich.«

Nachdem der Marquis ihm einen Augenblick lang nachgesehen hatte, kam er die Treppe herauf. Arabella entnahm seiner Miene, daß er verärgert war.

»Ich möchte mit Ihnen sprechen, Arabella«, sagte er und ging an ihr vorbei zur Bibliothek.

Arabella übergab Beulah George.

»Würden Sie sie bitte zu Rose bringen?«

»Will ... laufen«, rief Beulah.

»Gleich, Liebes«, antwortete Arabella.

Sie ging in die Bibliothek und sah den Marquis am Fenster stehen. Sie ging zu ihm hinüber.

»Warum haben Sie es mir nicht gesagt?« fragte er scharf.

»Was?«

»Tun Sie nicht so, Arabella. Sie sind nicht naiv. Sie wissen genau, was ich meine. Ich muß borniert gewesen sein, als ich Sie nicht sofort nach Ihrem Namen fragte. Aber ich dachte ...«

»... ich sei ein unbedeutendes Mädchen aus dem Dorf. Ich war mir dessen wohl bewußt, aber ich glaubte, es spiele keine Rolle.«

»Keine Rolle! Sie wissen genau, was es bedeutet, wenn ich die Tochter von Sir Lawrence Deane kompromittiere. Es braucht nur jemand vom Dorf im Schloß vorbeizukommen, und wenn ich mich nicht täusche, wird Ihr Stiefvater vermuten, daß ich hier bin, nachdem er Richard gesehen hat. Haben Sie eine Mutter?«

»Ja, natürlich«, antwortete Arabella. »Nachdem mein Vater vor drei Jahren starb, heiratete sie Sir Lawrence. Ich hasse ihn. Deshalb hat meine Mutter diesen Aufenthalt hier für mich als Spielgefährtin von Beulah arrangiert.«

»Und Sie sollten vorgeben, Sie wären noch ein Kind?«

»Dr. Simpson sah mich, als ich krank war, und dachte, ich sei weit jünger, als ich wirklich bin«, erklärte Arabella. »Es war die Lösung meiner Probleme.«

Bei dem Gedanken an ihren Stiefvater lag in ihrer Stimme so viel Furcht, daß der Marquis instinktiv die Hand nach ihr ausstreckte. Doch dann zog er sie wieder zurück.

»Dies ist ein Durcheinander, das entwirrt werden muß«, sagte er. »Sie sollten nach Hause zurückkehren.«

»Auf keinen Fall«, sagte Arabella.

»Dann gibt es nur noch eine andere Möglichkeit«, sagte der Marquis, »Sie müssen mich heiraten. Aber ich verspreche Ihnen, Arabella, wenn Sie das tun, werden Sie mich nie wiedersehen. Ich könnte nicht im gleichen Haus mit Ihnen wohnen, ohne Sie anzufassen. Und das kann ich, wie Sie wissen, niemals tun.«

»Ich gehe nicht nach Hause! Ich kann nicht!« rief Arabella. »Ich ging dort weg, weil ich mich vor ihm fürchtete, weil er mich auspeitschte. Ich war zu schwach, um es länger zu ertragen.«

»Er hat Sie ausgepeitscht?« rief der Marquis.

»Wann immer er einen Vorwand dafür finden konnte«, antwortete Arabella.

»Oh, mein Liebling!«

»Ich kann nicht zurück, ich kann nicht!« wiederholte Arabella.

»Dann muß ich nach London zurückkehren«, sagte der Marquis.

»Nein!« rief Arabella, »das ist unmöglich, das dürfen Sie nicht tun.«

»Was dann? Das beste wäre, ich heirate Sie und alles ist erledigt. Dann tragen Sie meinen Namen, und ich kann für Sie sorgen und Sie gegen Mißhandlungen schützen.«

»Das könnte ich nicht annehmen«, sagte Arabella stolz. »Ich will meinen Lebensunterhalt selbst verdienen. Ich bin es, die nach London gehen muß, und nicht Sie. Ich kann eine Arbeit finden, vielleicht als Gesellschafterin oder, ja, als Gouvernante!«

»Sie glauben, jemand würde Sie einstellen, so wie Sie aussehen?« fragte der Marquis in einem zärtlichen Tonfall. »Sie sind zu schön, Arabella, keine Frau wird Sie in ihr Haus lassen. Das würde nur Schwierigkeiten heraufbeschwören.«

Arabella dachte an die Worte ihrer Mutter.

»Was sollen wir dann tun?« fragte sie hoffnungslos.

»Ich weiß es nicht«, antwortete der Marquis.

»Dann verschieben wir es um einen Tag«, bat Arabella und dachte an die Briefe, die Richard Huntington bei sich trug. Wenn Gentleman Jack verhaftet wurde, konnte der Marquis nach London gehen, ohne daß sie fürchten mußte, daß er unterwegs niedergeschossen wurde.

»Ich muß etwas unternehmen, Arabella. Aber der Himmel weiß was«, beharrte der Marquis.

»Dann wollen wir gar nichts tun«, bat Arabella. »Sie wollten heute ausreiten. Warum tun Sie es nicht?«

Sein Blick ruhte auf ihren Lippen. Das Blut stieg ihr in die Wangen, als sie glaubte, er wolle sie küssen.

»Ich werde Beulah holen«, sagte sie rasch.

»Warten Sie. Kommen Sie mit zum Stall. Ich habe meine Pferde seit meiner Rückkehr noch nicht gesehen. Richards Pferd hat mir klargemacht, daß ich selbst einige neue Pferde kaufen muß. Wir wollen sehen, was ich noch habe, und entscheiden, was ich noch brauche. Tun wir für wenige Stunden so, als wären wir ganz gewöhnliche Leute, Arabella, ein Mann und eine Frau, die einander lieben.«

»Oder eher ein Edelmann und ein bedeutungsloses Mädchen aus dem Dorf«, korrigierte ihn Arabella.

Sie neckte ihn, aber er ging nicht darauf ein.

»Es war verrückt von mir, so blind zu sein«, sagte er, »das sehe ich jetzt. Aber Sie haben mich seit unserer ersten Begegnung verwirrt, Arabella. Ich schwöre Ihnen, und Sie müssen mir glauben, selbst wenn Sie aus der bescheidensten Familie kämen, hätte ich Sie trotzdem um die Ehre gebeten, meine Frau zu werden, wenn dies möglich wäre.«

Er senkte seine Stimme, und das ganze Elend, das am vergangenen Abend so offensichtlich geworden war, als er ihr seine Lebensgeschichte erzählte, kam ihr wieder in den Sinn. Es stellte eine Barriere zwischen ihnen auf, von der sie beide wußten, daß sie unüberwindbar war.

Mit Tränen in den Augen wandte sich Arabella ab.

»Ich lasse Beulah holen«, sagte sie.

»Nein, Arabella«, bat der Marquis.

Sie hatte die Bibliothek schon verlassen und schickte einen Diener nach oben, damit er das Kind holte.

Sie gingen zu dritt hinaus zum Stall, und Beulah war begeistert von den Pferden.

»Kommt sie nicht oft hierher?« fragte der Marquis überrascht, als sie darum bat, daß man sie hochhob und sie die Pferde tätscheln und mit Karotten füttern konnte, die einer der Stallburschen ihr brachte.

»Nein, Miß Harrison liebt die Tiere nicht«, sagte Arabella rasch.

Sie spürte, daß der Stallmeister durch den unverhofften Besuch des Marquis beunruhigt war, und sie fragte sich, ob irgend etwas nicht in Ordnung war. Die Straßenräuber konnten doch nicht so unverfroren sein, ihre Pferde im Schloß unterzustellen, wenn der Marquis anwesend war. Doch als sie von einer leeren Box zur anderen gingen, spürte Arabella, wie die Anspannung unter ihrer Begleitung wuchs.

Plötzlich blieb der Marquis vor einer grauen Stute stehen.

»Das ist nicht mein Pferd!« sagte er. »Wo hast du dieses Tier her?«

Der Stallmeister zögerte einen Augenblick.

»Mr. Sheltham hat es gekauft, Mylord.«

»Sheltham?« fragte der Marquis. »Seit wann war er bemächtigt, Pferde für mich zu kaufen?«

»Sie waren... im Ausland, Mylord, und er hielt es... für notwendig«, stammelte der Stallmeister.

»Ist dies das einzige Pferd?« fragte der Marquis.

Wieder zögerte der Stallmeister.

»Nein, Mylord, es sind noch... andere da.«

»Wieviele?« fragte der Marquis scharf.

»Sechs, Mylord.«

Arabella hielt den Atem an. Gleichzeitig war sie über die Kühnheit der Straßenräuber erstaunt. Dies waren natürlich ihre Ersatzpferde. Kein Wunder, daß sie immer so rasch verschwinden konnten, wenn jemand ihnen auf den Fersen war. Und kein Wunder, daß sie in so vielen Teilen des Landes wieder auftauchen konnten. Welcher andere Straßenräuber hatte Pferde in Reserve, die gut untergebracht waren, ohne daß jemand fragte, wem sie gehörten?

»Das verstehe ich nicht«, sagte der Marquis. »Ich habe nie gehört, daß ein Verwalter so viele Pferde kauft. Er hat es in seinen Briefen nie erwähnt, und soviel ich weiß, hat mich seine ganze Korrespondenz erreicht.«

»Ein Brief muß verlorengegangen sein, Mylord«, hörte sie den Stallmeister sagen. »Ich bin sicher, Mr. Sheltham hat es Ihnen mitgeteilt, Euer Lordschaft.«

»Hier sind auch junge Pferde«, sagte der Marquis. »Sie müssen noch Fohlen gewesen sein, als er sie kaufte.«

Er sah alle Pferde genau an. Dann ging er mit Arabella und Beulah schweigend hinaus.

»Hier stimmt etwas nicht«, sagte der Marquis, als sie außer Hörweite der Stallknechte waren. »Diese Geschichte, daß Sheltham die Pferde gekauft hat, glaube ich nicht. Er ist schon einige Jahre tot, und das eine Tier kann nicht älter als drei Jahre sein. Ich bin kein solcher Dummkopf, daß ich nicht wüßte, wie alt ein Pferd ist.«

Arabella antwortete nicht. Nach einem Augenblick fuhr er fort:

»Haben Sie einen Verdacht? Ich vermute, daß Sie mehr wissen als ich.«

Arabella lachte.

»Ich kann nicht alle Geheimnisse kennen, Mylord«, antwortete sie leichthin.

»Irgend etwas geht hier vor«, sagte der Marquis mehr zu sich selbst als zu Arabella. »Zuerst die Eastcotes, jetzt diese Pferde, dann die Tatsache, daß Matty das Schloß verkommen ließ. Ich verstehe das alles nicht.«

»Es ist Beulahs Essenszeit«, sagte Arabella rasch.

»Sie essen unten bei mir«, sagte der Marquis.

»Und danach reiten Sie aus?« fragte Arabella.

»Nein, heute nicht. Ich denke, ich nehme euch beide zu einer Ausfahrt mit. Ich habe im Stall eine zweirädrige Kutsche gesehen, die mein Vater gekauft haben muß, ehe er starb. Ich möchte sie ausprobieren. Sie wird natürlich nicht so schnell wie mein Zweispänner sein, aber bequemer. Werden Sie mir das Vergnügen machen?«

Arabella lächelte ihn an.

»Das wäre für uns beide sehr schön.«

Sie ging mit Beulah die Treppe hinauf und zog sich zum Essen um. Dem Kind würde die Mittagsruhe fehlen, dachte sie, aber das spielte für dieses eine Mal keine Rolle, außerdem konnte sie früh zu Bett gehen.

Arabella war glücklich, daß der Marquis mit ihnen zusammen sein wollte. Sie hätte sich um ihn Sorgen gemacht, wenn er allein ausgeritten wäre.

Sie hatte das Gefühl, daß sich eine drohende Spannung über die Stallungen und das ganze Schloß gelegt hatte. Es war so, als könnten sie jeden Augenblick von einer großen Wolke eingehüllt werden. Ihre einzige Hoffnung richtete sich darauf, daß Richard Huntington rasch etwas erreichen würde. Wenn er ebenso schnell nach London zurückgeritten war, wie er hergekommen war, müßte er längst dort sein, dachte sie. Würde es ihm schwerfallen, mit dem Innenminister Kontakt aufzunehmen? Und würde dieser hohe Herr glauben, was sie geschrieben hatte, und Soldaten nach Hertford schicken, wie sie es erbeten hatte?

Sie rechnete sich aus, wann Hilfe eintreffen konnte. Aber es gab zu viele Ungewißheiten – Captain Huntingtons Reaktion auf ihren Brief, die Zeit, die verstrich, bis er mit dem Innenminister in Verbindung treten konnte, was für Soldaten gerade verfügbar waren und ob jemand auf die dürftige Information hin, die sie übermittelt hatte, überhaupt tätig wurde.

»Beulah... Hunger.«

Das Kind unterbrach ihre Gedanken.

»Ich weiß, Liebes. Wir essen mit deinem Bruder. Das gefällt dir doch, nicht wahr?«

»Ju... Julius«, sagte Beulah.

»So ist es recht, Julius«, erwiderte Arabella.

Bei dem Namen hielt sie inne.

»Julius, Julius«, sagte sie leise. Sie liebte ihn. Sie liebte ihn so sehr, daß sie sich kein Leben ohne ihn vorstellen konnte.

Weil Arabella die Gedanken des Marquis hinsichtlich der Pferde und der Eastcotes zerstreuen wollte, versuchte sie, ihn beim Essen aufzuheitern. Sie erzählte ihm Geschichten über das Land und die Leute, sie erzählte ihm, wie sie als kleines Mädchen mit ihrem Vater auf die Jagd gegangen war, wie er ihr Schwimmen beigebracht hatte und viele andere Dinge, die normalerweise nur ein Junge lernte.

»Er wollte immer, ich wäre sein Sohn«, sagte Arabella. »Und ich wünschte es auch.«

»Ich bin im Gegensatz dazu sehr froh, daß Ihr Vater eine Tochter hatte«, versicherte der Marquis, und sie errötete über seinen Blick.

Im Moment schien der ganze Schrecken, der sie umgab, mit allen Schwierigkeiten, die sie früher oder später voneinander trennen würden, vergessen zu sein. Ein Zauber lag über der Mahlzeit, und auch Beulah war glücklich, während sie die Speisen aß, die Miß Coombe eigens für sie gekocht hatte.

»Kommen Sie«, sagte der Marquis. »Gehen wir in den Sonnenschein hinaus. Mein Vater sagte immer: ›Man muß das Heu einholen, solange die Sonne scheint.‹ Das ist für heute mein Motto. Vergessen wir wenigstens für ein paar Stunden das Morgen.«

In der Halle nahm Arabella ihren Hut und Beulahs Haube. Dann stiegen sie in den zweirädrigen Wagen.

Er war viel niedriger und handlicher als der ziemlich luxuriöse Zweispänner, aber auch er wurde von zwei Braunen gezogen, und sie gefielen ihr sehr. Sie wendeten vor dem Schloß und fuhren dann langsam die Einfahrt hinab über die Brücke.

»Ich würde an Ihrer Stelle über die Straße zum Wald fahren, Mylord«, sagte der Stallmeister. »Man hat die Straße wieder instand gesetzt, und sie ist nicht so holprig für die jungen Damen.«

»Danke, Abbey. Ich werde mich um die Straßen kümmern.«

»Sie sind in keinem sehr guten Zustand, Mylord.«

Arabella sah Abbey an und fand, daß er sehr schlecht aussah. Er war alt, aber selbst das Alter konnte seine Blässe nicht erklären und den Ausdruck in seinen Augen. Es war Angst! Hatte er Schwierigkeiten mit Gentleman Jack bekommen, weil sie im Stall gewesen waren? Hatte es eine Bewandtnis, daß er vorschlug, sie sollten über die Straße zum Wald fahren? Sie schob die Gedanken beiseite. Sie wollte sich diesen goldenen Nachmittag mit dem Marquis nicht verderben lassen.

Er fuhr rasch, und bald hatten sie das Schloß hinter sich gelassen. Die Straße stieg ein wenig an bis zu einem Punkt auf dem Hügel, von wo Arabella die dunklen Fichtenbäume sehen konnte, die sich fast zwei Meilen in einer langen Reihe bis zum Schloß erstreckten und es gegen Nordwinde schützten.

»Als Kind dachte ich immer, im Wald leben Drachen«, sagte der Marquis.

»Ich glaube an Drachen«, sagte Arabella lachend.

»Und an einen Ritter, der Sie vor den Drachen rettet? Das würde ich gern tun, Arabella.«

»Ich wollte, Sie könnten es.«

»Ich auch«, sagte er, und seine Stimme war plötzlich sehr ernst.

»Dra... chen«, rief Beulah, und sie beide lachten.

»Sie macht rasche Fortschritte«, sagte Arabella. »Sie fängt Worte auf, von denen man denken sollte, daß sie sie nicht versteht.«

»Sie gehen geschickt mit ihr um«, sagte der Marquis. Aber sie wußte, daß er jetzt nicht über seine Schwester sprechen wollte.

»Erzählen Sie mir, was Sie noch dachten, als Sie ein kleiner Junge waren«, sagte sie rasch.

»Ich glaube, weil ich ein Einzelkind war, ließ ich meine Fantasie spielen...«, begann er.

Plötzlich hörte er auf zu sprechen. Arabella folgte seinem Blick und hielt den Atem an. Es war, als griffe eine kalte Hand nach ihrem Herzen.

Aus dem Wald kamen sechs Reiter, und sie wußte, wer es war und weshalb sie kamen.

Als der Marquis seine Pferde zügelte, flüsterte sie:

»Es sind die Straßenräuber.«

»Die Straßenräuber? Was für ein Pech! Und ich habe meine Pistole nicht dabei.«

»Seien Sie vorsichtig, Julius, um Himmels willen, seien Sie vorsichtig!«

Arabella sprach mit einer solchen Qual in der Stimme, daß es ihm nicht entging. Es war das erste Mal, daß sie ihn mit seinem Vornamen angesprochen hatte.

Die Straßenräuber blockierten ihnen den Weg, so daß der Marquis anhalten mußte.

Gentleman Jack nahm seinen Hut ab. Er sah noch böser

und finsterer aus als bei Arabellas letzter Begegnung mit ihm.

»Guten Tag, Herr Lord Marquis, es ist mir ein Vergnügen, Sie nach all diesen Jahren wiederzusehen.«

»Wer sind Sie und was wollen Sie?« fragte der Marquis kühl.

»Ich werde Ihnen später erklären, wer ich bin«, sagte Gentleman Jack. »Meine Männer werden Sie zu einem Ort begleiten, wo wir miteinander reden können.«

»Und wo ist das?« fragte der Marquis.

»Es würde Zeit sparen, wenn Sie dem Reiter da vorn folgen«, erwiderte Gentleman Jack.

»Warum zum Teufel sollte ich das tun?« fragte der Marquis.

Gentleman Jack zog eine Pistole aus seinem Gürtel.

»Ich habe keine Zeit«, schrie er. »Tun Sie, was ich Ihnen sage, oder einer meiner Männer übernimmt die Zügel.«

»Fügen Sie sich ihm«, flüsterte Arabella. Sie legte eine Hand auf den Arm des Marquis.

An seiner Miene las sie ab, daß er lieber mit Gentleman Jack gestritten und sich geweigert hätte, ihm zu gehorchen. Aber er war allein und ohne Waffen, und er würde gegen sechs bewaffnete Männer wenig Chancen haben.

Zwei Straßenräuber galoppierten voraus, während die anderen neben dem zweirädrigen Wagen ritten.

Wir sind Gefangene, dachte Arabella verzweifelt und fragte sich, ob Gentleman Jack seinem Ruf treu blieb, einen schutzlosen Mann nicht zu erschießen. Gleichzeitig fürchtete sie sich so sehr, daß sie am ganzen Körper zitterte.

»Pferde... mehr... Pferde«, sagte Beulah begeistert. Arabella legte den Arm um sie und drückte sie an sich.

Sie bogen von der Straße in einen Waldweg ab, der zwischen den Bäumen hindurchführte. Nach kurzer Zeit sahen sie vor sich eine Scheune von der Art, wie die Bauern sie benutzen, um im Winter Viehfutter aufzubewahren.

Sie stand in einer kleinen Lichtung und hatte ein Rieddach, das dringend ausgebessert werden mußte.

»Hier herein!« befahl Gentleman Jack.

»Ich sehe nicht ein, weshalb ich Ihnen gehorchen sollte«, sagte der Marquis ärgerlich.

»Weil Sie keine andere Wahl haben«, erwiderte Gentleman Jack und zuckte mit den Lippen.

Zwei der Straßenräuber kümmerten sich um die Pferde. Alle sechs waren unmaskiert, und Arabella sah, daß es rauhe, brutale Männer waren. Einige von ihnen waren pockennarbig, andere hatten Narben im Gesicht. Sie waren jedoch alle gut gekleidet, und ihre Pferde waren in einem tadellosen Zustand.

Der Marquis zögerte, den Wagen zu verlassen.

»Soll ich meinen Männern befehlen, Gewalt anzuwenden?« fragte Gentleman Jack.

»Sie sollen verflucht sein«, sagte der Marquis, aber er stieg vom Wagen und half zuerst Beulah und dann Arabella beim Absteigen. Sie sah ihm ins Gesicht, während er sie hielt.

»Seien Sie vorsichtig«, flüsterte sie.

»Was bleibt mir anderes übrig?« erwiderte er grimmig.

Sie gingen in die Scheune, gefolgt von Gentleman Jack und drei Straßenräubern. Die anderen blieben draußen bei den Pferden.

Die Scheune war zur Hälfte voll Stroh. Vier starke, schwarze Holzpfosten trugen das Dach, und aus dem Geruch nach Dung und Leder schloß Arabella, daß dies ein weiteres Versteck der Straßenräuber und ihrer Pferde war.

»Was soll das Ganze?« fragte der Marquis und sah Gentleman Jack an.

Ein unangenehmes Lächeln lag auf dem ironischen Gesicht von Gentleman Jack.

»Endlich lernen wir uns kennen, lieber Vetter«, erwiderte er.

»Vetter?« fragte der Marquis. »Ich bin nicht mit Ihnen verwandt.«

»Doch, das sind Sie«, antwortete Gentleman Jack. »Ich wollte Ihnen schon lange über unsere Verwandtschaft berichten – eine Blutsverwandtschaft.« Er lachte und schnippte mit den Fingern. »Fesselt ihn«, sagte er zu den Männern, die hinter ihm standen.

Sie ergriffen den Marquis und zogen ihn an einen der Pfosten.

»Verflucht! Laßt mich los!« hörte Arabella den Marquis sagen. Er schlug mit den Fäusten um sich und brachte einen Mann zu Boden.

Aber er wurde rasch überwältigt und ohne Hut und mit zerrissenem Rock an den Pfosten gebunden.

Dann ergriffen die Männer Arabella und banden sie auf die gleiche Weise an einen anderen Pfosten. Das Seil war rauh und schnitt in ihre nackten Arme.

»Laß sie frei, du Schwein!« sagte der Marquis zu Gentleman Jack.

Der Straßenräuber ignorierte ihn, schnippte mit den Fingern und deutete auf Beulah. Jetzt wurde das Kind gepackt und zu einem dritten Pfosten gebracht. Einen Augenblick hielt Beulah es für ein Spiel, doch dann begann sie zu weinen und rief nach Arabella.

»Weh... sie weh...«

Es war ein erbärmliches Weinen, aber Gentleman Jack ignorierte auch dies.

»Jetzt Heu!« befahl er, und seine Männer brachten aus der Ecke der Scheune einige Ballen Heu, die nicht älter als ein Jahr sein konnten.

Sie warfen das Heu in großen Ballen zu Füßen des Marquis und um Arabella herum. Dann taten sie das gleiche bei Beulah.

Das Kind, das jetzt nicht mehr weinte, verfolgte ihr Tun fasziniert. Arabella konnte nicht sprechen. Ein schrecklicher Verdacht stieg in ihr auf, und sie wagte nicht, ihn in Worte zu fassen, nicht einmal vor sich selbst.

»Was zum Teufel tut ihr?« hörte sie den Marquis fragen.

Dies war eine Frage, auf die auch sie eine Antwort suchte.

Die Männer waren mit ihrer Arbeit fertig und sahen Gentleman Jack an. Er wies sie mit einer Geste zur Tür.

»Geht zu Eastcotes Gut. Ich bin in einer halben Stunde bei euch. Laßt den Wagen hier. Nehmt mein Pferd und reitet durch den Wald. Seid vorsichtig, daß euch niemand sieht.«

»Uns wird keiner sehen«, antwortete einer der Männer mit rauher Stimme.

Es war das erste Mal, das einer der Straßenräuber außer Gentleman Jack gesprochen hatte. Arabella dachte, daß ihr Schweigen furchteinflößender war als alles andere.

»Jetzt, mein Kampfhahn«, höhnte Gentleman Jack. »Nicht ganz auf der Höhe, nicht wahr, stelle ich mir vor?«

»Was wollen Sie, zum Teufel?« fragte der Marquis wütend.

»Es ist kein Spiel«, erwiderte Gentleman Jack.

»Wenn wir nicht ins Schloß zurückkehren, werden meine Diener nach uns suchen«, sagte der Marquis.

Gentleman Jack lächelte unangenehm.

»Ich habe dem Personal im Schloß meine Anweisungen gegeben.«

»Sie haben Anweisungen gegeben? Wieso nehmen sie von Ihnen Befehle entgegen?« fragte der Marquis erstaunt.

»Das Schloß gehört bereits mir. Nur dem Namen nach noch nicht. Nun, mein lieber Vetter, ich sorge jetzt dafür, daß es mein rechtmäßiger Besitz wird.«

»Sie sind verrückt! Ich verstehe nicht, was Sie sagen.«

»Lassen Sie mich zuerst unsere Verwandtschaft erklären«, meinte Gentleman Jack.

Arabella bemerkte, daß er jedes Wort genoß, das er sagte.

»Ihr Onkel – der jüngere Bruder Ihres Vaters – hat meine Mutter verführt. Sie war ein hübsches Mädchen, für die Belmonts mit ihrem hochfahrenden Wesen und ihren Reichtümern natürlich nicht von großer Bedeutung, aber im Bett zweifellos etwas wert. Ich bin das Ergebnis der Streifzüge Ihres Onkels.

Natürlich war er großzügig genug, für sein Vergnügen in Gold zu bezahlen. Was hätte er der Tochter eines gewöhnlichen Gastwirts sonst anbieten sollen?«

Gentleman Jack sprach sarkastisch und zynisch. Es verriet Arabella mehr als alle Worte, wie sehr er die Tatsache verabscheute, ein illegitimes Kind zu sein.

»Wie hieß Ihre Mutter?« fragte der Marquis.

»Wilder. Sicherlich erinnern Sie sich an den alten Wilder, der das Gasthaus ›Dog and Duck‹ im Dorf besaß. Er war mein Großvater.«

»Es tut mir leid, wenn meine Familie Ihnen Unrecht zugefügt hat«, sagte der Marquis.

»Es sollte natürlich eine Ehre für mich sein, daß in meinen Adern das Blut der Belmonts fließt«, erwiderte Gentleman Jack. »Und ich sollte dankbar sein für die Goldguineen, die Ihr Onkel für meine Erziehung ausgegeben hat. Ja, ich bin gebildet, Vetter. Deshalb nennt man mich auch Gentleman Jack.«

»Gentleman Jack!« rief der Marquis. »Ich habe von Ihnen gehört. Also ist das Ihre Bande, die Hertfordshire tyrannisiert.«

»Die Bande hat es sehr bequem gefunden, Ihr Schloß als Hauptquartier zu benützen«, erwiderte Gentleman Jack.

Der Marquis keuchte.

»Die Pferde!« sagte er. »Und eben haben Sie Eastcote erwähnt. Hat er deshalb gekündigt?«

»Er wird nicht gehen, solange ich im Schloß bin«, erwiderte Gentleman Jack. »Ich brauche gute Bauern, die das Land in Ordnung halten und nicht vernachlässigen, wie es Ihnen gefallen hat, mein junger Stutzer, der Carlton House Meridale vorzieht.«

»Ich bin wiedergekommen«, sagte der Marquis, »und ich werde bleiben.«

»Zu schade, daß Sie zu spät kommen und Ihre Wünsche nicht mehr berücksichtigt werden können«, sagte Gentleman Jack sarkastisch. »Heute abend, wenn der Marquis von Meridale tot ist, werde ich mein Erbe einfordern, das Erbe, das mir durch meine Geburt zusteht, obwohl ich das Pech hatte, auf der falschen Seite der Decke geboren zu sein.«

»Sie sind verrückt«, sagte der Marquis. »Sie können auf das Schloß keinen Anspruch erheben. Kein Gericht im Land würde sich auf eine solche unverschämte Anmaßung einlassen.«

»Das weiß ich sehr gut«, erwiderte Gentleman Jack. »Es gibt keine Gerechtigkeit für Bastarde, die Nebenprodukte des Adels. Nein, nein, Sie dürfen mir schon etwas Verstand zutrauen. Was ich vorlegen werde, ist Ihr Testament, mein lieber Vetter. Zu meinen Gunsten ausgestellt, weil Sie die Sünden Ihres Ahnen gegenüber unschuldigen Dorfmädchen wiedergutmachen wollen, die sich, dessen bin ich sicher, alle Mühe gaben, ihn in ihr Bett zu locken.«

»Was für ein Testament?« fragte der Marquis.

»Es wird sehr überzeugend klingen«, sagte Gentleman Jack. »Einer meiner Männer, der Sie fesseln half, ist ein geschickter Fälscher. Wir fanden Ihre Unterschrift in Shelthams Büro, sogar mehrere Exemplare. Es müßte schon ein sehr geschickter Anwalt sein, von Ihnen selbst angewiesen, der die Signatur zurückweisen würde. Und Sie, mein Lieber, werden leider niemanden unterweisen können.«

Einen Augenblick herrschte Schweigen.

»Was wollen Sie mit mir tun?« fragte der Marquis.

»Ich werde die Scheune anzünden«, erwiderte Gentleman Jack.

»Nein, so etwas können Sie nicht tun«, rief Arabella. »Es ist grausam! Es ist unmenschlich!«

Als Beulah ihre Stimme hörte, die schrill vor Angst war, begann sie zu weinen. Dann wimmerte sie, als wäre sie von einer plötzlichen Panik ergriffen, und dann begann sie zu kreischen, häßliche Töne, die nur mühsam aus ihrer Kehle kamen.

»Das kann nicht Ihr Ernst sein«, sagte der Marquis leise.

»Hör mit diesem verrückten, ohrenbetäubenden Geschrei auf!« schrie Gentleman Jack gereizt.

»Beulah, weine nicht, mein Liebes«, sagte Arabella.

Aber das Kind, das jetzt völlig verstört war, kreischte nur noch lauter.

»Verdammter Schreihals! Ich kann ja mein eigenes Wort nicht mehr verstehen!« brüllte Gentleman Jack, fuhr herum und schoß auf Beulah.

Das Kind hing schlaff in den Seilen, die es daran hinderten, zu Boden zu sinken.

»Du sollst verflucht sein!« sagte der Marquis.

Arabella schloß vor Entsetzen die Augen.

Gentleman Jack lud seine Pistole und lächelte.

»Das habe ich schon lange vorgehabt«, sagte er. »Sie hat

mich angeekelt. Und jetzt, mein Lord Marquis, werde ich Ihnen noch einen letzten Gnadenakt erweisen. Nicht, weil es mich auch nur im geringsten kümmert, ob Sie leiden oder nicht, es wäre mir sogar ein Vergnügen, Sie schreien zu hören, wenn diese alte Scheune abbrennt, sondern weil ich keine Zeit habe und zu meinen Männern muß. Heute abend wird die Bande aufgelöst. Sie werden mit dem Schatz ausbezahlt, den ich für diesen Augenblick angesammelt habe.«

»Der Schatz in Beulahs Zimmer«, keuchte Arabella.

»Haben Sie ihn gefunden?« fauchte Gentleman Jack.

»Ich hätte dich gleich am ersten Morgen erwürgen sollen, als ich dich beim Stall erwischt habe. Aber jetzt ist es egal. Meine Männer werden sich zerstreuen, und jeder hat seinen Teil der Beute aus vielen angenehmen Begegnungen mit dem Adel und der vornehmen Welt auf den Landstraßen des Königs. Und dann, mein lieber Vetter, wird Gentleman Jack Wilder der Besitzer des Meridale-Schlosses.«

»Sie werden der Vergeltung nicht entgehen!« rief der Marquis. »Dafür werden Sie hängen!«

»Ich denke, es ist sehr unwahrscheinlich, daß jemand mein Besitzerrecht anfechten wird«, antwortete Gentleman Jack. »Und deshalb, mein lieber Lord Marquis, wenn Sie Ihre Gebete gesprochen haben, werde ich Sie erschießen. Aber ich bin überzeugt, Sie würden wünschen, daß ich zuerst Ihre Freundin beiseite schaffe.«

»Laß sie frei!« sagte der Marquis. »Um Gottes willen, laß sie frei, Wilder, sie liegt mit dir nicht im Streit.«

»Soll ich zulassen, daß sie es im ganzen Land herumposaunt?« fragte Gentleman Jack höhnisch. »Nein, sie muß sterben. Ich habe keine Zeit mehr für lange Diskussionen.«

Er hob die Pistole, und Arabella schloß die Augen.

»Guter Gott«, flüsterte sie, »laß mich tapfer sein.«

Dann hörte man von der Tür her eine Stimme:

»Halt, warten Sie! Sie haben eines vergessen!«

Der Straßenräuber drehte sich um.

Arabella öffnete die Augen und sah eine Dame unter der Tür stehen, in einem eleganten Reitkostüm und mit einem schwarzen Hut.

Einen Augenblick herrschte Schweigen, bis der Straßenräuber mit erstickter Stimme nur ein Wort ausstieß:

»Miriam!«

Sie erschoß ihn mit einer kleinen Pistole.

Zuerst schien es so, als habe die Kugel ihn nicht getroffen. Er stand da, starr, seine Pistole hing schlaff in seiner Hand. Langsam schwankte er, und dann fiel er mit einem lauten Aufprall zu Boden.

Die Dame trat in die Scheune. Mit einer Stimme, die so heiser war, daß man sie kaum wiedererkannte, sagte der Marquis:

»Mutter! Du bist es doch, nicht wahr?«

»Ja, Liebling«, erwiderte die Dame. »Und Gott sei Dank kam ich noch rechtzeitig hierher. Ich hatte schreckliche Angst, daß es zu spät sein könnte, ehe ich hier bin. Als Matty mir im Schloß sagte, du seist in Richtung Wald gefahren, konnte ich mir denken, wohin er dich bringt.«

Sie küßte den Marquis, während er noch am Stützbalken gefesselt war.

Arabella bemerkte, daß sie sehr schön war. Sie war nicht mehr jung, aber auf eine zeitlose Weise schön. Ihre Züge waren vollkommen und von einer unbeschreiblichen Anmut.

»Ich muß dich losbinden«, sagte sie. »Ah, ich sehe, der Knoten ist auf der Rückseite.«

Es gelang ihr, das Seil zu lösen. Der Marquis befreite sich rasch davon.

Er schlug die Arme um seine Mutter. Dann band er Arabella los.

»Man hat mir gesagt, du seist tot, Mutter. Sheltham schrieb mir über die Beerdigung und über – dein Grab.«

»Ja, ich weiß, Liebling. Und wenn du hörst, was ich dir zu erzählen habe, wirst du es verstehen.«

Sie blickte sich in der Scheune um und sagte leise:

»Arme, kleine Beulah. Ich kam nicht rechtzeitig, um sie zu retten, aber vielleicht war es so für sie das Beste.«

»Mutter, wie kannst du so etwas sagen! Er hat sie kaltblütig niedergeschossen. Ich weiß zu gut, was ich selbst über sie dachte, aber wenn man sieht, wie ein Kind derartig behandelt wird...«

»Ich weiß«, sagte seine Mutter. »Es gab Gründe für seinen Haß auf sie.«

Als Arabella frei war, lief sie zu Beulah hinüber. Sie band das Kind los und nahm den schlaffen Körper in ihre Arme. Sie fragte sich, ob es eine Möglichkeit gab, sie wiederzubeleben.

»Sie ist tot«, hörte sie den Marquis sagen. Er stand neben ihr. Dann spürte Arabella, wie er sie wegzog, aber sie wollte die reglose kleine Gestalt nicht auf dem Boden liegen lassen.

Der Marquis legte ein Taschentuch auf Beulahs Gesicht. Dann hob er Arabella hoch und führte sie zu seiner Mutter.

»Kommt«, sagte sie, »gehen wir in einen anderen Teil der Scheune. Ich kann diesen Mann hier nicht liegen sehen. Ich habe so lange um seinen Tod gebetet, und selbst jetzt noch scheint er Böses auszustrahlen.«

Sie ging voraus ans andere Ende der Scheune, wo sie einige Ballen Heu von den beiden Leichen trennten.

»Warum gehen wir nicht ins Schloß?« fragte der Marquis.

»Dafür ist keine Zeit«, erwiderte seine Mutter. »Ich muß wieder nach London, und Julius, damit du mich nicht mißverstehst: Ich bin tot.«

»Tot?« wiederholte er, als verstünde er nicht, was sie sagte.

»Für jedermann außer dir und Matty bin ich tot. Liebling, so ist es am besten.«

»Ich verstehe das nicht«, sagte der Marquis.

»Ich weiß. Ich habe dich schlecht behandelt. Aber mir blieb nichts anderes übrig. Wegen Jack Wilder mußte ich tot sein, allen anderen zuliebe.«

»Hat er dich bedroht?« fragte der Marquis.

»Mehr als das«, erwiderte seine Mutter.

Sie setzte sich auf einen Ballen Heu und bedeutete dem Marquis, er solle sich neben sie setzen. Dann streckte sie eine Hand nach Arabella aus.

»Sie sind ein reizendes Kind«, sagte sie. »Sie haben die Zuneigung meines Sohnes gewonnen.«

»Darüber können wir nicht sprechen«, unterbrach der Marquis.

Seine Mutter lächelte ihn an, nahm Arabella bei der Hand und zog sie zu sich. »Hör zu«, sagte sie, »ich habe nur sehr wenig Zeit, um dir zu erzählen, was passiert ist. Wie du weißt, Julius, waren dein Vater und ich sehr glücklich miteinander. Er war viel älter als ich, und ich heiratete ihn, als ich noch sehr jung war. Er liebte mich.

Als du in Oxford warst, mußte dein Vater mich für ein paar Tage verlassen, um einige dringende Angelegenheiten in London zu erledigen. Ich blieb allein im Schloß. In dieser Nacht kam Jack Wilder in mein Zimmer.«

»Warum hast du ihn nicht hinauswerfen lassen?« fragte der Marquis.

»Ich schlief allein im Westflügel, wie du weißt. Ich kämpfte gegen ihn, bis ich bewußtlos war. Als ich wieder zu mir kam, war ich allein, aber ... er hat sein Vergnügen an mir gehabt.«

»Mutter!«

Arabella sah, daß er die Hand seiner Mutter preßte, bis sie weiß wurde.

»Ich wußte, wer es war«, fuhr seine Mutter fort. »Man hat gemunkelt, der Enkel des alten Wilder sei einer der Straßenräuber, die die Wege nach London unsicher machten. Ich konnte mich nicht erniedrigen, indem ich einem der Diener anvertraute, was geschehen war. Ich wartete auf die Rückkehr deines Vaters.«

»Und du hast es ihm gesagt?« fragte der Marquis.

»Er wurde als sterbender Mann nach Hause gebracht«, antwortete seine Mutter. »Er hatte diesen schrecklichen Unfall mit der Kutsche, und die Ärzte glaubten nicht, daß er es überleben würde. Ich sagte mir, daß ich es ihm erzählen würde, wenn es ihm gut genug ging. Und dann stellte ich zu meinem Entsetzen fest, daß ich schwanger war.«

»Oh, mein Gott«, rief der Marquis.

»Zuerst wollte ich sterben«, fuhr seine Mutter fort. »Und dann dachte ich, daß ich versuchen mußte, das Leben deines Vaters zu retten.«

»Du hast also Wilders Kind zur Welt gebracht«, sagte der Marquis, und seine Stimme war kaum hörbar.

»Wilders Kind«, wiederholte seine Mutter. »Es kam zwei Tage nach dem Tod deines Vaters zur Welt.«

»Wie du gelitten haben mußt.«

»Ich glaube nicht, daß es möglich ist, eine solche Hölle durchzustehen, wie ich sie erlebte, während ich mit Beulah schwanger war. Wilder ging im Schloß ein und aus. Ich versuchte, ihn daran zu hindern. Aber die Dienstboten fürchteten sich schon vor ihm, und mir drohte er, wenn ich die Gerichte informierte, würde er ihnen sagen, er sei mein Liebhaber.«

»Wenn ich ihn nur hätte töten können!« rief der Marquis.

»Er drohte mir noch mit etwas anderem. Er sagte, er habe mehrere Kinder gezeugt, und alle seien verkrüppelt oder irr. In der Familie seiner Mutter kam eine lange Linie von Irrsinnigen vor. Seine Mutter, die angeblich von deinem Onkel verführt wurde, starb im Irrenhaus, ihre Mutter war schwachsinnig und wurde als Hexe ertränkt. Eine Anzahl seiner weiblichen Familienangehörigen waren irrsinnig. Es war ein Fluch, wie er mir sagte. Deshalb verwünschte er die weiblichen Kinder, die er gezeugt hatte, und wollte sie töten.«

Der Marquis schlug die Hände vor das Gesicht.

»Oh, mein Liebling«, sagte seine Mutter zärtlich. »Ich weiß, wie dir zumute gewesen sein muß, als du das Kind sahst. Ich habe gut verstanden, weshalb du gegangen bist, ohne dich von mir zu verabschieden. Als ich hörte, daß du zu deinem Regiment aufgebrochen bist, fand ich, daß dies des Klügste war, was du tun konntest.«

»Und ich dachte, ich könnte nie heiraten, aus Angst, daß auch ich ein solches Kind zeugen könnte«, sagte der Marquis.

»Ich hatte nicht gedacht, daß dir so etwas in den Sinn kommen könnte«, sagte seine Mutter entsetzt. »Wie gedankenlos von mir, Julius! Ich hätte dir die Wahrheit längst mitteilen sollen. Aber es war sehr schwierig. Als dein Vater starb, sagte mir Wilder, er wolle mich heiraten. Er war nur von einem besessen – im Schloß zu leben, hier der Herr zu sein. Er dachte, das könne er leicht erreichen, wenn er mein Mann wäre. Ich floh nach London, wo ich einen alten Freund traf, den Herzog von Collalto. Er war auf einer geheimen Mission nach England gekommen. Dein Vater und ich hatten bei ihm gewohnt, als wir Italien besuchten, und weil ich immer gewußt habe, daß er mich liebte, erzählte ich ihm von meiner schrecklichen Lage.«

»Er hat dir geholfen?« fragte der Marquis.

»Er hat mich geheiratet!« erwiderte seine Mutter einfach. »Aber zuerst kamen wir zu dem Schluß, daß ich untertauchen mußte. Wir wußten beide, daß Wilder ein Verrückter war und dazu einfacher Herkunft. Er konnte einen schrecklichen Skandal heraufbeschwören, wenn er bekanntgab, daß Beulah sein Kind war. Die Ehre der Familie wäre beschmutzt gewesen, und das konnte ich nicht zulassen.«

»Ich verstehe«, murmelte der Marquis.

»Paulo hat alles mit Matty geregelt«, fuhr seine Mutter fort.

»Sie hat gewußt, daß du lebst?«

»Ja, und sie nahm mit mir Verbindung auf, wann immer es möglich war. Sie hatte mir vor einigen Monaten geschrieben, daß du noch nicht ins Schloß zurückgekehrt bist. Deshalb versuchte ich auch nicht, Verbindung mit dir aufzunehmen, weil ich dachte, du lebst wahrscheinlich zufriedener dein eigenes Leben. Während des Krieges konnte ich ohnehin nicht nach England zurückkehren.«

»Aber jetzt bist du da«, sagte der Marquis.

»Strikt incognito«, sagte seine Mutter lächelnd. »Obwohl Paulo heute abend im Carlton House ist, muß ich fernbleiben. Niemand darf mich sehen, niemand darf ahnen, daß die Marquise von Meridale nicht in der Familiengruft neben ihrem Gatten liegt.«

»Ich habe nie an deinem Tod gezweifelt«, sagte der Marquis. »Und selbst jetzt kann ich kaum glauben, daß du am Leben bist.«

»Ich bin am Leben, und ich bin mit einem Italiener verheiratet. In Italien sind die Leute sehr freundlich zu der englischen Herzogin von Collalto. Aber dort gibt es keinen Verdacht, daß ich eine merkwürdige Vergangenheit hatte, ehe ich die Frau ihres beliebtesten Sängers wurde, das versichere ich dir.«

»Und dein Mann?«

»Wir sind sehr glücklich«, sagte seine Mutter leise. »Er liebt mich, und ich glaube, daß er dir gefallen wird, Julius. Er ist sehr tapfer. Die Informationen, die er den verbündeten Armeen während des Krieges geben konnte, waren von unschätzbarem Wert. Es war klug von ihm, Berufssänger zu werden. Die Italiener und auch die Franzosen erlauben einem Mann alles, der wie ein Engel singt.«

Sie hielt einen Moment inne und fügte dann hinzu:

»Heute abend erhält Paulo vom Prinzregenten einen britischen Orden. Ich freue mich für ihn, aber ich werde glücklicher sein, wenn wir morgen wieder nach Italien aufbrechen.«

»Dann soll ich dich nicht wiedersehen?«

»Ich habe das Gefühl, daß du bald Flitterwochen planen wirst, Julius, und wir würden uns sehr freuen, wenn du und deine Frau uns in Süditalien besuchen würden.«

Sie stand auf, umarmte den Marquis und zog sein Gesicht an das ihre. »Mein lieber Sohn, ich habe dich immer geliebt. Das mußt du mir glauben. Weil ich dich so sehr liebte, wollte ich mein Leiden vor dir verschweigen. Es war falsch. Ich hätte dir vertrauen sollen, aber du warst noch so jung.«

»Wie sehr ich wünsche, du hättest es mir gesagt.« Der Marquis umarmte seine Mutter. Sie löste sich sanft von ihm und wandte sich an Arabella.

»Vergessen Sie alles, was geschehen ist«, sagte sie freundlich. »Jack Wilder ist tot, und – so Gott will – sein böses Erbe mit ihm.«

Der Marquis begleitete sie aus der Scheune. Arabella hörte ihre Stimmen und danach ein davongaloppierendes Pferd.

Als er zu ihr zurückkam, sprach er nicht, sondern nahm sie in die Arme, und sie verbarg ihr Gesicht an seiner Schulter, als er sie durch die Scheune an den Toten vorbei und hinaus in den Wald trug.

»Wir haben eine Menge zu tun«, sagte der Marquis. Er hielt sie immer noch in den Armen. »Wir dürfen niemandem sagen, wie meine Mutter uns das Leben gerettet hat. Ich werde behaupten, ich hätte den Straßenräuber erschossen, nachdem er Beulah getötet hat.«

»Nein, ich habe eine bessere Idee«, sagte Arabella.

»Und zwar?«

»Warum sollen wir nicht tun, was Gentleman Jack vorhatte, und die Scheune niederbrennen? Das würde uns viele Erklärungen ersparen. Die Leichen werden niemals entdeckt, und es gibt keine Zweifel und Verdächtigungen, wie Sie den Straßenräuber erschießen konnten, ohne eine Waffe dabei zu haben, oder weshalb er Beulah getötet hat. Wir werden sagen, er habe uns alle verbrennen wollen. Aber irgendwie sind Sie freigekommen, haben mit ihm gekämpft und ihn im Feuer zurückgelassen, während Sie mich nach draußen trugen.«

»Das stimmt«, sagte der Marquis. »Diese Geschichte erfordert weniger komplizierte Erklärungen.«

Er ging zur Scheune, und ein paar Augenblicke später roch Arabella Rauch. Plötzlich sah sie, wie die Flammen wie gelbe Zungen durch die offene Tür schlugen.

Einen Augenblick überkam sie eine Angst, die größer war als jede, die sie bisher gekannt hatte, denn sie fürchtete, der Marquis sei in den Flammen eingeschlossen. Aber dann sah sie ihn auf sich zukommen. Und nun schien sich der Boden zu öffnen, und Dunkelheit hüllte sie ein.

Zwölftes Kapitel

Arabella öffnete die Augen. Einen Augenblick fragte sie sich, wo sie war. Dann sah sie Matty am Fuß des Bettes sitzen, und alles fiel ihr wieder ein.

Sie war wieder zu Bewußtsein gekommen. Der Marquis hatte seine Arme um sie gelegt, und selbst das Entsetzliche, das in der brennenden Scheune geschehen war, schien belanglos neben der Tatsache, daß sein Gesicht dem ihren nahe war.

Er nahm sie in die Arme und trug sie zum Wagen.

»Wir müssen zum Schloß zurück«, sagte er.

Sie war immer noch benommen von der Ohnmacht und begriff nicht, weshalb er es so eilig hatte. Er fuhr wie ein Verrückter, so schien es Arabella, und trotzdem hatte er die Pferde unter Kontrolle. Erst als das Schloß ins Blickfeld kam, verstand Arabella den Grund seiner Eile. Er war noch nicht außer Gefahr. Der Marquis fuhr vor dem Schloß vor. Als die Stallknechte herausgelaufen kamen, gab er ihnen kurze Anweisungen.

»Ich brauche sofort ein Reitpferd, das schnellste, das im Stall ist.«

Ein Bursche rannte davon, während die beiden anderen sich um die Pferde kümmerten. Der Marquis hob Arabella vom Wagen und trug sie die Treppen hinauf. In der Halle setzte er sie vorsichtig ab.

»Wo wollen Sie hin?« fragte sie.

»Ich muß dafür sorgen, daß diese verfluchten Mörder nicht entkommen«, sagte er.

»Aber Sie können nicht allein reiten«, sagte Arabella.

»Sie sind zu fünft. Sie werden Sie niederschießen, Julius, warten Sie, ich habe um Hilfe geschickt.«

Er blieb stehen.

»Du hast um Hilfe geschickt? Was heißt das?«

»Captain Huntington hat einen Brief von mir an den Innenminister mitgenommen. Ich wußte seit einiger Zeit, was vorging, aber ich konnte es nicht sagen. Gentleman Jack hat jedermann eingeschüchtert – die Diener im Schloß, die Leute auf dem Besitztum.«

»Ja, das ist mir jetzt klar«, sagte der Marquis ungeduldig. »Aber besteht überhaupt die Möglichkeit, daß die Soldaten rechtzeitig hier sind?«

»Ich weiß nicht«, erwiderte Arabella. »Ich sagte Captain Huntington, er solle meinen Brief lesen.«

»Ich kann nicht auf eine Vermutung hin warten, bis das Militär mir zu Hilfe kommt«, sagte der Marquis. »Sobald diese Schufte wissen, daß ihr Anführer tot ist, werden sie fliehen, dessen bin ich sicher.«

Er wandte sich an den Butler.

»Bringen Sie mir meine Pistolen!«

Turner sagte mit leiser Stimme:

»Euer Lordschaft werden mir die Anmaßung verzeihen, aber habe ich richtig verstanden, daß Sie sagten, der Anführer der Straßenräuber sei tot?«

»Ja«, erwiderte der Marquis. »Gentleman Jack ist tot.«

»Das ist in der Tat eine große und willkommene Neuigkeit«, sagte der Butler.

Arabella bemerkte die Erregung auf den Gesichtern der Diener, die zugehört hatten.

»Aber fünf Straßenräuber leben noch, und sie sind auf Eastcotes Gut«, sagte der Marquis. »Ich will sie gefangennehmen. Hat jemand Mut mitzukommen? Ich bin für jede Hilfe dankbar.«

Turner gab Anweisungen.

»George«, sagte er, »lauf sofort zum Stall und sag Abbey, was Seine Lordschaft berichtet hat. Ich glaube, es wird an Pferdeknechten nicht mangeln, die Sie begleiten wollen, Mylord. Es gibt keinen, der nicht unter den Drohungen und der Grausamkeit von Gentleman Jack und seiner Bande gelitten hat.«

»Schade, daß niemand den Mut gehabt hat, vorher zu sprechen«, sagte der Marquis.

»Sie kommen, Mylord, ich sehe sie!« unterbrach ein Diener.

»Wen?« fragte der Marquis.

»Die Soldaten! Sie kommen die Einfahrt herauf. Das ist ein Armeewagen.«

Der Marquis ging rasch hinaus vor das Schloß, begleitet von Turner und drei Dienern. Arabella folgte ihnen und bedauerte, wie schon so oft, daß Frauen an männlichen Abenteuern nicht teilnehmen konnten.

Der Armeewagen wurde von vier kräftigen Pferden gezogen. Ein Offizier zu Pferde ritt vor dem Schloßtor vor. Er sah in seiner roten Uniform prächtig aus. Er salutierte vor dem Marquis, aber gleichzeitig lag ein breites Grinsen auf seinem Gesicht.

»Da sind wir, Meridale«, sagte er. »Wir sind so schnell es möglich war zu deiner Rettung gekommen.«

»Gerald! Seit du mich in Waterloo gerettet hast, war ich nie mehr so froh gewesen wie jetzt, dein Gesicht zu sehen! Aber du kannst nicht so rasch von London hierhergekommen sein.«

»Nein. Richard wußte, daß wir bei Hatfield im Manöver stehen, und überzeugte den Colonel, daß du in Not bist und dringend Hilfe brauchst. Deshalb habe ich acht unserer besten Männer mitgebracht. Einige davon haben unter dir in Frankreich gedient.«

»Wir werden in Erinnerungen schwelgen, sobald wir

den Feind geschlagen haben«, sagte der Marquis. »Laß sie nicht vom Wagen steigen, Gerald, mein Pferd ist jeden Augenblick hier. Ich will sie zum Versteck der Straßenräuber führen.«

Vier berittene Pferdeknechte kamen mit Pistolen aller Art und Größe aus dem Stall. Einer führte den Hengst des Marquis.

»Nun sind wir eine respektable Streitmacht«, bemerkte der Marquis, als er sich in den Sattel schwang. »Jetzt ist es wichtig, daß wir keinen der Schurken entkommen lassen. Wir müssen einen konzentrierten Angriff von allen Seiten führen. Wir werden sie umzingeln.«

Der Marquis und der Offizier ritten voraus. Der Wagen und die berittenen Pferde folgten ihnen.

Arabella wandte sich mit einem merkwürdigen Gefühl der Einsamkeit von der Eingangstür ab und ging zur großen Treppe.

Es schien, als habe er sie vergessen. Wie alle Männer hatte er für Frauen keine Gedanken übrig, wenn es darum ging zu kämpfen. Sie wurde mutlos und war erschöpft. Und dann war Matty neben ihr.

Als sie in Arabellas Zimmer kamen, fragte Matty leise: »Was ist mit Lady Beulah geschehen?«

Nun liefen Arabella die Tränen die Wangen herab.

»Gentleman Jack hat sie erschossen. Es war entsetzlich. Das arme, kleine Ding.«

»Er hat Lady Beulah gehaßt«, sagte Matty. »Aber weinen Sie nicht. Lady Beulah ist bei Gott. Sie wäre nie normal geworden, so sehr man sich auch um sie bemüht hätte. Und Sie haben sich wirklich Mühe mit ihr gegeben, Miß Arabella.«

»Es war so entsetzlich«, schluchzte Arabella. Sie weinte noch, während Matty ihr ins Bett half und ein heißes Getränk brachte.

Dann schlief sie erschöpft von den aufwühlenden Ereignissen des Tages ein.

Nun brachte ihr Matty eine warme Suppe, und Arabella nippte daran, mehr der fürsorglichen alten Frau zuliebe, als aus Hunger.

»Wie spät ist es?« fragte Arabella.

»Fast fünf Uhr«, erwiderte Matty.

Arabella setzte sich im Bett auf und schob die Suppentasse beiseite.

»Oh, Matty, wie konnte ich nur einschlafen?« fragte sie.

»Sie waren sehr erschöpft«, sagte Matty. »Die Ruhe hat Ihnen gutgetan.«

»Was ist geschehen?« fragte Arabella.

»Sie werden alle vor Gericht gestellt, jeder einzelne«, erwiderte Matty. »Einer der Straßenräuber wurde getötet und zwei andere verwundet, aber soviel ich gehört habe, war es nicht schwer, sie gefangenzunehmen. Sie waren wie eine Schafherde, nachdem Gentleman Jack nicht mehr bei ihnen war.«

»Hat man sie nach London gebracht?« fragte Arabella.

»Ja, die Soldaten haben sie abgeführt, und sie werden in Tyburn gehängt«, sagte Matty. »Wie ich höre, schreien sich die Leute im Dorf die Kehle aus dem Hals vor Freude, und Mr. Turner glaubt, daß es auf dem ganzen Weg bis nach London in allen Dörfern Feiern gibt. Solche Neuigkeiten sprechen sich rasch herum, und viele Leute, die unter den Straßenräubern gelitten haben, werden auf die Knie fallen und Gott dem Allmächtigen danken, daß ihre Not ein Ende hat.«

Arabella stand auf.

»Ich will hinuntergehen und noch mehr darüber erfahren«, sagte sie.

»Das ist genau das, was Seine Lordschaft auch wünscht«, erwiderte Matty. »Er hat darum gebeten, daß Sie zu ihm kommen, sobald es Ihnen gutgeht.«

»Er muß mich für ein schwaches Geschöpf halten.«

Sie wollte gerade ihr Nachthemd ausziehen und hielt plötzlich inne. Mitten im Raum stand ein runder, lederner Reisekoffer. Daneben stand ihr eigenes, ziemlich altmodisches Gepäck. Die Koffer standen offen, und Matty hatte offensichtlich gepackt. Auf dem Stuhl lagen noch einige Gewänder.

Arabella stellte keine Fragen. Sie wußte, was geschehen würde. Der Marquis schickte sie fort!

Sie wußte, daß sie unmöglich im Schloß bleiben konnte. Die Leute in der Grafschaft würden erfahren, was geschehen war, und würden kommen und dem Marquis gratulieren.

Man würde Erklärungen abgeben, Anwälten gegenübertreten und dem Friedensrichter sagen müssen, daß Beulah im Feuer gestorben war zusammen mit Gentleman Jack.

Ja, sie würde gehen müssen. Sie betete nur darum, der Marquis möge keine Vorbereitungen für sie getroffen haben, um sie nach Hause zu schicken, denn sie konnte Sir Lawrence nicht wieder gegenübertreten.

Matty half ihr in ein neues Kleid. Es war eine reizende Kreation aus weißem Batist. Der Rocksaum und die Ärmel waren mit wertvoller venezianischer Spitze besetzt.

»Die gnädige Frau trug zu diesem Kleid immer eine ganz besondere Kette«, sagte Matty. »Ich weiß, es wäre ihr recht, wenn Sie sie heute abend trügen.«

»Sie ist sehr schön«, sagte Arabella und sah, daß ihre Worte Matty glücklich machten.

»Für mich ist sie die schönste Frau der Welt«, sagte Matty.

»Wissen Sie, daß der Marquis und ich unser Leben Ihnen zu verdanken haben?« fragte Arabella.

Matty nickte.

»Ja, Seine Lordschaft hat mir erzählt, was geschehen ist. Als ich der gnädigen Frau schrieb, wußte ich, daß sie uns nicht im Stich läßt. Nur dadurch, daß Captain Huntington zum Frühstück hierherkam, habe ich erfahren, daß sie in England ist.«

Matty nahm aus einem Samtetui eine herrliche Kette aus Perlen und Diamanten, die im Licht der Kerzen schimmerten. Sie drehte sie um und zeigte Arabella, daß sich auf der Rückseite des Anhängers die Miniatur eines kleinen Jungen befand.

»Ist das Seine Lordschaft?« fragte Arabella.

Matty nickte. Sie legte die Kette um Arabellas Hals.

»Sie ist zu kostbar für mich«, sagte Arabella, »und ich bin nicht sicher, ob es der gnädigen Frau recht wäre, wenn ich sie trage.«

Aber gleichzeitig war sie sich auch bewußt, daß das schimmernde Schmuckstück ihr stand, und es schien in der Tat ein Teil des Kleides zu sein.

»Behalten Sie die Kette um, Miß«, sagte Matty.

»Ja, das will ich tun. Ich gebe sie Ihnen zurück, wenn ich Sie verlasse«, sagte Arabella.

Während sie diese Worte sprach, spürte sie, wie weh sie taten.

»Es gibt zu diesem Kleid passend noch ein Cape und eine Haube«, sagte Matty. »Ich bringe sie zusammen mit dem Gepäck herunter.«

Arabella schloß die Augen bei dem Gedanken daran, daß sie das Schloß verlassen mußte, aber dann ließ der Stolz, an dem es ihr nie gemangelt hatte, sie mit hocherhobenem Kopf das Zimmer verlassen, und sie ging die große Treppe hinunter in die Halle.

Ein Diener öffnete ihr sofort die Tür zur Bibliothek. Erleichtert sah sie, daß der Marquis allein war. Er saß an seinem Schreibtisch und unterzeichnete Papiere. Er war so sehr in seine Arbeit vertieft, daß er Arabella nicht hatte hereinkommen hören. Dann blickte er hoch.

»Arabella«, rief er und stand sofort auf. »Du kommst gerade zur richtigen Zeit. Eben bin ich fertig geworden.«

Sie trat näher, und es schien ihr, als ob er absichtlich nicht sie, sondern die Papiere ansah.

»Ich habe eine Menge Pläne gemacht«, sagte er leise. »Ich hoffe, sie finden alle deine Zustimmung.«

Arabella sagte nichts. Sie kämpfte um ihre Selbstbeherrschung und fragte sich, ob sie ruhig und würdevoll bleiben konnte, wenn sie ihm Lebewohl sagen mußte.

»Wir brechen sofort auf«, sagte der Marquis.

»Wir?« Ihre Stimme kam ihr seltsam fremd vor.

»Ja. Turner sagte mir eben, die Leute gehen schon in den Wald, um zu sehen, was die Rauchwolken, die zum Himmel aufsteigen, zu bedeuten haben. Bald werden Besucher kommen, und ich habe keine Lust, ihre Fragen zu beantworten und endlos das zu wiederholen, was geschehen ist. Mich interessiert jetzt die Zukunft.«

Er sah sie immer noch nicht an, als er fortfuhr:

»Ich hatte gedacht, daß wir von hier nach High Wycombe fahren, wenn es mit deinen Wünschen übereinstimmt. Dort wohnt mein Patenonkel, und ich bin sicher, daß es ihm eine Freude wäre, heute abend unser Gastgeber zu sein. Zufällig ist er Bischof. Er lebt im Ruhestand, aber ich denke, daß er uns heute abend in seiner Privatkapelle trauen kann. Du wirst natürlich deine Mutter darüber informieren wollen, was geschehen ist. Ich habe dafür gesorgt, daß ein Bursche ihr eine Nachricht überbringt, sobald du sie geschrieben hast.«

Arabella holte tief Luft.

Der Marquis fuhr fort:

»Morgen wird meine Reisekutsche uns in London abholen, und wir fahren nach Dover, von wo aus meine Yacht uns über den Kanal bringen wird. Ich will dir Frankreich zeigen, Arabella, und Italien wird für uns beide neu sein. Schließlich werden wir meine Mutter auf dem Collalto-Besitztum im Süden besuchen. Findet das deinen Beifall?«

Seine Stimme erstarb.

Leise sagte Arabella:

»Sie sollen sich nicht verpflichtet fühlen, mich zu heiraten, Mylord. Meine Verwandten wissen nicht, daß ich hier eine Rolle gespielt habe. Ich bin auch überzeugt, daß meine Mutter in Miß Matherson eine ausreichende Anstandsdame sehen würde für die kurze Zeit, die ich in Ihrem Haus verbracht habe. Ich wäre jedoch dankbar, wenn Sie mich nach London und nicht ins Haus meines Stiefvaters schicken würden.«

Arabella hielt inne.

Der Marquis war hinter dem Schreibtisch hervorgekommen und stand nun vor ihr. Er sah sie lächelnd an.

»Oh, Arabella«, sagte er zärtlich. »Du liebe, törichte kleine Gans. Hast du nicht gemerkt, daß ich deshalb so förmlich war, als ich meine Pläne vor dir ausbreitete, weil ich sie dir nicht hätte mitteilen können, wenn ich dich dabei angesehen hätte? Ich fühle mich nicht verpflichtet, dich zu heiraten. Ich kümmere mich den Teufel um alle Konventionen. Ich möchte dich zur Frau haben, weil ich dich liebe, und wenn du dich weigerst, mich zu heiraten, werde ich dich zwingen, mein Liebes. Ich kann ohne dich nicht leben.«

Arabella sah ihm in die Augen, und der Marquis hatte das Gefühl, als würden plötzlich tausend Kerzen angezündet.

»Das ist die Wahrheit, Arabella. Als dieser Schurke dich

töten wollte, wußte ich, daß ich auch nicht weiterleben wollte. Ich liebe dich, Arabella, wie ich niemals gedacht hätte, eine Frau lieben zu können. Verstehst du mich?«

Sie konnte nicht antworten. Obwohl sie die Lippen öffnete, brachte sie kein Wort heraus.

»Eines wollte ich dir noch sagen«, fuhr der Marquis fort. »Meine Angst, die mich die ganzen Jahre gequält hat, ist vorüber. Aber wie steht es mit der deinen, Arabella? Mehr als einmal hast du mir gesagt, daß du es nicht ertragen kannst, von mir angefaßt zu werden. Wenn du mich heiratest, wäre es mir unmöglich, dich nicht festzuhalten, dich nicht zu berühren, nicht zu küssen. Dies, meine kleine Liebe, ist deine letzte Chance zu entfliehen.«

Er breitete die Arme aus.

»Wenn du gehen willst, bist du frei, und ich schwöre dir, daß ich dich nicht halte. Aber sobald du mein bist, lasse ich dich nicht wieder fort.«

Sie sahen einander an, und Arabella bemerkte die plötzliche Furcht in seinem Gesicht, daß er sie jetzt doch noch verlieren könnte.

Ihr Herz schlug heftig, und plötzlich war ihr so, als könnte sie zu den Sternen fliegen.

Er streckte die Hände nach ihr aus, und das Hochgefühl des Augenblicks schien sie einzuhüllen wie die Wärme der Sonne.

»Antworte mir, Arabella!« sagte er in dem Befehlston, den sie so gut kannte. »Antworte mir, denn für mich hängt die ganze Welt von deiner Antwort ab.«

Plötzlich wurde Arabella schüchtern. Sie blickte zu Boden, ihre Wimpern waren dunkel vor ihrer weißen Haut, und der Marquis sah, daß sie zitterte.

»Fürchtest du dich vor mir, Arabella?« fragte er zärtlich.

»Ein wenig, ich glaube...«, begann sie mit leiser Stimme.

Aber plötzlich war ihr klar, daß sie sich nicht vor dem Marquis fürchtete, sondern vor der Freude, die in ihr aufstieg bei dem Gedanken an seine Berührung.

»Ich möchte dich nicht ängstigen, mein Liebling«, sagte er. »Aber ich muß wissen, ob du mein bist.«

Arabella glaubte, er müsse ihr Herz schlagen hören.

»Arabella, antworte mir!«

Es war der Schrei eines verzweifelten Mannes.

Endlich sagte Arabella, und das Blut stieg ihr dabei in die Wangen:

»Ich hatte gedacht... vielleicht... wenn wir... verheiratet sind... könnten wir zusammen zu dem kleinen Teich im Wald gehen... und... schwimmen.«

Der Marquis lachte und nahm sie in die Arme. Dann waren seine Lippen auf den ihren, und sie hielten ihren Mund gefangen, und ihr war, als wirble die ganze Welt um sie herum. Sie war frei von Furcht und frei von allem außer ihrer Liebe und ihrem Verlangen.

HEYNE BÜCHER

MARIE LOUISE FISCHER

*Mehr als
50 Romane von
Marie Louise
Fischer
im Heyne-
Taschenbuch.*

01/6698

01/6775

01/6959

01/6980

01/7687

01/7768

01/7878

01/7936